# Тайна

## высокого дома

**Николай Гейнце**

**Тайна высокого дома**

© Bibliotech Press, 2021

ISNB: 978-1-63637-694-3

# СОДЕРЖАНИЕ

## ТАЙНА ВЫСОКОГО ДОМА

### ЧАСТЬ ПЕРВАЯ

### ЧАСТЬ ВТОРАЯ

# ТАЙНА ВЫСОКОГО ДОМА

## ЧАСТЬ ПЕРВАЯ

## ДОЧЬ УБИЙЦЫ

## I

## ТАИНСТВЕННАЯ ЗАИМКА

На дворе стоял май 188... года.

Весна всюду праздновала победу над суровой сибирской зимой. Ласковою теплотою разбила она ледяные оковы земли.

Реки вскрылись, и груды нагроможденных друг на друга рыхлых льдин уже давно пронеслись по ним к полюсу — в царство вечного льда.

Тайга, этот девственный сибирский лес, давно, впрочем, оскверненный присутствием алчного человека, ожила, приоделась в зеленый весенний наряд; там и сям между деревьями потекли мутные желтоватые ручьи, размывая золотоносную почву, и их шум сливался с шелестом деревьев в одну гармонию приветствия голубому, ясному небу.

"Заимка" к-ского первой гильдии купца Петра Иннокентьевича Толстых лежала верстах в двухстах от губернского города К., находящегося, выражаясь языком нашего законодательства, в отдаленнейших местах Сибири.

Впрочем и без предыдущих пояснительных строк самая фамилия владельца "заимки" делала ясным для читателя, что место действия этого правдивого повествования — та далекая страна золота и "классического Макара", где выброшенные за борт государственного корабля, именуемого центральной Россией, нашли себе приют разные нарушители закона, лихие люди, бродяги, нашли и осели, обзавелись семьей, наплодили детей, от которых пошло дальнейшее потомство, и образовали, таким образом, целые роды, носящие фамилии Толстых, Гладких, Беспрозванных, Неизвестных и тому подобных, родословное дерево которых, несомненно, то самое, из которых сделана "русская" скамья подсудимых.

"Заимками" в Сибири называются разбросанные там и сям на ее необозримом пространстве хутора, стоящие вдали от селений.

Кругом избы, двора с крепкими тесовыми воротами и высоким забором, за которым находится надворная постройка, идет огороженный невысоким тыном огород и сад — пчельник; далее же лежат пашни; их площадь не определена, сколько сил и зерна хватит, столько и сеют — земли не заказанные, бери — не хочу. Занял то или другое количество десятин — все твои, отсюда и слово "заимка".

Такова общая физиономия сибирских заимок.

Заимка Толстых, впрочем, отличалась от прочих.

Она стояла невдалеке от тайги, близ обширных, принадлежащих Петру Иннокентьевичу, приисков, а самая постройка дома, где за последние два десятка лет почти безвыездно, кроме трех-четырех зимних месяцев, жил семидесятилетний хозяин, отличалась городской архитектурой, дом был двухэтажный, с высоким бельведером и высился над остальными постройками и казармами для присковых рабочих, окруженный прекрасным садом, на высоком в этом месте берегу Енисея. По далекой окрестности до самого губернского города К. он слыл под прозвищем "высокого дома".

Кругом обширного пространства, занятого заимкой и приисками Толстых, разбросаны были избушки крестьян-прискателей.

Все дышало таинственностью на заимке Петра Иннокентьевича, начиная с образа жизни ее хозяина.

Он лишь изредка покидал свою комнату. Видимо было, что какое-то несчастье, несмотря на его богатство, тяготело над ним. Его лицо, состарившееся скорее от внутренних душевных страданий, нежели от преклонности лет, красноречиво подтверждало это.

Сгорбившаяся, еле волочащая ноги, но до сих пор атлетически сложенная фигура указывала, что одно время не могло осилить такого железного организма, а старожилы окрестностей и города К. утверждали, что старик Толстых вел и в молодых годах скромную жизнь, не предаваясь излишествам, которые могли бы истощить его крепкую натуру.

Многочисленная прислуга заимки шепотом передавала,

что уже несколько лет, как хозяин почти целые ночи проводит без сна, а если заснет, то его, видимо, мучают ужасные сновидения — он вскакивает, обливаясь потом, и в этих полупросонках ему кажется, что комната его наполняется грозными привидениями. Он узнает в них давно сошедших в могилу людей.

Один с простреленной грудью, из раны которого течет столько крови, что кажется затопит всю комнату, другой в арестантской шапке на полуобритой голове смотрит на него с упреком и задает ему роковые вопросы.

Тут же видит он открытый гроб, в котором покоится полусгнившее тело, с искаженными чертами почерневшего лица, на котором он читает роковое слово: убийца.

Все это можно было заключить из бессвязного, полубессознательного бреда, которым сопровождается краткий, мучительный сон, или скорее забытье несчастного богача.

Все эти терзавшие Петра Иннокентьевича муки передавал он лишь своему служащему и другу, который вел все громадное приисковое дело, Иннокентию Антиповичу Гладких. Это был высокий старик, с добродушным, открытым лицом и длинною, седою бородою, однолеток Толстых, но еще бодрый и сильный, казавшийся несравненно моложе своих лет. Глядя на его коренастую фигуру, невольно приходила на память русская поговорка: "не ладно скроен, да крепко сшит".

Ему и понятным лишь для него языком Петр Иннокентьевич порой задавал мучающие его вопросы:

— Где моя дочь? Где моя дочь?

Гладких низко опускал долу свою как лунь седую голову и неизменно отвечал:

— Не знаю! С тех пор, как я видел ее последний раз в К., прошло уже много лет. Она исчезла вместе с ребенком. Я разыскивал их долго, но безуспешно. Что с ними случилось и где они — я не знаю.

Петр Иннокентьевич в отчаянии рвал на себе волосы. Он готов был отдать все свое богатство за один лишь миг свидания со своей исчезнувшей дочерью, но слова Гладких: "Что с ними случилось и где они — я не знаю" — похоронным звоном отдавались в его ушах.

Иннокентий Гладких, как мы сказали, вел все дело — он уже в течении двух десятков лет считался полновластным хозяином приисков и за эти годы почти удвоил колоссальное состояние Петра Иннокентьевича. Он был молчалив и не

4

любил распространяться о прошлом, и, таким образом, тайна заимки Толстых находилась в надежных руках.

Догадки, построенные на сообщении слуг о бессвязном бреде настоящего хозяина заимки, с которыми мы познакомили наших читателей, не могли удовлетворить любознательность окрестных жителей и жителей города К.

Подробные расспросы их, впрочем, не вели ни к чему — тайна заимки оставалась не раскрытой уже два десятка лет — взрослые того времени перемерли, а дети стали теперь взрослыми, но ничего не помнят из их раннего детства и на допытывания любопытных указывают лишь на одно место около сада Толстых, говоря:

— Здесь было совершено убийство.

Ничего большего разузнать невозможно.

Кроме двух стариков в высоком доме жила молодая девушка — вторая дочь Петра Иннокентьевча — Татьяна Петровна. Ей шел двадцать первый год, но на вид никто не дал бы ей более шестнадцати — ее тоненькая фигурка, розовый цвет лица, с наивным, чисто детским выражением не могли навести никого на мысль, что она уже давно взрослая девушка-невеста.

Золотистая коса оттягивала несколько назад миниатюрную головку, а большие голубые глаза дышали такой чистотой и доверием к людям, что человек с мало-мальски нечистою совестью не мог выносить их взгляда без внутреннего раскаяния.

Такое действие производила она на беззаветно любивших ее слуг и даже на поселенцев — приисковых рабочих.

— Так ей в ноги бухнуться и тянет, да во всем покаяться, в душу так и глядит, словно ангел Божий, и все твое нутро переворачивает! — говорили о ней последние.

Петр Иннокентьевич любил ее, но какою-то порывистою, неровною любовью, которая причиняла ему порой жгучее страдание.

Положительно боготворил свою ненаглядную Танюшу и ее крестный отец Иннокентий Антипович.

# II

# ПЛЕМЯННИК

Татьяна Петровна с наступлением весенних дней большую часть дня проводила вне дома, то в садовой беседке, то гуляя по берегу катящего быстро свои волны многоводного Енисея.

Изредка она гуляла с отцом, чаще с "крестным", как она звала Иннокентия Антиповича, в большинстве случаев — одна.

В день, с которого начинается наш рассказ, она, по обыкновению, утром вышла в сад, одетая в простенькое платье из серой материи и круглую широкополую шляпу из русской соломы.

Не успела она сделать несколько шагов, как ей навстречу попался молодой человек, высокого роста, довольно красивый, если бы выражение его правильного лица, обрамленного каштановыми волосами, с такой же маленькой пушистой бородкой, не было бы пронырливо-хитрым и взгляд, глядящих исподлобья, карих глаз не блестел бы порой каким-то стальным, отталкивающим блеском. Маленькие усики оттеняли толстые чувственные губы; одет он был в длиннополый черный сюртук и сапоги бураками, а черный картуз был надвинут на голову несколько набекрень.

— Гуляете, Танюша? — вкрадчиво улыбнулся он.

— Да. Не видали ли вы крестного?

— Он, кажется, в приисковой конторе...

— В таком случае я подожду его...

— Хотите пройтись со мной, я провожу вас, куда вы пожелаете.

— Нет, спасибо, если я не дождусь крестного, то пойду одна.

Молодой человек закусил нижнюю губу, и его глаза блеснули стальным блеском,

— Что вы имеете против меня, Танюша? Я давно замечаю, что я для вас хуже всякого рабочего-поселенца, а, между тем, я все же вам несколько сродни.

— Я знаю это... Но что же в моих словах нашли обидного?

— Ничего... — сквозь зубы вымолвил он, — но только вы меня не любите.

— Я люблю всех, Семен Семенович... — просто отвечала Таня.

— Но вы не солжете... Ведь я вам не нравлюсь?..

6

— Кто сказал вам это? Да если бы это было и так...

— Видите ли... вы сознаетесь... А я люблю вас, Танюша, и если бы вы только захотели, если бы вы захотели, то в высоком доме скоро бы отпраздновали счастливую свадьбу.

Татьяна Петровна зарделась, как маков цвет. Она только что хотела ответить, как из-за угла аллеи, у которого они стояли, показался Гладких.

Лицо его было чрезвычайно серьезно.

Он слышал их разговор от слова до слова.

— А, вот и крестный! — бросилась к нему молодая девушка, не обращая более внимания на своего влюбленного троюродного брата.

— Ты пойдешь гулять со мной? — спросила она, бросаясь к нему на шею.

— Нет, сегодня я не могу, ступай одна, моя радость, только не ходи далеко, еще сыро, а мне нужно поговорить с Семеном.

— Ты слышал, что он говорил? — шепнула она Иннокентию Антиповичу.

— Да.

— Так ответь ему за меня. Я лучше весь свой век останусь в старых девах, чем пойду за него, если бы даже он не был моим троюродным братом.

С этими словами она поцеловала старика в обе щеки и вприпрыжку побежала из сада.

Семен Семенович хотел тоже уйти, но Гладких остановил его.

— Нам надо с тобой серьезно потолковать, Семен.

— О чем бы это?

— С некоторых пор ты позволяешь себе лишнее в отношении Татьяны. Мне это не нравится! — строго заметил старик.

— Разве с ней нельзя даже разговаривать? — вместо ответа нахально спросил тот. — Я, напротив, с ней очень вежлив.

— Посмотрел бы я, если бы ты осмелился быть с ней невежливым, твоего духу не было бы здесь ни одной минуты...

Семен побледнел, и нехорошая улыбка перекосила его губы.

— Мне кажется, что мой дядя немножко больше здесь хозяин, чем вы...

— Я очень хорошо знаю, что такое здесь твой дядя, но также хорошо знаю, что такое здесь я. Ты же здесь только младший конторщик, на эту должность я тебя сюда принял. Советую тебе это помнить. Я говорю теперь тебе это добром, а

7

при следующем лишнем слове, сказанном тобою Танюше, ты соберешь свои манатки и отправишься восвояси в К.

— Не запретите ли вы мне любить ее?

— Берегись, повторяю тебе.

— Но у меня серьезные намерения — я хочу жениться на ней.

— Да она-то не хочет выходить за тебя.

— Это покажет время...

— Не ты... — окончательно рассердившись, захрипел старик, — слышишь ли, не ты и ни кто из тех, кто сватался уже за нее, не будет ее мужем.

— Что мне за дело до других, мне в пору заботиться лишь о себе, и я не вижу причины, почему Таня мне может отказать в своей руке... Мы, кажется, ровня и пара.

— Что ты хочешь этим сказать?..

— То, что у нас с ней у обоих ничего нет, а если она рассчитывает на наследство после моего дяди, то у меня с моим отцом есть еще больше прав на его деньги. Вы не будете, надеюсь, против этого спорить, Иннокентий Антипович.

Последний сверкнул глазами и, скрестив на груди руки, сказал:

— Это, по крайней мере, честно и прямо сказано. Но, милый мой, мне давно ясны расчеты и твоего отца, и твои, ясны с того момента, как ты явился сюда. Твой старик, видимо, рассудил так: Мария исчезла, Мария умерла, значит, высокий дом и все состояние моего двоюродного брата принадлежит мне. Но он боится, что Петр может завещать все маленькой Тане и предусматривает и этот случай. Семен должен жениться на Татьяне. Для этого-то ты и поступил сюда в конторщики. Расчет твоего отца довольно хитер, но к сожалению, не верен, так как Танюша не будет твоей женой, и ни ты, ни твой отец не получите из наследства Петра ни одного гроша. Слышал?

— Слышал! — подавленным, злобным голосом прохрипел молодой человек. — И вы находите с вашей стороны честным лишить нас наследства?

— Иннокентий Гладких не дает отчета в своих делах никому, кроме Бога.

— Соглашаюсь, что ваши расчеты куда тоньше наших, и разгадать их, может быть, удастся лишь со временем. Вас не прельщают деньги. Я знаю, что вы не жадны до них. Что заставляет вас так покровительствовать дочери каторжника?

Гладких весь побагровел. Черты лица его страшно исказились. Он окинул дерзкого полным непримиримой злобы взглядом.

— Несчастный, — прохрипел он, — замолчи лучше... Еще одно слово, и я не ручаюсь за себя.

— Я кончил! — насмешливо отвечал Семенов и торопливо удалился.

— Гадина! — глухо пробормотал вслед ему Гладких. — Наконец-то ты сбросил с себя личину и показал свои волчьи зубы. Попробуй бороться со мной — я раздавлю тебя. Я буду следить за каждым твоим шагом.

Он медленно вышел из сада и направился на прииск. Там кипела работа, — работа нищих над добычею золота. Роковая несообразность жизни! Золото добыто, но кем и как — зачем знать нам. Нам надо лишь одно — золото.

По московско-сибирскому тракту тянется ряд повозок, окруженных конвоем. Это идет караван с добытым на приисках золотом. В дно каждой повозки вделан ящик с драгоценным металлом.

На монетном дворе это золото превращается в полуимпериалы. В какие красивые стопки укладывается он — этот изящный, блестящий, желтенький кружочек! Как удобно, не говоря уже о том, как приятно класть его в кошелек!

Родится ребенок. Его крестный отец кладет под подушку матери, лежащей в батисте и кружевах, на зубок новорожденного, полуимпериал. Богач ставит его на карту, покупает на него любовь и ласку, почет и уважение. Еврей готов продать за него себя хоть по фунтам.

Наличность этих красивых монет обуславливает людское счастье, доставляет радость и довольство — таково мнение большинства. Каждый стремится добыть его. С улыбкой он получается, с гримасой он отдается. Всюду и везде полуимпериал — современный Архимедов рычаг, способный перевернуть мир.

Но задумывается ли кто-нибудь, каким тяжелым, поистине каторжным трудом, добывается оно в Сибири? Немногие, думаю, знают даже, как и кем производится эта добыча?

Читатель, надеюсь, не посетует, если я расскажу ему это.

# III

# ОКОЛО ЗОЛОТА

По трактовым и проселочным дорогам уже с первых чисел марта начинают двигаться толпы оборванных, полуобнаженных людей.

Сгорбленные фигуры, то изможденные, то зверские лица, лохмотья, которым не подыщешь названия, пьяные возгласы, стоны, проклятия, смешанные с ухарскою, бесшабашною песнею, — это партии рабочих, направляющиеся в тайгу на добычу золота.

Сзади каждой партии едет в накладушке {Телега с кожаным или рогожным верхом.} степенный откормленный приказчик. За ним двигается воз, нагруженный разного рода одеждой для партии: тут и озямы {Халат из желтого сукна.}, и однорядки, рубахи, сапоги, бродки {Род обуви из желтой кожи.} и прочее.

Путь долог. Расстояния между селениями попадаются на сто верст. Мешки с провизией за спинами рабочих истощаются, ноша становится легче, но и желудки под час пустуют, а это облегчение далеко не из приятных. Наконец показалось и селение.

Привал.

Селение приготовилось к встрече. Кабатчик торжествует. Заготовленные запасы дурманного зелья идут в ход. У питейного дома толпа. Пропиваются остатки полученных задатков, еще не пропитые на месте получения, пропивается последняя одежда и обувь.

Приказчик производит новый наем рабочих, выдает задатки, одежду, — но и их постигает та же участь.

К избе, занятой приказчиком, ранним утром другого дня собираются полупьяные, непроспавшиеся рабочие.

Большинство с еле прикрытым пестрядинною разодранною рубашкою телом (целовальник, видимо, не взял); некоторые, совсем обнаженные, требуют одежды, обуви, денег.

Приказчик, занимавшийся чайком, отрывается от самовара.

— Идтить как же? — вопросительно глядят они посоловевшими глазами на вышедшего из избы приказчика.

— А зачем пропивали? Идите, в чем мать родила, утробы ненасытные! — напускается он на них.

— Нет, уж это ты погодишь! — слышатся возгласы.

— Нанялся — иди, а не хошь — в полицию! — хорохорится приказчик.

— Не пугай, не испугаешь; нами сызмальства только три места и облюбованы: полиция, тюрьма да больница! — острят в ответ рабочие.

Толпа разражается пьяным хохотом.

Приказчик еще ломается некоторое время, но только для виду. От целовальника им уже с вечера взяты все заклады, со скидкою, и сложены на воз.

Начинается вновь раздача одежды или обуви и запись на счет, но уже по возвышенным ценам; даются и деньжонки.

Партия трогается в путь с запасом провизии и водки на похмелье.

Так до следующего привала, а там та же история.

В тайгу рабочие приходят, уже забрав почти за все время деньги; в лучшем случае остаются к получению гроши. Люди закабалены.

Кто же эти люди?

Подонки даже Сибири. Работящий ссыльный поселенец не пойдет в тайгу, не наймется на прииски.

Приисковый рабочий — отпетый: летом в тайге, зимой в остроге — вот его жизнь. Заработков с прииска не приносят, а труд каторжный.

Разведка, шурфовка и промывка золота производится по течению местных речек и ручьев, в болотистых местах.

От мошки, этого бича приисковых рабочих, одной из казней египетских, не спасает и толстый слой дегтя на лице и теле, она жалит немилосердно, залепляет глаза, лезет в рот и уши.

Болотные испарения также дают себя знать: цынга, скорбут и другие болезни валят людей. Плохая пища пучит карманы золотопромышленников и животы рабочих.

Работы на приисках начинаются с конца марта, когда и прибывают туда нанятые артели или партии из поселенцев.

Каждая артель приводит с собой на прииск кухарку. Первое дело по приходе на прииск — это приведение в порядок отведенной для артели казармы.

Все казармы на зиму оставляются без окон, и только к весне артельщики получают из хозяйских амбаров рамы, железные печки и трубы; все это они сами прибивают и устанавливают.

Подчас самим же приходится класть печку из камня для выпека хлеба.

До начала промывки золота все рабочие заняты заготовкой дров на все лето, чтобы потом не отрываться от дела, а также переметкой хозяйского прошлогоднего сена и засолом мороженного мяса.

Как только весеннее солнце пригреет, а снег начнет таять и начнут образовываться прогалины, каждая артель поглощена устройством приспособлений для промывки золота.

Характерный признак каждого прииска — это "плотки" или широкие желоба на столбах для приема воды сверху в машину. Машины для промывки золота по наружному виду напоминают водяные мельницы.

Починкой этих-то "плотков" или же установкой новых желобов, бутар, колод с необходимым возле них "вашгертом" и заняты прибывшие артели.

Артельщик ходит по целым дням с ендовой и лопатой и берет пробы со всех отвесов и различных разрезов, какие находятся на прииске, чтобы начать промывку наверняка. Иногда случается, что пески, при неопытности артельщика, дают хорошую пробу, на промывке же оказываются никуда негодными, иногда же наоборот.

Такая же работа в описываемое нами время происходила и на приисках Петра Иннокентьевича Толстых, но в значительно больших размерах.

К чести Петра Иннокентьевича Толстых и его друга и доверенного Иннокентия Антиповича Гладких надо заметить, что принадлежащий первому громадный по заявленной площади прииск считался раем для рабочих, сравнительно с другими, так как пищи было вдоволь и расчет велся на совесть, да и самый прииск лежал на сравнительно здоровой местности.

Слава о таких исключительных приисковых порядках шла по всей Сибири среди поселенцев, и попасть на прииск к Толстых считалось "фартом", то есть счастьем.

# IV

# ВАРНАК

Татьяна Петровна, между тем, выбежав из сада, остановилась, а затем медленно, шагом прогулки, пошла в сторону от дороги, где вдалеке, так и сям виднелись избы мелких приискателей-крестьян.

Такие приискатели всегда в большем или меньшем количестве ютятся вокруг крупных приисков, принадлежащих богатым золотопромышленникам.

Они работают на свой страх вне черты заявленной последними площади прииска, но за неимением книг, в которые могли бы записывать золото, приносят золотопромышленнику и продают со значительною скидкою, и это купленное золото значится в книге, как бы добытое на заявленном прииске.

Ввиду того, что на прииске Толстых за доставляемое золото давали "божеские цены", приискателей-крестьян вокруг него собрался почти целый поселок, с маленькою деревянною церковью, существующей уже десятки лет, чуть ли не с первых годов открытия прииска, который в течение этих лет все более и более уходил в глубь тайги, вследствие заявления все новых и новых площадей.

Добыча крестьян-приискателей, вследствие этого, год от году уменьшалась, но они не уходили с насиженных еще их отцами мест, обжились на них и довольствовались малым. Некоторые занялись даже хлебопашеством, хотя неблагодарная в этих местах Сибири почва не часто радовала их урожаем.

За поселком находился заброшенный прииск, уже окончательно истощенный, но он был все-таки куплен у бывшего золотопромышленника каким-то оборотистым к-ским мещанином Харитоном Безымянным, и в нем для виду копалось несколько рабочих.

Все достоинство этого прииска, из которого было взято все, что можно было взять, было то, что он лежал на пути возвращения приисковых рабочих. Такие прииски называются "половинками", то есть лежащими на полпути.

Во время работ на других приисках на половинках тихо и пусто, работа на них начинается с осени. Золото, приходящее тогда извне, разносится по книгам, как добытое на прииске.

Откуда же приходит это золото?

Ответ несложен. Половинка — это род таежного кафешантана. Возвращающиеся с приисков рабочие находят здесь злачное место, музыкантов, таежных "этих дам", водку, строго запрещенную на приисках, и за все это они оставляют там заработанные гроши и краденное во время работы золото. Случается, что и летом загулявшийся рабочий или крестьянин-приискатель притащит на половинку золотого песочка.

Вообще же летом и зимой на половинке обыкновенно утоляет свой невзыскательный аппетит более чем скромными яствами лишь редкий в этих местах путник под видом гостеприимства, но, конечно, небезвозмездно.

По направлению к этому-то поселку и половинке шла по берегу Енисея, задумчиво, как бы машинально срывая по дороге желтые цветы, Татьяна Петровна.

Вдруг перед ней, как из земли вырос высокий, худой старик. Седые, как лунь, волосы и длинная борода с каким-то серебристым отблеском придавали его внешнему виду нечто библейское. Выражение глаз, большею частью полузакрытых веками и опущенных долу, и все его лицо, испещренное мелкими, чуть заметными морщинками, дышало необыкновенною, неземною кротостью и далеко не гармонировало с его костюмом.

Костюм этот был потертый озям с видневшеюся на груди холщевою сорочкою, на голове у него был зимний треух, на ногах бродни, а за плечами кожаная котомка, видимо, далеко не вмещавшая в себя многого. В правой руке он держал суковатую палку.

С первого опытного взгляда можно было признать в нем "варнака", как зовут в Сибири беглых каторжников.

Если Татьяна Петровна отступила назад перед внезапно появившимся перед ней незнакомцем, то это далеко не произошло оттого, что она испугалась встречи с "лихим человеком", каким принято у нас считать каторжника, но лишь от неожиданности.

Как коренная сибирячка, Татьяна Петровна с детства привыкла видеть в "варнаке" не лихого человека, а "несчастненького", который нуждается в помощи, и не только сам никого не обидит, но все время боится, как бы не обидели его.

"Варнаков", впрочем, в Сибири и не обижают. По тем трактам, где они идут "в Россию", то есть совершают преступное, с точки зрения закона, бегство, в деревнях обязательно выставляют на ночь около изб, на особой полочке,

14

приделанной у ворот, жбан квасу и краюху хлеба для "несчастненьких", а днем охотно оказывают им гостеприимство, и очень редки случаи, когда "варнаки", эти каторжники, платят за добро злом. Напротив, оказанное им доверие делает их тише ягненка и преданнее собаки, и своего рода каторжный point d'nonneur установил, что нарушившего оказанное доверие "варнака" его собственные товарищи присуждают к смерти или убивая, или оставляя одного в тайге, обрекая, таким образом, на голодную смерть или на растерзание диких зверей.

Оправившись от первого испуга, Татьяна Петровна окинула стоявшего перед ней "варнака" внимательным взглядом, и от нее не ускользнуло необыкновенное выражение его лица, красноречиво говорившее о пережитых им несчастиях.

Сердце молодой девушки исполнилось искренней жалостью.

— Я перепугал вас, барышня?.. — тихо спросил старик.

— Нет, но ты, дедушка, так неожиданно вырос предо мной... и притом, ты нездешний...

— Угадали, барышня! Видно, вы знаете всех несчастных в округе... Я издалека и много дней уже скитаюсь по матушке-Сибири... Проснувшись, увидел, что вы идете... Почудилось мне, что будто ангел-хранитель мой спустился на землю... Наверное, барышня, мне фарт будет...

— Дай тебе Бог! А далеко тебе идти, дедушка?

— Теперь недалече...

— Если хочешь, зайди к нам во двор... Видишь, виднеется высокая крыша. Отдохнешь у нас на кухне и подкрепишься...

— Спасибо, барышня, да мне теперь рукой подать осталось...

Молодая девушка вынула из кармана несколько серебряных монет и, передавая старику, сказала:

— Возьми, дедушка, пока до фарта-то...

Глаза "варнака" наполнились слезами.

— Благослови вас Господь, касаточка; ангельское, видно, у вас сердце...

Татьяна Петровна зарделась, как маков цвет.

— Так вы живете здесь по близости?..

— Да, вон там, в высоком доме. Я живу с отцов и крестным.

— В высоком доме? — как бы про себя повторил старик. — Этот дом разве не принадлежит больше Петру Иннокентьевичу Толстых? — спросил он вслух.

— А разве ты знаешь его, дедушка?

— Ни... нет! Но много лет тому назад я слышал о нем.

— Так это и есть мой отец.

— Ваш отец?

— Конечно, если я его дочь...

Старик низко опустил голову и задумался.

— Если мне не изменяет память, то Петру Иннокентьевичу теперь лет семьдесят?..

— Это так и есть...

— А вам, барышня, годков шестнадцать?..

— Нет, мне скоро будет двадцать один, но меня все считают моложе, так как я мала ростом, а маленькая собачка, известно, до старости щенок, — засмеялась Татьяна Петровна веселым смехом.

— Скоро двадцать один... — снова задумчиво, как бы про себя, повторил варнак. — Я, может быть, вам покажусь любопытным, — обратился он снова к ней. — Милая барышня, я знал когда-то давно, что у Петра Иннокентьевича была дочка и он был вдовец, но эта дочь — не вы, так как более двадцати лет тому назад она уже была в ваших летах — ее звали...

— Марией... — перебила его молодая девушка. — Я ее никогда не видала. Ее уже не было, когда я родилась... Только в прошлом году я узнала, что Мария однажды ушла и более уже не возвращалась, и никто не знает, по какой причине. Все думают, что она умерла...

Старик задрожал и спросил, видимо прерывающимся от внутреннего волнения голосом:

— А вас как зовут, барышня?

— Татьяной.

— Ваша мать тоже живет с вами?

— Мою мать я тоже, как и Марию, никогда не видела. Она умерла, когда я родилась... — печально отвечала молодая девушка.

— Как это странно! — пробормотал старик и провел своей костлявой рукой по лбу. — У Петра Иннокентьевича был в то далекое время, о котором я вспоминаю, служащий, нет, скорее друг, Иннокентий Антипович Гладких. Он жив еще? — спросил он Татьяну Петровну после некоторой паузы.

— Жив и здоров, и умирать охоты не чувствует, — отвечала она. — Он и есть мой крестный.

— Гладких ваш крестный! — воскликнул старик, весь задрожав.

— Ну, да, чему же ты так удивился, дедушка? — вскинула она на него свои глаза. — Да вот и он, легок на помине, сам идет сюда за мной.

Старик почти помутившимся взглядом посмотрел по указанному молодой девушкой направлению.

Гладких действительно подходил к ним бодрой и твердой походкой, но не доходя двух шагов до своей крестницы, вдруг остановился, как пригвожденный к месту, окидывая пристальным взглядом варнака.

Эти два человека, носившие в своей душе столько одинаковых прошлых тяжелых воспоминаний, в течении более двух десятков лет хранивших, во всех мельчайших подробностях, кровавую тайну высокого дома, узнали друг друга так, как бы последняя встреча их произошла вчера, а не два десятилетия тому назад.

Молодая девушка в недоумении смотрела то на того, то на другого, не понимая ничего в этой немой сцене, инстинктивно, впрочем, чувствуя в ней страшную тайну, которая касается и ее. Сердце у ней томительно сжалось — она тоже как бы окаменела.

Вернемся, дорогой читатель, почти за четверть века назад и воссоздадим то прошлое, которое так мгновенно, сильно и ясно промелькнуло в уме обоих встретившихся стариков.

# V

## РОКОВАЯ НОЧЬ

Варнак сказал правду: Петру Иннокентьевичу Толстых летом 186... года было около пятидесяти лет. Уже несколько лет, как он был вдовцом и жил по зимам в городе К., а летом на своей заимке в высоком доме, со своей дочерью Марией.

Потеря любимой жены, случившаяся за десять лет перед тем, сильно повлияла на него: он сделался угрюм и неразговорчив, удалился из общества и всю свою любовь сосредоточил на маленькой Маше, оставшейся после смерти матери десятилетним ребенком.

Несмотря на эту кажущуюся черствость, Петр Иннокентьевич был добрый и справедливый человек, и все, имевшие с ним дело, кончая последним поселенцем —

17

приисковым рабочим, уважали его за честность и справедливость.

Эти два последние качества были жизненным девизом Толстых. Он требовал их и от окружающих, и малейшая ложь доводила его до бешенства.

Петр Иннокентьевич был страшно вспыльчив, хотя и отходчив, как говорили о нем слуги и рабочие.

Иннокентий Антипович Гладких был и в то время уже правою рукою хозяина и помогал ему заведывать приисковым делом. Он был сын доверенного еще покойного отца Петра Иннокентьевича, умершего в доме, почти на руках своего доверителя и оставившего жену и сына. Вдова, вскоре после смерти мужа, сошла в могилу, а маленький Кеня, как сокращают в Сибири очень распространенное имя Иннокентий, даваемое в честь первого иркутского архиепископа, вырос в доме Толстых полуслугой, полутоварищем единственного сына Иннокентия Толстых — Пети, ставшего с летами Петром Иннокентьевичем.

Шли годы, друзья детства не разлучались, и Иннокентий Антипович сделался сперва приказчиком, а затем полновластным доверенным Толстых. Работал он с самоотвержением и знал не только все дела, но даже все мысли своего доверителя и друга, и один умел сдерживать порывы его гнева и даже, подчас, что не удавалось никому, поставить на своем.

Марье Петровне шел двадцатый год. Статная, высокого роста, всегда оживленная и веселая, как майский луч солнца, она слыла в городе К. и в окружности первою сибирскою красавицей. Ее великолепные черные, как смоль, волосы, зачесанные назад и заплетенные в толстую косу, открытый высокий лоб, как бы выточенный из слоновой кости, большие черные глаза сияли тихим блеском доброты и мечтательности, а маленькие пунцовые губки при улыбке открывали ряд жемчужных зубов. Покрытые пушком, полненькие щечки с ярким румянцем и правильный носик, с раздувающимися ноздрями придавали ее лицу необыкновенную прелесть, маленькие грациозные ножки и миниатюрные, как бы высеченные из мрамора ручки довершали очарование этой дочери Сибири, которая могла бы поспорить с любой красавицей палящего юга.

— Она похожа на мать, как две капли воды, — говорили про нее все знавшие покойную жену Петра Иннокентьевича.

Характером она была в отца — гордая, энергичная, с независимой волей и настойчивостью в достижении цели.

18

Старик Толстых ничего не жалел для ее воспитания и образования, и выписанные за баснословные деньги из России гувернантки не даром получили эти деньги.

Петр Иннокентьевич боготворил свою дочь и гордился ею. Он давал за нею миллион в приданое и прочил ей в мужья чуть ли не заморского принца, но... человек предполагает, а Бог располагает.

Верность этой пословицы пришлось испытать Петру Иннокентьевичу на самом себе.

Однажды ночью ему не спалось. Он подошел к окну, которое выходило в сад, и открыл его.

Стояла июньская сибирская ночь, воздух был свеж, но в нем висела какая-то дымка от испарений земли и тумана, стлавшегося с реки Енисея, и сквозь нее тускло мерцали звезды, рассыпанные по небосклону, и слабо пробивался свет луны, придавая деревьям сада какие-то фантастические очертания. Кругом была невозмутимая тишина, ни один лист на деревьях не колыхался, и только где-то вдали на берегу реки стрекотал, видимо, одержимый бессонницей кузнечик.

Петр Иннокентьевич несколько времени стоял, как бы очарованный этой картиной тихой ночи, затем поднял руку, чтобы закрыть окно, как вдруг ему показалось, что какая-то тень проскользнула по саду. Его рука опустилась, он несколько выдвинулся из окна и стал прислушиваться. Тихий шорох шагов достиг до его ушей, и он ясно различил темную фигуру, крадущуюся между деревьями по аллее, ведущей к заднему двору дома. Осторожно озираясь, приблизилась она к калитке, тихо отворила ее и вышла из саду.

Петр Иннокентьевич отшатнулся от окна, как ужаленный, и протер глаза, чтобы убедиться, что он не грезит.

Он узнал свою дочь.

Он окаменел от этого рокового открытия и остался несколько минут недвижим, затем вздрогнул всем телом и пробормотал:

— Что же это значит?

Он побледнел, как смерть; холодный пот выступил на его лбу, и он стремительно бросился к двери, но вдруг остановился и, вернувшись назад, в изнеможении бросился в кресло.

"Его дочь ходит по ночам на какие-то тайные свидания, его дочь обманывает его!" — жгли его мозг страшные мысли.

Какое ужасное открытие для отца; а, между тем, это было так! Куда же было ходить по ночам Марии? Но так ли это ужасно, как рисует его воображение, до каких границ дошла она, забыв свои обязанности, не находится ли она на краю пропасти, или уже упала в нее? Но если она так нагло обманывает своего отца, то здесь, поблизости, должен находиться ее сообщник, тот, с кем она его обманывает. Здесь, на заимке, в тайге!?. Это невозможно! Вдруг он вспомнил, что несколько раз встречал, почти у самого сада, незнакомого ему молодого человека — он подумал тогда же, что это кто-нибудь из приезжих к мелким приискателям или на половинку. Теперь он начал припоминать и многое другое. Еще в К. перед переездом на заимку, в одно из воскресений, когда он с дочерью был в соборе, он заметил этого же молодого человека, стоявшего прислонившись к колонне. Когда они выходили из храма, его дочь переглянулась с ним. Он тогда не обратил на это внимания, но теперь все это с особой ясностью представилось ему.

Не оставалось никакого сомнения, что это был тот самый человек, который соблазнил его дочь.

Вся кровь при этой мысли закипела в его жилах, и в душе проснулись жгучая ненависть и ненасытная жажда мести.

Он вспомнил еще, что однажды, когда он вошел в комнату Марии, она бросила в топившуюся печку сложенный листок бумаги.

Тогда он не имел ни малейшего подозрения и слепо верил своей дочери.

Все эти воспоминания, гурьбой пришедшие ему на ум, открыли теперь ему глаза, и он увидел роковую правду.

Пользуясь неограниченным доверием отца, его дочь получала письма и, наверно, отвечала на них. Но каким способом она переписывалась — здесь, в тайге? Ужели в заговоре против него кто-нибудь из слуг? Это ужасно!

У него мелькнула мысль подкараулить дочь при помощи Гладких, но он отбросил эту мысль. Он решил было пойти сейчас к дочери и потребовать от нее ответа и объяснения в ночных прогулках.

— Нет, — глухо пробормотал он. — Она все равно скроет от меня правду, а я хочу знать все.

Всю ночь до утра провел он, не думая даже о сне. Его била нервная лихорадка, и первые лучи солнца застали его в страшной внутренней борьбе.

— Что случилось? Ты нездоров? — спросил его вошедший к нему, по обыкновению, перед уходом на прииски, Иннокентий Антипович.

— Нет, я здоров, но я понимаю твой испуг, потому что я сам испугался самого себя, когда посмотрелся в зеркало. Иннокентий, я сегодня ночью сделал страшное открытие...

20

— Ради Бога, объясни, что такое?.. Я не понимаю тебя... — тревожно перебил его Гладких, смотря на него широко открытыми от удивления глазами:

— Моя дочь по ночам уходит из дому...

— Ты бредишь... Ты видел это во сне.

— Я не спал... Я не спал, я стоял у этого окна и своими глазами видел, как она в полночь возвращалась домой.

— И ты не спросил ее, где она была?

— Нет, я не хочу до поры до времени, чтобы она знала, что ее шашни открыты... Да она и вывернулась бы и снова одурачила бы меня.

— Ты, значит, ее подозреваешь... — начал было Иннокентий Антипович.

— Подозревать... — принужденно усмехнулся Толстых. — Я уверен.

— Ты меня пугаешь...

— А ты разве ничего не знаешь?

— Ничего! Но если ты ошибаешься... Берегись и не спеши обвинять...

— О, если бы я ошибался... — каким-то стоном вырвалось из груди Петра Иннокентьевича.

— Но что же ты думаешь?

— Я думаю... — с трудом, задыхаясь, отвечал он, — что Мария опозорила мое честное имя.

— Это ложь! — вскрикнул Гладких. — Это ложь! Такая мысль недостойная тебя, Петр! Ты клевещешь на свою дочь... Обвинять ее, чистую, добрую, непорочную, которую все бедняки в окрестности считают их ангелом-хранителем. Это ужасно, это чудовищно!

— Если ты за нее заступаешься, то объясни мне, пожалуйста, зачем она по ночам выходит из дома, да еще крадется, возвращаясь назад, как преступница?

— Но, быть может, она ходила навещать кого-нибудь из больных в поселке?

— Это ночью-то? — нервно расхохотался Толстых. — Нет, друг, ты напрасно ищешь средств ее оправдать. Она не стоит этого, она осрамила мою седую голову... Погибла ли она безвозвратно — я этого не знаю, но я хочу это знать...

С этими словами Петр Иннокентьевич подошел к окну и печально посмотрел на свои владения.

— Все это принадлежит мне, — печально произнес он, — многие завидуют моему богатству. Они думают, что я счастлив. Дураки! О, как бы возрадовались они, если бы узнали, что имя Иннокентия Толстых покрыто позором и забрызгано грязью, и что это сделала его родная дочь!

21

# VI

# НЕЗНАКОМЕЦ

Иннокентий Антипович, ошеломленный всем тем, что услыхал, стоял как окаменелый.

— Не встречал ли ты здесь за последнее время, — обратился к нему, после некоторой паузы, Петр Иннокентьевич, — молодого человека, белокурого, с голубыми глазами, очень щеголевато одетого?

— Да, даже несколько раз, — вскинул Гладких тревожный взгляд на Петра Иннокентьевича.

— Ты его знаешь?

— Нет, он, кажется, из К.

— Что же он делает здесь, если живет в К.?

— Этого я не знаю, но думаю, потому что встречал его там.

— И я тоже...

— Так ты думаешь, что это и есть тот, который...

Гладких не договорил, так как Толстых перебил его.

— Это именно он, я убежден в этом.

Иннокентий Антипович сомнительно покачал головою.

— Это он, повторяю тебе! — вспыльчиво крикнул Петр Иннокентьевич. — Я должен узнать его имя и где он живет, зачем он здесь?.. Я должен узнать это, слышишь, Иннокентий!.. Ты мне узнаешь все это...

Гладких молча наклонил голову в знак согласия.

— Мне, конечно, не след тебя учить осторожности... Главное, чтобы Мария не знала ничего... Избави Бог тебя сделать даже намек о нашем разговоре...

Спустя полчаса Гладких вышел из дому и пошел по направлению к поселку и половинке.

Он возвратился только вечером. Петр Иннокентьевич ожидал его с нетерпением.

— Ну? — спросил он, когда они остались одни.

— Он из К... Живет здесь с неделю на половинке и охотится...

— Охотится... — с злобной усмешкой повторил Петр Иннокентьевич. — Как его зовут?..

— Борис Петрович...

— Фамилия?

— Этого никто здесь не знает.

— И больше ты не узнал ничего?

22

— Ничего.

— Поезжай в К., но узнай мне все подробно...

Иннокентий Антипович снова сделал молчаливый кивок головою, в знак согласия.

На другой день он выехал в К.

Четыре дня, которые продолжалось его отсутствие, показались для Толстых целою вечностью. Его положение усложнялось необходимостью скрывать свое внутренее волнение от дочери. Все ночи он проводил без сна, хотя отводил душу в страшных угрозах по адресу соблазнителя его дорогой Марии. Он припоминал ее недавнее обращение с ним, наивный взгляд ее глаз, который положительно не мог принадлежать обманщице, и все это доводило его до крайнего бешенства.

— Притворщица!.. — злобствовал он наедине с собою. — За кого она принимает меня со своим милым дружком, за дурака, над которым им можно смеяться. О, я покажу им, как они горько ошибаются.

Наконец приехал Гладких.

— Узнал? — встретил его вопросом Петр Иннокентьевич, когда он утром, на пятый день своего отъезда, вошел в его комнату.

— Узнал, — упавшим голосом отвечал Иннокентий Антипович. — Он в К. приехал лишь месяца два тому назад и стал в гостинице Шилова. Фамилия его Ильяшевич.

— Но откуда же он появился в К. Не упал же с неба?

— Из Томска.

— Из Томска, ты говоришь из Томска, — схватился за голову Толстых. — О, я теперь понимаю все!.. Мария ездила в прошлом году гостить в Томск, к своей подруге детства, Гладилиной, которая вышла за Игнатьева и поселилась в Томске. Я еще не хотел отпускать ее, как будто предчувствовал беду. Нет сомнения, что она познакомилась там... Она вернулась, а через какой-нибудь месяц или два он последовал за нею... Они, вероятно, условились. Наверное, они были в переписке, а теперь видятся и виделись там, в К. А я, я ничего не знал... Как они должны были смеяться надо мною.

Петр Иннокентьевич злобно захохотал.

— Что же он делает все это время в К.? — задал он вопрос, молча, с неподдельной грустью, смотревшему на него Гладких.

— Я стороной, осторожно расспросил хозяина гостиницы. Он рассказал мне, что вновь прибывший редко отлучался из дома днем и все что-то писал, выходил изредка по вечерам, деньги платил аккуратно, а обеды ему приносили из общественного собрания.

— А!.. ночная птица, подлец, который боится дневного света... Я покажу ему себя!.. — с пеной у рта прохрипел Петр Иннокентьевич и скорее упал, нежели сел в кресло.

Гладких все продолжал стоять.

— Теперь, Иннокентий, веришь ты в мое несчастье? — несколько успокоившись, спросил Толстых.

Гладких молчал, но две крупные слезы повисли на его ресницах. Ему тяжело было выразить согласие, обвиняющее горячо любимую им дочь своего старого друга, а, быть может, он и не находил ее столь виновной, как ее отец, а только неосторожной, но он хорошо знал характер своего друга, знал, что противоречить ему, во время вспышки гнева, все равно, что подливать масла в огонь.

— Благодарю тебя за известия, — продолжал Петр Иннокентьевич, не дождавшись ответа на предложенный им вопрос. — Но мы еще не все знаем. — Могу ли я рассчитывать на тебя?

— Петр, ты знаешь мою преданность... — с укором отвечал Гладких.

— О, конечно, дорогой друг, конечно, и я в ней не сомневаюсь. Я знаю, какое сердце бьется в твоей груди. Мое несчастье — вместе и твое, и я уверен, что ты ни на минуту не задумаешься принести в жертву все, чтобы спасти мою честь.

— Говори, Петр, чего ты требуешь от меня? — прервал его Иннокентий Антипович.

— Хорошо, слушай: между Марией и этим Ильяшевичем несомненно существует переписка, они назначают друг другу свидания. Я не сомневаюсь в этом, так как своими глазами видел, как она сожгла письмо... Я должен иметь одно из этих писем...

— Это будет трудно.

— Это надо. С этой минуты мы оба будем настороже, и ни одна живая душа не подойдет к дому и не выйдет из него, укрывшись от нашего глаза. Ты будешь сторожить снаружи, а я — внутри. Ты меня понял?

— Понял.

— О, я буду терпелив, но я хочу, в конце концов, узнать то, что я должен знать. На какие бы дьявольские хитрости они ни пускались — мы их накроем. Больше им меня не обмануть. Я ищу правды, страшной правды и — я найду ее.

Глаза его налились кровью.

— Если моя дочь потеряла вместе с сердцем и свою честь, я буду пить чашу позора, капля за каплей...

Его голос захрипел и прервался.

— Петр, Петр, не осуждай преждевременно!.. — воскликнул Иннокентий Антипович.

— И мне придется ее выпить до дна, до самого дна... — не слыша его, как бы рассуждая сам с собою, продолжал Толстых.

— Ради самого Бога, Петр, не говори так, ты пугаешь меня.

— Ты, ты, заступаешься за нее!? — вдруг вскрикнул Толстых и вскочил.

— Да, потому, что я не могу допустить мысли, чтобы Мария сделала такую ошибку...

— Ты хочешь сказать — преступление...

— Она, быть может, поступила неосторожно...

— Очень скоро узнаем мы, кто из нас обоих прав — ты или я. До тех пор у меня не будет ни одной минуты покоя, ни одной ночи сна. Вот уж шесть дней, как я в таком состоянии, как будто бы хожу по раскаленным углям. Несколько раз, когда я смотрел на мою дочь, я чуть не выдал себя, я не мог выдержать напора злобы, которая клокотала в моей груди; но я собрал свои последние силы и сдержался... Я буду терпелив. О, Иннокентий, Иннокентий, дай Бог, чтобы ты был прав... ради нее, ради меня, ради него... О, он... он... Но мы посмотрим...

Губы его судорожно сжались, и лишь по глазам можно было угадать переживаемые им нечеловеческие страдания. Через несколько минут он снова пришел в себя.

— Начнем же действовать, мой дорогой друг, — с горькой усмешкой потрепал он по плечу Гладких.

— Ты увидишь, что я прав... — отвечал тот.

— Подождем и увидим...

Ждать пришлось недолго. Через несколько дней, когда Толстых, по обыкновению последних дней, как зверь в клетке, ходил по своему запертому на ключ кабинету, ему вдруг послышались приближающиеся к двери шаги. Он быстро подошел и отпер ее. На пороге стоял бледный, как смерть, Иннокентий Антипович. Толстых окинул его вопросительным взглядом.

— Из дружбы и преданности к тебе, — дрожащим голосом начал Гладких, — я разыграл роль шпиона. В засаде, из-за кустов, я наблюдал за Ильяшевичем.

— Говори тише... — заметил, весь дрожа от волнения, Петр Иннокентьевич.

— Он подошел к каменной кузнице, которая стоит на краю

25

поселка и в которой давно уже никто не работает, легко вынул один из кирпичей и снова положил его на место.

— Что же дальше?

— Я выждал, когда он удалился, подошел к кузнице и без труда нашел свободно вставленный кирпич, вынул его, и там оказалось письмо...

— Наконец-то!.. — со злобною радостью воскликнул Петр Иннокентьевич. — Действительно, хитро придуманный способ, чтобы за спиной отца вести переписку с каким-то жиганом {Жулик — местное выражение.}. Давай-ка сюда.

Гладких вынул из кармана письмо и молча подал его Толстых. Письмо находилось в конверте, без всякой надписи.

Петр Иннокентьевич запер окно, двери и тогда уже разорвал конверт, вынул письмо и с жадностью прочел следующее:

"Милая Манечка!

Несколько дней, в которые я не видел тебя, кажутся мне вечностью. Как же я могу прожить без тебя целый год! Я дрожу при мысли об отъезде, день которого близок, дрожу при мысли о далеком пути, который мне необходимо предпринять для нашего счастья.

Приходи сегодня к одиннадцати часам, когда в доме все будут спать. Приходи, моя ненаглядная. Я должен тебя видеть, должен прижать тебя к моему сердцу. Мне необходим один взгляд твоих чудных очей, чтобы воспрянуть духом, и один поцелуй твоих коралловых губок, чтобы успокоить свое ноющее сердце.

Я буду ждать тебя на берегу и, как всегда, свидетелями нашего счастья будут луна, звезды да волны быстроводного Енисея.

Твой всегда Борис".

Лицо Толстых, когда он читал эти строки, было страшно. Исказившиеся черты и посиневшие губы выражали необузданную ярость.

— Несчастные! Несчастные! — бормотал он хриплым голосом. — На, читай, читай... — продолжал он, окончив чтение и тыча чуть не в лицо Гладких письмо. — Нужны ли тебе еще другие доказательства? Эти строки писаны рукой, которая опозорила мое доброе имя. Несчастная растоптала в грязи свою и мою честь! Но кто этот негодяй, который скрывается днем и только ночью шляется, как разбойник. Горе ему, горе им обоим!

Иннокентий Антипович вздрогнул и сделался вдруг бледнее своего друга.

26

— Что ты хочешь делать? — воскликнул он.

— Я еще сам не знаю... — отвечал диким голосом Толстых.

— Умоляю тебя, обдумай хорошенько!

— Я обдумаю... обдумаю, — как-то бессознательно повторял Петр Иннокентьевич.

— Нельзя ни на что решаться в минуты гнева... Берегись, Петр! Я боюсь за тебя... Я читаю в твоих глазах страшные мысли.

— О, конечно, я должен отомстить!

— Петр, может быть, горе еще не так велико, может быть, есть еще возможность и время...

— Молчи! — перебил его, крикнув страшным голосом Толстых. — Я говорю тебе, я опозорен: моя дочь пала... пала!..

Он упал в кресло, закрыв лицо руками.

Иннокентий Антипович вздрогнул и опустил низко голову.

— Где она теперь?.. — встал с кресла Петр Иннокентьевич.

— В своей комнате.

— А...

Толстых взял со стола другой конверт, бережно положил в него письмо и подал его Иннокентию Антиповичу.

— Отнеси его туда, откуда ты его взял, — коротко сказал он ему.

Гладких окинул его вопросительно-удивленным взглядом.

— Что ты замыслил? — испуганно спросил он.

— Это касается только меня одного.

— Охотно верю, но и отгадываю твое намерение, ты устраиваешь им ловушку. Не делай этого, это недостойно тебя.

— Я не нуждаюсь в наставлениях и совсем не расположен теперь слушать проповеди, — резко отвечал Петр Иннокентьевич.

— Петр! Именем твоей покойной жены, которую ты так сильно любил, заклинаю тебя, не делай этого!.. Послушай меня, позови свою дочь, поговори с ней, спроси у нее...

— Нет! Оставь меня и делай, что я тебя прошу, если ты мой друг. Делай, или будет еще хуже... Я хочу, чтобы Мария пошла сегодня на свидание, которое ей назначили...

Гладких понял, что теперь все его слова были бы напрасны и не изменили бы рокового решения Толстых. Он замолчал, но мысленно решил во что бы то ни стало спасти молодую девушку от угрожавшей ей опасности.

С поникшей головой вышел он из комнаты.

Через несколько минут, письмо было положено на прежнее место, а Иннокентий Антипович отправился в приисковую контору.

# VII

## НАД ПИСЬМОМ

Через какой-нибудь час времени к заброшенной кузнице торопливой походкой подошла Мария Петровна и, робко озираясь по сторонам, вынула кирпич, достала письмо и быстро сунула его в карман платья.

Еще раз оглядевшись кругом и успокоившись, что ее никто не видел, она так же быстро возвратилась домой и прошла в свою комнату, чтобы без помехи прочесть дорогое послание.

Комната Марии Петровны была отделана как игрушка: пунцовая шелковая мебель, такие же драпировки и пушистый ковер с большими букетами пунцовых цветов придавали обширной комнате уютный вид. За поднятою, на толстых шелковых шнурах, пунцовой драпировкой виднелась белоснежная кровать с целою горою подушек.

Масса дорогих безделушек украшала письменный стол и две этажерки, стоявшие по углам. В переднем углу блестел кованный золотом образ Божьей Матери.

Все в этой комнате указывало на заботливую любящую отцовскую руку, которая, с помощью колоссальных богатств, могла устроить в далекой сибирской тайге такой комфортабельный уголок, украсив его произведениями не только центральной России, но и Западной Европы. Картины, принадлежащие кисти нескольких лучших художников, украшали стены комнаты, оклеенной дорогими пунцовыми обоями. С потолка спускалась изящная лампа; другая, на художественной фарфоровой подставке, украшала письменный стол.

Все эти знаки внимания и любви горячо любимого ею отца производили теперь на Марию Петровну тяжелое впечатление. Они угнетали ее, они напоминали ей об этом отце, которого она обманывала.

Время, когда она с наслаждением проводила целые часы в этой уютной комнате, увы, для нее миновало. Она сидела в ней теперь со страхом и трепетом, и — не даром. Зная за собою вину, она не имела ни минуты покоя, страшась постоянно, что ее тайна будет открыта. Она чувствовала, что краснеет каждый раз, когда отец смотрит на нее более или менее пристально, и этот предательский румянец, казалось ей, выдаст ее с головой обманутому отцу. К ужасу своему, она заметила за последнее время, что он стал еще угрюмее, не заговаривает с нею и избегает оставаться с глазу на глаз.

"Боже мой, неужели он что-нибудь подозревает?" — с боязнью спрашивала она самое себя.

Она успокаивала себя, что это ей только кажется; но страх за будущее продолжал холодить ее сердце.

Она страдала, впрочем, мужественно. Ведь она страдала за него, за того, которого она любила такой беззаветной любовью, любовью, способной на всякие жертвы.

Он был так молод, так хорош.

Богат ли он? — этого она не знала, но у него было чудное сердце, большое честолюбие и радужные надежды на будущее. Она действительно встретилась с ним в Томске, в доме ее подруги детства. Он и там был приезжий, хотя покойный отец его провел в этом городе последние годы своей жизни.

Старик Ильяшевич был в ссылке за польское восстание 1830 года, и Борис Петрович родился в Якутской области, откуда отец отправил его, девятилетним ребенком, в Варшаву, а сам получил впоследствии разрешение поселиться в пределах Сибири, где ему будет угодно, и избрал для своего местожительства город Томск. Борис, между тем, окончил курс в одной из варшавских гимназий, перебрался в Петербург, где прослушал университетский курс по юридическому факультету и, вызванный в Сибирь к умирающему отцу, не застал его в живых.

Мать его, последовавшая в ссылку за отцом, умерла на пять лет ранее своего мужа.

Борис Петрович на несколько месяцев остался в Томске для устройства дел и получения документов, необходимых ему для ходатайства о возвращении ему прав и конфискованных имений его отца, на что он твердо надеялся, и — здесь встретился с Марьей Петровной Толстых.

Смерть отца, которому он не успел закрыть глаза, забота о будущем отражались дымкой грусти на красивом лице молодого человека.

Марья Петровна начала с того, что захотела его утешить и кончила, как это обыкновенно бывает, тем, что отдала ему свое сердце. Она не ведала, какая пропасть ожидает ее на этом пути, усеянном розами.

Счастье первой любви туманит рассудок. Время укрепило и усилило эту любовь, и Марья Петровна не видела в этом ничего дурного. Она любила без расчета и рассуждения, и ей казалось, что как она отдала ему свое сердце, так же отдала бы и свою

29

жизнь. Она вся принадлежала ему — одному ему... Переживая весну любви, никогда не думают об ее осени.

Единственно, что смущало молодую девушку, это необходимость скрывать свое чувство от отца.

— Признание перед отцом, — сказал ей Борис, — теперь, когда мое положение не упрочено, может погубить все. Нас разлучат, и тогда... прощай любовь!

Защищать свою любовь, значит защищать свою жизнь, а потому она молчала.

Марья Петровна углубилась в чтение письма.

— Милый, дорогой Борис!.. — начала думать она вслух, прочитав письмо. — Он решился... Это необходимо — дни проходят, время бежит... Ему, конечно, все удастся, — мое сердце меня не обманывает. Разве не довольно он выстрадал? Милосердый Бог, который обо всем заботится, не оставит его. Он страшится разлуки со мной. Я боюсь ее не менее... Но она необходима, будущее счастье требует жертв. Я пойду на свидание! Ведь это последнее!.. Я рискую страшно: вдруг меня кто-нибудь увидит... узнает... Одна мысль об этом холодит мое сердце. Но если он меня еще раз не увидит, у него пропадет и мужество, и решимость уехать... Он зовет меня, и я должна принести ему то, что он просит — энергию и надежду.

Она зажгла свечу и сожгла письмо — предосторожность, увы, запоздалая! На ресницах ее блеснули слезы. Она вытерла их и сошла вниз.

В столовой она застала Иннокентия Антиповича. Он ласково поздоровался с молодой девушкой. Ей бросилось в глаза грустное выражение его лица.

— Что с вами, вы печальны?

— У меня много забот в последнее время... — дрожащим голосом отвечал он.

— Что-нибудь с рабочими? Разве попалась неудачная партия?

— Нет, благодаря Бога, к нам идет рабочий на отличку... Я не об этом...

Гладких остановился.

— О чем же? С некоторых пор вы не откровенны с вашей любимицей.

Иннокентий Антипович уже раскрыл было рот, чтобы предупредить молодую девушку и посоветовать ей не выходить вечером из ее комнаты, но в эту минуту вошел Петр Иннокентьевич и бросил на своего друга такой взгляд, который сковал ему язык. Иннокентий Антипович лишь долгим взглядом окинул Марью Петровну и вышел. В этом взгляде была немая мольба, но молодая девушка не поняла его.

"Бедный Иннокентий Антипович! Его опять что-то огорчило, верно, папа сегодня не в духе", — подумала она.

Пасмурное лицо отца утвердило ее в этой мысли.

— Барышня, там пришел муж Арины и принес вам молодого волчонка, — сказала вошедшая горничная.

— Где он?

— На дворе, у кухни.

Марья Петровна очень любила животных: у нее были ручной медведь, два совершенно ручных волка и прирученная лисица. Последняя, впрочем, знала лишь ее одну, и, как и медведь, сидела на цепи, волки же гуляли по двору вместе с собаками.

Всем этим зверинцем она была обязана Егору Никифорову, бывшему крестьянину-приискателю, посвятившему себя теперь всецело охоте и известному в высоком доме более, под прозвищем "мужа Арины".

Арина была кормилицей Марьи Петровны и боготворила свою питомицу, тем более, что ее собственные дети умирали, не доживая до году, а первый прожил только несколько дней. Марья Петровна платила своей кормилице горячею любовью.

Молодая девушка поспешно прошла через кухню и вышла на крыльцо, у которого, прислонившись к заплоту, с волченком под мышкой и с ружьем в правой руке, стоял Егор Никифоров.

Это был красивый, видный мужик лет за сорок. Его открытое лицо, с несколько плутоватыми, как у всех сибирских крестьян, глазами, невольно вызывало симпатию, и о нем с первого раза складывалось мнение, как о "славном малом". Темнорусая борода окаймляла смуглое лицо, и такая же шапка густых волос оказалась на голове, когда он снял почтительно свою шапку, увидав вышедшую к нему барышню.

— Вот зверька вам, барышня, принес для забавы.

Он подал ей маленького волчонка, с растопыренными лапами и бегающими в разные стороны маленькими глазками.

— Спасибо, Егор, спасибо! — взяла в руки зверька Марья Петровна и бережно опустила его на крыльцо. — Марфа! — крикнула она в отворенную дверь кухни.

На пороге появилась высокая, плотная женщина.

— Что угодно, барышня?

— Накорми новенького молочком и посади пока в чулан... вот в этот, — показала Марья Петровна рукой на дверь выходившего в кухонные сени чулана.

— Слушаю-с.

Марфа взяла волчонка и потащила в кухню. Он слабо взвизгивал.

— Ну, что Арина, — обратилась Марья Петровна к Егору. — Я ей приготовила уже давно все нужное. Как ее здоровье?

— Какое уж здоровье в ее положении... она и так-то у меня хилая!

Молодая девушка покраснела.

— Так я тебе передам сверток для Арины. Присядь пока здесь, на крылечке, велю и тебе вынести водочки и приедок {Приедками в Сибири называют закуски, состоящие из пирожков, рыбы и прочего.}.

— Спасибо, барышня, дай вам Бог жениха хорошего и богатого.

Марья Петровна не слыхала этого пожелания, так как поспешно вбежала в дом и через несколько минут вернулась, держа в руке объемистый сверток; в это же самое время Марфа вынесла Егору стакан водки и край пирога.

— За ваше здоровье, барышня! — сказал он, опорожняя стакан.

— В воскресенье, — сказала молодая девушка, — если можно будет, я приду навестить Арину.

— Она будет очень рада вас видеть... Моя жена, как и я, не забывает добра. Она и я помним все то, что сделали для нас вы и ваш отец, за которого я готов отдать свою душу. Знаете ли вы, барышня, что ваш батюшка составил мое счастье и спас мне жизнь?

— Нет, отец никогда не говорил мне этого.

— Он истинный христианин и не хвастает своим добрым делом, но я расскажу вам это... Или, быть может, вам недосуг, барышня?

— Нет, нет, расскажи — это очень интересно.


# VIII

## РАССКАЗ ЕГОРА

— Вас еще не было тогда, барышня, на свете, — так начал рассказ свой Егор Никифоров. — Мой отец умер; он раньше служил у отца вашего батюшки и лишь в конце жизни сделался приискателем. Дела его были плохи, избушка развалилась, я остался одинок и занялся тоже отцовским делом. Неудачно было оно и у меня, с хлеба на квас перебивался, а молодость брала свое. Заполонила мне сердце черноглазая Арина, дочь бедной вдовы, жившей в мазанке, на самом краю поселка — этой мазанки теперь и следа не осталось — Арина-то была чуть не беднее меня... Как тут быть? Жениться — надо хоть избушку подновить да кое-что по хозяйству справить... Горе, да и только. Хожу я как убитый. Раз встретился я с вашим батюшкой, он тогда только женился и с молодой женой жил здесь, в высоком доме. Он, знать стороной, проведал о моей любви к Арине и о моем горе.

"Что, Егор, — сказал он мне, — я слышал, ты хочешь жениться на Арине?"

"И рад бы в рай, да грехи не пускают", — сказал я ему и рассказал свое горе сиротское.

"Это дело поправить можно, — сказал он с улыбкой, — зайдем-ка ко мне".

Пошел я и ног под собою не чувствую, сердце щемит то страхом, то радостью. А он дорогой мне и говорит:

"Арина хорошая девушка, честная, работящая, твой и ее отец долго служили моему отцу, ты тоже славный парень, значит, тебе надо помочь жениться на Арине".

Пришли мы-то в дом, оставил меня он в этой самой кухне, а сам пошел к себе, да через минуту выносит мне три сотенных бумажки.

"На тебе, говорит, на свадьбу и на хозяйство".

Я окаменел от радости, гляжу на него во все глаза и ни глазам, ни ушам своим не верю. Слезы градом потекли из моих глаз, и упал я, как пласт, в ноги своему благодетелю.

Через две недели после этого мы сыграли свадьбу, я исправил избушку заново, купил лошадь и корову, бросил приискательство и занялся охотой. До сих пор я должен ему эти триста рублей, а он никогда и не напомнит, будто забыл.

— Да, конечно же, забыл! — улыбнулась Марья Петровна.

— Забыл, оно и есть, что забыл, потому, как вы родились, Арина пошла к вам в кормилицы, ее покойная ваша матушка, да и батюшка ваш уж как баловали, а как выкормила она вас — одарили по-княжески.

— Да это еще не все, — продолжал разглагольствовать Егор, которому Марья Петровна приказала поднести еще стаканчик, — что сделал для меня ваш батюшка, — раньше, как я уж говорил вам, он спас мне жизнь. Мне было лет восемнадцать, дело было в начале апреля, я хотел по льду Енисея на ту сторону перейти, а река-то уж посинела и вздулась — известно, молодечество — дошел я почти до половины, лед подо мной провалился, и я — бултых в воду. Батюшка ваш в то время на берегу был, мигом бросился к проруби, нырнул в нее и вытащил меня на поверхность. Но как вскарабкаться на лед? С каких сторон он ни пробовал — лед обламывается под тяжестью двух человек, и три раза я ускользал из его окоченевших рук, и три раза он снова ловил меня. Сбежались на берег рабочие с приисков — в то время уже пришла первая партия — бросили вашему батюшке длинную веревку с петлей на конце. Зацепил он петлю мне за пояс, вышел на лед один, а затем вытащил и меня. Только через час я пришел в себя и понял, что случилось. Тогда говорили, что я остался жив только каким-то чудом, и это чудо совершил ваш батюшка. Ему, значит, я обязан и жизнью.

— Я ничего об этом не знала! — сказала Марья Петровна, сильно тронутая рассказом Никифорова.

— Вы поймете теперь, милая барышня, как я люблю вашего батюшку, как я предан ему и какую я чувствую к нему благодарность в моем сердце. Я бы для него позволил разрубить себя на куски.

— Он, наверное, знает это.

— Пусть знает и не сомневается в Егоре Никифорове... Но я, кажется, надоел вам, барышня, своей болтовней.

— Напротив, все это очень интересно, и я с удовольствием тебя слушаю.

— Какая вы добрая, барышня! Если кто-нибудь должен быть счастлив в жизни, то, наверное, это вы.

Марья Петровна вздохнула.

Егор Никифоров встал, поднялся по ступенькам крыльца и поставил ружье в кухонных сенях и около него положил сверток.

— Прощенья просим, барышня, — вышел он из сеней, — время уже к вечеру, а мне надо еще сходить на мельницу, — не ближний свет, за мукой, я и ружье здесь оставлю, а то придется нести мешок на спине, так оно только помешает, а на обратном пути захвачу его. Пусть тут лежит и сверток.

— Нет, тогда я лучше сама занесу его Арине в воскресенье.

— Будь по вашему, милая барышня, до свидания. Я скажу Арине, что вы об ней подумали.

С этими словами он надел шапку и ушел со двора.

Марья Петровна вошла в сени, взяла сверток и вошла с ним в дом.

Время на самом деле близилось к вечеру. После вечернего чая молодая девушка ушла в свою комнату и там с нетерпением стала ожидать приближения ночи. Она чутко прислушивалась к движению в доме, дожидаясь, когда все уснут, чтобы незамеченной проскользнуть на свидание.

Черный большой платок, который она накидывала на себя, уже лежал приготовленный на стуле.

Молодая девушка потушила свечу, чтобы в доме подумали, что она уже легла спать.

В темной комнате продолжала она прислушиваться к голосам людей и к их движению в доме, но вот, мало-помалу, все смолкло. Часы пробили одиннадцать.

Час свидания настал.

Молодая девушка была убеждена, что все заснули в доме. Но она ошибалась. Двое людей бодрствовали и дожидались этого часа, так же как и она...

Эти люди были ее отец и Иннокентий Антипович Гладких.

Марья Петровна закуталась в платок и осторожно выскользнула из своей комнаты. Тихо, чуть дыша, спустилась с лестницы, прошла через столовую в кухню, неслышно отодвинула засов двери и выскочила на задний двор.

Ночь была лунная. Как тень направилась она к садовой калитке и исчезла в саду, чтобы аллеей добраться до другой калитки, выходившей на берег Енисея.

Почти следом за ней выскочил из своего кабинета Петр Иннокентьевич и так же осторожно, как и она, прошел через несколько комнат в кухню. Если бы он посмотрел в эту минуту на себя в зеркало, он не узнал бы себя. Он был бледен, как мертвец.

Марья Петровна впопыхах забыла затворить за собою дверь, и лунный свет, падая в сени, осветил стоявшее в них ружье.

У Толстых мелькнула роковая мысль. Он схватил ружье и выбежал на двор.

У крыльца стоял Иннокентий Антипович.

— Петр, куда ты? — загородил он ему дорогу.

— Пусти меня, не твое дело!

— Нет, я тебя не пущу.

— Пусти, говорю тебе, прочь с дороги! — с пеной у рта, задыхающимся голосом прохрипел Толстых.

— Нет!

— Несчастный! — простонал Петр Иннокентьевич и с необычайной силой раздраженного до бешенства человека схватил своего друга за горло и отшвырнул в сторону.

Гладких ударился головой о заплот сада и упал без сознания.

Не обращая внимания на упавшего товарища детства, Толстых, как хищный зверь, бросился через калитку в сад и, замедлив шаги, пригнувшись к земле, точно ночной хищник, направился к той же калитке, куда за несколько минут прошла его дочь.

Кругом все было тихо. Ни один лист не колыхался на деревьях.

Петр Иннокентьевич слышал биение своего собственного сердца.

Несмотря на то, что в саду было довольно светло от лунного блеска, он не видел ничего: какие-то то зеленые, то кровавые круги сменялись в его глазах.

Он шел, замедляя шаги, как бы желая оттянуть время, когда он воочию убедится в падении своей дочери.

При малейшем шорохе, порой лишь казавшемся ему, он останавливался и вслушивался. Убедившись, что по близости нет никого, он продолжал путь.

Ему казалось, что то тут, то там он слышит тихий страстный шепот — это была игра его расстроенного воображения.

Наконец, он достиг до калитки, ведущей на берег реки, и вышел из сада.

Луна полускрылась за облаками, но Петр Иннокентьевич, казалось, обладал двойным зрением — он сразу заметил вдали на берегу две фигуры и узнал в них свою дочь и ее соблазнителя.

В глазах у него потемнело. Он упал ничком в траву и несколько минут пролежал недвижимо, затем, тихо поднявшись на руки, стал подползать к месту преступного свидания.

Уже до его чуткого уха долетал чуть слышный шепот влюбленных — это не была уже игра воображения; это была роковая действительность.

"Его дочь целовалась с посторонним мужчиной. Его дочь — любовница какого-то проходимца. Любовница — это несомненно", — мелькали страшные мысли в голове несчастного отца.

И он все полз и полз вперед и наконец очутился шагах в пяти от влюбленных.

Он впился жадным взглядом в ненавистные для него черты соблазнителя его дочери, он точно хотел поглатить его этим взглядом или на век запечатлеть его лицо и его фигуру в своей памяти.

Его дочь стояла к нему спиною.

Они говорили пониженным шепотом. Петр Иннокентьевич едва улавливал звуки.

Он хотел слышать их разговор, упиться своим позором, еще более убедиться в нем, хотя и теперь в его уме не было ни тени сомнения.

Он стал подползать к ним ближе. Вот он почти около них.

Он явственно слышит их слова, но едва ли понимает их. Увлекаясь, они даже повышают голоса и не подозревают, что они не одни, что поблизости есть роковой свидетель их преступной беседы, что мститель у них за спиной.

Петр Иннокентьевич как бы окаменел в своей позе в траве и весь обратился в слух.

# IX

## СВИДАНИЕ

Марья Петровна ранее своего отца как тень проскользнула в калитку и стала спускаться по берегу реки.

Она тотчас заметила стоявшую вдали темную фигуру мужчины, — это был Ильяшевич.

Быстрее лани бросилась она к нему и без слов упала в его объятия.

Их губы встретились. Это не был поцелуй в его банальном значении. Это был акт величайшего душевного экстаза. Это была печать духовного соединения двух любящих существ, составляющих одно целое.

— Радость моя!.. Когда я подумаю, какой опасности подвергаешься ты, доставляя мне эти минуты неизъяснимого блаженства, я упрекаю себя за эгоистическое пользование твоею добротою. Я нахожу, что недостоин твоей любви, которая для меня дороже жизни. Читая же в твоих чудных глазах ответное чувство, я мучаюсь, что заставляю тебя страдать и только... Ты должна считать меня бессердечным...

— Я люблю тебя!.. — воскликнула она вместо ответа с какой-то блаженной улыбкой.

— Ангел мой! — прошептал он. — Вместо того, чтобы жаловаться на свою судьбу, ты отвечаешь мне только словами безграничной любви. Чем заслужил я это? Ты, одна ты, как утренняя заря, осветила ночной мрак моей сиротской жизни... Ты мне показала небо, и я научился молится Богу. Как ветер, который разгоняет облака, так и ты одним взглядом твоих чудных глаз рассеяла тучи, заволакивавшие мою будущность. В моем сердце жили ненависть и презрение к людям — ты поселила в нем любовь. Одна мысль о тебе заставляет меня видеть все в радужном свете. Все радости моей жизни начались с того момента, как я увидал тебя, полюбил и узнал, что ты тоже любишь меня... А что я тебе дал взамен? Ничего. Нет, хуже: заботы, горе, страх, позор...

— Боря, Боря, замолчи! Это неправда.

— Ты неизмеримо добра и конечно не хочешь с этим согласиться. Но смотри, ты и теперь вздрогнула, услыхав какой-то шорох, и это я заставляю переносить тебя эти томительные минуты. Нет, именно я ничего не сделал тебе, кроме зла...

— А то, что ты любишь меня!

— О, что касается до этого, то я люблю тебя, люблю так, как едва ли кто в состоянии любить, и пока сердце мое бьется, оно будет принадлежать исключительно тебе. Но этого мало. Мой долг доставить тебе спокойствие, вернуть на твое прелестное личико улыбку. Дорогая Маня, ты несчастлива, а я хочу, чтобы ты была счастлива.

— Замолчи, говорю тебе, я совсем не так несчастна, как ты воображаешь. Моя вера в тебя так глубока, так безгранична, что я все перенесу с терпением и мужеством. Любовь моя к тебе так сильна, что никто и ничто на свете не может вырвать ее из моего сердца. Я думаю, что если бы наше счастье далось нам легче, мы меньше бы ценили его. Но несмотря на это, я должна тебе сознаться, что эти дни я немножко побаивалась. Мой отец почти не говорил со мной, его взгляд иногда так суров... Он, видимо, чем-то взволнован, озабочен, мне кажется, что он догадывается...

— Это должно было случиться... Я предвидел и боялся этого... А я хочу сперва окончательно упрочить свое положение... Что я такое — сын поселенца. И хотя приобрел права образованием... нищий, когда я могу через несколько месяцев быть богачом. Теперь мой роман с тобой могут счесть — это и убивает меня — за ловлю с моей стороны богатой

38

невесты, а тогда... другое дело. Теперь скажут, что я увлек тебя, опозорил тебя, чтобы не получить отказа... Я не могу перенести такую профанацию моего святого чувства... такое гнусное толкование роковой минуты увлечения... Я добуду себе положение и богатство...

— Умоляю тебя, спеши! Через несколько месяцев уже нельзя будет скрывать моего положения... Я мысленно буду сопутствовать тебе, это подкрепит тебя в достижении цели.

— Ты права, довольно медлить и откладывать... Ты не должна лгать — это противно твоей честной натуре. Я — подлец, поставивший тебя в такое отвратительное положение.

— Боря, не упрекай себя, что совершилось — совершилось во имя нашей любви. Я чувствую, что поступила бы точно так же и теперь и ни капли не раскаиваюсь. Но, скажи, ты решился завтра уехать, не правда ли?

— Конечно, потому-то я и хотел тебя видеть сегодня еще раз и поговорить с тобой перед отъездом.

— Поезжай, дорогой Боря, поезжай, мой муж перед Богом, и возвращайся скорее... Твоя Маня будет ждать тебя, будет ждать своего счастья, открытого, честного счастья.

— Менее чем через месяц я буду в Петербурге. Бумаги моего отца все уже мною собраны... В столице у меня есть люди, которые помогут мне... я надеюсь скоро добыть себе права дворянства и возвратить конфискованные имения, если не все, то хотя часть их, и тогда мое состояние будет почти равно состоянию твоего отца.

— Поезжай, Боря! — сказала она несколько взволнованным голосом. — Я с верой и надеждой буду дожидаться твоего возвращения, считая каждый час. О, пришли мне поскорее хорошую весточку. Но что бы ни случилось, достигнешь ли ты своей цели или нет, ты тотчас же напиши мне из Петербурга и напиши прямо и открыто. Мое решение твердо и непоколебимо, мы не будем более видеться тайно. Рано или поздно мой отец все равно должен будет узнать об этом. Я брошусь к его ногам и чистосердечно покаюсь ему во всем. Я знаю, что он более огорчится, нежели разгневается, хотя его гнев и будет страшен. Но так как от этого будет зависеть все наше счастье, я сумею найти слова, которые дойдут до его сердца и которые даже в его глазах послужат оправданием нашему проступку... Бог поможет мне в этом! А теперь, дорогой мой, расстанемся... Я пойду домой и буду молиться за тебя, чтобы милосердый Господь охранял тебя в твоем путешествии.

Он притянул ее к себе и они как бы замерли в прощальных объятиях.

— Ты для меня воздух, которым я дышу! — прошептал он страстным шепотом.

Послышался долгий страстный поцелуй.

Она, наконец, вырвалась из его объятий, отошла несколько шагов, затем снова вернулась, порывисто обвила его шею руками, горячо поцеловала и быстро, не оглядываясь, пошла назад по направлению к садовой калитке.

Он стоял и следил за ней влюбленными глазами, пока она не скрылась в саду, а затем пошел по берегу Енисея, по дороге к поселку.

Вдруг он остановился. Ему показалось, что перед ним промелькнула человеческая фигура и тоже остановилась.

Сердце Бориса Петровича сжалось.

— Что это? Я трушу... — устыдил он самого себя и смело продолжал путь.

Но не успел он сделать двух-трех шагов, как в ночной тишине раздался выстрел.

В ту же минуту молодой человек глухо вскрикнул и обеими руками схватился за грудь. Сделав несколько конвульсивных движений, как бы ища опоры, он упал навзничь и остался недвижим.

Марья Петровна услыхала этот выстрел еще не успев войти в дом. Дрожь пробежала по ее телу и холодный пот выступил на лбу.

Она, впрочем, не знала, кто был роковой мишенью для этого выстрела, а выстрелы в тайге слышались часто.

Иннокентий Антипович тоже пришел в себя от этого выстрела и с трудом поднялся на ноги.

Он с отчаянием схватился за голову и прошептал:

— Это то, чего я боялся; напрасно я прилагал свои старания ослабить гнев Петра... Преступление совершилось... Теперь уже поздно, слишком поздно.

Он ломал себе руки.

— Петр, Петр... ты сделался убийцей.

Вдруг до его слуха донеслись тихие шаги.

"Это Мария!" — подумал он и притаился возле заплота.

Молодая девушка действительно прошла мимо него и вошла в дом. Он последовал за нею.

Чуть слышно прошла она по комнатам и поднялась к себе наверх.

Войдя в свою спальню, она сбросила с себя платок, упала на колени перед образом и начала горячо молиться.

Тем временем Гладких со страхом ожидал возвращения своего друга и хозяина.

Прошло минут десять.

Наконец послышались в саду быстрые тяжелые шаги, и в комнату вошел Толстых, бледный, как полотно. Его трясло как в лихорадке, а, между тем, пот градом падал с его лба. Волосы на висках были смочены, как после дождя. Он тяжело дышал с каким-то хрипом и едва держался на ногах.

Ружья с ним не было. Он машинально поставил его на прежнее место в сенях.

— Петр, несчастный, что сделал ты? — встретил его Иннокентий Антипович.

Толстых посмотрел на него каким-то диким взглядом.

— Что я сделал... это знаю я...

— Петр, может быть, милосердный Бог отвел твою руку от несчастной жертвы...

Мрачный огонь блестнул в глазах Петра Иннокентьевича.

— Нет... — угрюмо отвечал он. — Я целил ему в сердце, и он упал...

— Мертвый! — с отчаянием в голосе воскликнул Гладких.

— Мертвый! — хриплым голосом повторил Петр Иннокентьевич.

Иннокентий Антипович упал на стул и закрыл лицо руками.

— Он был вор... — продолжал как бы про себя Толстых. — Он украл честь моей дочери... мою честь... Я защищал свою собственность и... убил его. Что же тут такого?

— Убил... — опустив руки на колени, упавшим голосом прошептал Гладких.

— Да, убил... если тебе нравится так это слово... Повторяю, что же тут такого?..

— А суд, Петр? Разве ты не думаешь о суде?

— Для меня суд — я сам...

— Ты не в своем уме, Петр?

— Если я вижу на моем цветке, который я вырастил, букашку, я сбрасываю ее и давлю ногой. Если я вижу, что бешеная собака может броситься на мою дочь, я беру ружье и убиваю собаку. Это мой долг... Я исполнил его сегодня...

— Он не понимает, он не хочет понимать! — в отчаянии воскликнул Гладких. — Ведь то, что ты сделал — ужасно! Твое спокойствие пугает меня... — Несчастный, не видал ли кто тебя?

— Что мне за дело до всего этого!

— Твои ответы безумны! Я надеюсь, что тебя никто не видал в этот час... В доме все спят, также и в поселке. Но я заклинаю тебя, подумай о своем положении. Ты совершил

41

страшное преступление, и если его откроют, то ты понесешь страшное наказание. Хотя бы ты двадцать раз приводил в свое оправдание, что ты защищал свою честь и честь своей дочери, тебе двадцать раз ответят, что ты не имел права самосуда... Но если тебя никто не видал, то никто тебя и не обвинит, если ты сам себя не выдашь... Если я не успел удержать твою руку, то теперь я должен думать, как бы спасти тебя. Нет, тебя обвинить не могут... Им нужны доказательства, улики, а их против тебя нет никаких.

Иннокентий Антипович замолчал.

Толстых молчал тоже. Он сидел за столом, положив голову на руки и как бы окаменел.

Вдруг Гладких встал. В глазах его, сделавшихся почти стеклянными, выразился страшный испуг. Он подошел к Петру Иннокентьевичу и, наклонившись к его уху, сказал сдавленным шепотом:

— Петр, мне пришла в голову страшная мысль... Выслушай меня, ради всего святого! Если кто-нибудь еще знает о связи твоей дочери с этим молодым человеком, если кто-нибудь знал о их свиданиях, тогда мы пропали...

Петр Иннокентьевич с трудом поднял голову и окинул своего друга недоумевающе-вопросительным взглядом.

— Обо всем этом надо подумать! Часто неосторожно сказанное слово влечет за собою подозрения и тогда... конец... Они придут...

— Я буду их дожидаться...

— Но этого мало, ты должен приготовиться к защите...

Толстых снова поднял голову и горько улыбнулся...

— Но подумай только, Петр, полиция, тюрьма, суд...

— Так что ж, пусть меня осудят...

— А каторга... несчастный, каторга... нам более, чем другим, известны эти ужасы каторги... не той, которая на бумаге, а настоящей... скитальческой...

— Пусть каторга... пусть хотя смерть...

Гладких дико смотрел на своего друга.

— Смерть! — продолжал Петр Иннокентьевич. — Это избавление! Жизнь? Что заключается в ней? Как глупы люди, что так дорого ее ценят. Все бегут за этим блестящим призраком. Глупцы! Из золота они сделали себе Бога и поклоняются ему. Одного съедает самолюбие, другого — зависть. Всюду подлость, лесть и грязь! Все дурное торжествует над хорошим, порок и разврат одерживают победу над честью и добродетелью.

Он нервно захохотал.

— Какая несчастная эта жизнь. О, я хотел бы умереть... Я более не существую, у меня более ничего нет, я больше ни во что не верю.

Он уронил голову на сложенные на столе руки и зарыдал. Иннокентий Антипович не мешал ему выплакаться. Он понимал, что слезы облегчат его и, быть может, дадут другое направление его мыслям. Он лишь молча сел около своего друга.

Так просидели они до утренней зари.

# X

## ПЕРЕД СМЕРТЬЮ

Егор Никифоров из высокого дома отправился на мельницу, лежавшую верстах в четырех от заимки Толстых вниз по течению Енисея.

С мельником Егор Никифоров были приятели и не замедлили выпить по два стаканчика водки.

— Готова моя мука-то?

— Готова, Егор Никифорович, готова... — отвечал мельник, прожевывая кусок пирога, поданного им на закуску к водке.

— Так я захвачу ее с собою...

— Зачем, я завтра все равно повезу муку в высокий дом, а оттуда заверну к тебе, невесть как далеко оттуда.

— И то ладно, — согласился Егор Никифоров, у которого после выпитых стаканчиков в высоком доме и на мельнице как-то пропало расположение нести мешок с мукой и покидать своего приятеля.

Мельник и он опорожнили еще по стаканчику, затем еще, и уже наступил поздний вечер, когда Егор Никифоров выбрался с мельницы в чрезвычайно веселом расположении духа.

Затянув какую-то песню, слова которой были, кажется, непонятны даже самому исполнителю, он направился домой.

Идти приходилось мимо половинки, где его увидел сам хозяин Харитон Спиридонович Безымянных и пригласил зайти опрокинуть лампадочку, как игриво выражался этот оригинальный золотопромышленник.

Егор Никифоров был для Безымянных нужным человеком — он поставлял ему дичь, диких коз и медвежатину и поставлял за недорогую цену. За это он пользовался расположением хозяина и нередко даровыми угощениями.

Соблазн для Егора, если бы он даже не был навеселе, был велик, и Егор не устоял против него.

Вместо одной лампадочки, он опрокинул три и, уже сильно пошатываясь, направился в поселок.

Он шел по берегу Енисея мимо высокого дома. Вдруг ему послышались стоны.

Егор Никифоров был не из трусливых. Его занятие охотой много раз ставило его лицом к лицу с очевидной опасностью, и несколько раз он близко смотрел в глаза смерти. Все это развило в нем необыкновенное присутствие духа.

Услыхав стон, он пошел по тому направлению, откуда он слышался и увидел лежавшего на земле человека, употреблявшего все усилия подняться на ноги, но усилия эти оставались напрасны.

Егор Никифоров подошел к лежавшему, опустился перед ним на колени, приподнял его и посадил, прислонив к своему плечу.

Луна выплыла из облаков и осветила своим кротким сиянием эту картину.

Егор Никифоров только тогда заметил, что все платье незнакомого ему молодого человека в крови и что несчастного била сильная лихорадка. Егор Никифоров чувствовал, как дрожало все тело незнакомца и мог еле уловить его хриплый вздох.

Невдалеке от дороги, на берегу, был небольшой холм, поросший травою. Егор Никифоров осторожно перетащил к нему раненого и положил его.

Через несколько минут больной открыл глаза, горевшие лихорадочным огнем, и окинул Егора испуганным взглядом.

— Благодарю, благодарю! — прошептал он слабым голосом.

— Можете вы мне ответить на вопросы? — спросил раненого Егор Никифоров.

Несчастный кивнул головой.

— Кто вы, и что с вами случилось?

Раненый положил руку на грудь.

— Выстрел... — хриплым шепотом проговорил он, — тут... пуля...

— Убийство! — воскликнул Егор и быстро окинул взглядом вокруг, как бы ища убийцу поблизости.

Раненый тихо стонал.

— Здесь невдалеке заимка... Я сейчас добегу туда, разбужу, и мы вас перенесем в высокий дом.

Несчастный быстро открыл глаза. В них изобразился ужас. Все тело его дрогнуло. Он даже приподнял голову.

— Нет! — воскликнул он громко. — Не уходите, останьтесь ради Бога. Впрочем, зачем! — прошептал он уже чуть слышно. — Всякая помощь излишня! Через несколько минут, я это чувствую, меня уже не станет...

— Но нельзя же вас оставить умирать здесь, надо помочь вам... перевязать рану.

— Вы меня не можете спасти... Я ранен смертельно.

— Кем? Знаете вы?..

— Нет!

— О, я узнаю, кто убийца! — угрожающим тоном вскричал Егор Никифоров.

— Не доискивайтесь... Я не хочу, чтобы кого-нибудь обвинили... Скажите лучше, как вас зовут?

— Егор Никифоров...

— А, я знаю... мне говорила о вас Марья Петровна... Маня...

Лицо больного осветилось счастливой улыбкой.

— Как, вы знаете барышню Марью Петровну?

— Да... но тише... Не называйте ее по имени. Кто-нибудь может услыхать. Ведь она хорошая? Не правда ли? Так же добра, как хороша собой. Она мне рассказывала про вас, про вашу жену Арину, про ребенка, который должен родиться... Она будет крестить его... Егор, любите ли вы ее?..

— Кого?.. Барышню?.. Да я готов за нее пожертвовать жизнью...

— Так окажите во имя ее мне последнюю услугу...

— Услугу?

— Да, и очень важную...

— Достаточно, что вы знаете барышню и просите меня сделать ради нее, чтобы я не решился отказать вам.

— Значит, вы согласны?

— Говорите...

— Вы знаете прииск Харитона Безымянных?

— Еще бы, да я сейчас оттуда.

— Знаете вы избушку, где помещается контора?

— Это которая же? Впрочем, я могу спросить об этом самого Харитона Спиридоновича...

Раненый сделал нетерпеливое движение.

— Вы, значит, не понимаете меня... Я не хочу, чтобы кто-нибудь увидел вас там... Теперь там все спят... Я объясню...

Изба эта стоит в стороне, за казармой рабочих, около нее растут еще три дерева...

— Знаю, знаю...

— Я живу в этой избе, — продолжал раненый, и голос его становился все слабее и слабее. — Здесь у меня, в кармане, два ключа; возьмите их.

Егор Никифоров вынул из кармана пальто раненого два ключа...

— Один, — продолжал тот, — от висячего замка, которым заперта изба, а другой от маленькой шкатулки, которая лежит под подушкой кровати... Поняли?..

— Понял!

— Вы возьмете эту шкатулку и отнесете ее Марье Петровне... Вы передадите ей с глазу на глаз, прямо в руки... Также отдадите и ключ... Это необходимо... С вами есть спички?

— Да, я курю...

— Значит, вы можете себе посветить, но повторяю, чтобы никто не видел вас, это возбудит любопытство, и завтра утром вас потребуют к ответу. Вы будете принуждены рассказать все, и тогда над ней, над Маней, может стрястись страшная беда... Помните это и будьте немы, как могила... Но довольно... я чувствую, что умираю... Поклянитесь мне, что вы исполните просьбу умирающего.

— Клянусь! — торжественно произнес Егор Никифорович.

— Благодарю! Благодарю, друг мой, за это последнее утешение, но поклянитесь мне также, что все, что я говорил вам здесь, о чем просил вас, умрет вместе с вами...

— Клянусь! — повторил крестьянин.

— Егор Никифоров, не забу...

Вдруг он захрипел и не окончил начатой фразы. Голова его скатилась с холма на сторону.

Егор Никифоров хотел поправить ему ее, но раненый молча отстранил его руку.

— Мне и так хорошо... оставьте... я больше не могу дышать... грудь давит... мысли путаются... я холодею... вот она... последняя минута.

Он чуть слышно шептал, но собравшись с последними силами, произнес:

— Не забывайте, что от этого зависит счастье Мани... А теперь... уходите...

— Но не могу же я вас оставить одного, беспомощного... — начал было Егор Никифоров, но раненый пришел в страшное волнение и почти вскрикнул:

— Я так хочу...

Это было последнее усилие. Глаза его закатились, судорога пробежала по его телу, он несколько раз вздрогнул и вытянулся.

Егор Никифоров с наклоненной головой присутствовал при этом страшном зрелище конца молодой жизни. Весь хмель еще ранее выскочил у него из головы.

Постояв несколько минут, он наклонился над неподвижно лежавшим незнакомцем, дотронулся до него и ощутил холод трупа. Он поднял его руку, она тяжело упала назад. Он приложил ухо к его сердцу — оно не билось. Перед ним лежал мертвец.

Егор Никифоров дико вскрикнул и отскочил от трупа. Затем он бросил вокруг себя недоумевающий взгляд, как бы соображая что-то, и быстрыми шагами отправился по направлению к половинке.

Был уже первый час ночи.

В четыре часа утра конюхи из высокого дома повели лошадей на водопой и увидали на берегу мертвое тело.

Весть об этом моментально облетела всю дворню, всех слуг высокого дома, всех рабочих приисков и жителей поселка, и они по несколько человек за раз отрывались от работы и бежали поглядеть на покойника. Никто не знал его. Явился староста поселка.

Кровь, которой была покрыта одежда мертвеца, уже засохла, так что было очевидно, что он был убит несколько часов тому назад. В нескольких шагах от трупа, на самой дороге, виднелось громадное кровавое пятно. Жертва, повидимому, раньше лежала там.

На земле были ясно видны следы рук покойного, который, вероятно, старался привстать, из чего заключили, что смерть не была мгновенная.

Любопытные, приходившие на место, и староста решили, что покойный сам отошел в сторону от дороги и лег у холма.

По дороге, идущей к берегу, видны были следы ног, видимо, не убитого: сапоги были подбиты большими гвоздями, поступь тяжелая, так как следы были сильно вдавлены в землю. Они шли параллельно к трупу и от трупа. Убийца, видимо, шел от половинки и снова возвратился по направлению к ней.

Староста поселка тотчас поехал к земскому заседателю, чтобы дать знать о случившемся.

# XI

# ДОЧЬ-ОБВИНИТЕЛЬНИЦА

Весть о найденном вблизи высокого дома трупе неизвестного молодого человека с самого раннего утра сделалась предметом горячих обсуждений между прислугой Толстых.

В особенности громко выражали свою тревогу по поводу случившегося женщины.

— Экие страсти какие, матушка! Тут как раз насупротив дома, на дороге... Укокошили злодеи, загубили христианскую душу! — причитала одна из служанок.

До Марьи Петровны, которая всю ночь не могла сомкнуть глаз и провела ее перед открытым окном своей комнаты, так как чувствовала, что задыхается от недостатка воздуха, вследствие внутреннего волнения от горечи разлуки с любимым человеком и тревоги за неизвестное будущее, долетели со двора шумные возгласы прислуги.

Она стала прислушиваться.

— Кто же убийца? — спрашивал визгливый голос, видимо, женский.

— Кто же может знать это... Лиходей, чай, не остался около покойника... Ищи его теперь, как ветра в поле... Может, Бог даст и сцапают — заседатель у нас ноне дотошный!.. — отвечал густой бас, принадлежащий мужчине.

— Кто же покойничек-то? Из здешних? — продолжал допытываться тот же женский голос.

— Нет, тут народу много его смотрели — не признали... Совсем чужой, а откуда он только здесь проявился, ума не приложат...

— Как же его убили?..

— Из ружья... так наповал и скосил изверг...

— И ограбил?

— Ну, само собой разумеется, не для удовольствия же станут убивать человека.

— Молодой?

— На вид лет двадцати пяти.

— Бедный, бедный!.. Не знает человек, где голову свою сложит! — заключил женский голос.

Со всех сторон слышались проклятия по адресу неизвестного убийцы.

Марья Петровна, сперва не понимавшая о каком убийстве говорят на дворе, вдруг вспомнила слышанный ею вчера при входе в сад со свидания выстрел, и для нее стало ясно все.

Это роковое открытие поразило ее, как молнией, и она как пласт скатилась со стула.

До Иннокентия Антиповича, находившегося в нижнем этаже дома, окна которого были открыты, тоже долетали крики прислуги, и когда он услыхал наверху падение чего-то тяжелого, он сразу сообразил, что это последствие рокового рассказа о ночном происшествии, который долетел до ушей Марии, и бросился наверх.

Он застал Марью Петровну лежащую без чувств, поднял ее и положил на кровать, стараясь водой и одеколоном привести в чувство.

Разговор на дворе прекратился.

Марья Петровна понемногу стала приходить в себя.

Из боязни, что молодая девушка начнет его расспрашивать и он в волнении может сказать ей что-нибудь лишнее, Гладких поспешил уйти из ее комнаты, спустился вниз и через кухню вышел во двор.

Первое, что бросилось ему в глаза — было стоявшее в углу кухонных сеней ружье, не принадлежавшее никому из живших в доме. Это его поразило.

"Чье это ружье?" — начал думать он и не мог дать себе на это ответа.

Он хотел было тотчас же расспросить прислугу, но удержался, помня данное им недавно наставление Петру Иннокентьевичу, что каждое сказанное теперь лишнее слово может повлечь за собой совершенно неожиданные роковые последствия.

Однако, мысль: "чье это ружье" свинцом засела в голове Гладких, направлявшегося в приисковую контору. Вдруг, как бы что вспомнив, он поспешно вернулся в дом.

Марья Петровна, между тем, окончательно пришла в себя и сначала с удивлением стала озираться по сторонам, но это продолжалось лишь несколько мгновений — она вдруг вспомнила все. Страшная действительность стала перед ней, как страшное привидение.

На ее смертельно-бледном лице выражалась боль, отчаяние, злоба и ненависть. Глаза ее оставались сухи и горели страшным огнем.

Она быстро вскочила с постели. Ее черная коса расплелась и волнистые волосы рассыпались по спине и плечам. Она судорожно стала приводить их в порядок, затем открыла шкаф, достала из него пальто и шляпу и начала одеваться.

Совершенно готовая к выходу, она направилась к двери, но последняя отворилась ранее, и на пороге появился Петр Иннокентьевич.

Марья Петровна не заметила его осунувшегося лица и поседевших волос, она думала лишь о совершенном им преступлении — что оно совершено именно им, она не сомневалась ни на минуту — и отступив на середину комнаты, со сверкающими глазами, протянула свою правую руку по направлению к стоявшему в дверях отцу, как бы защищаясь.

— Убийца! — крикнула она хриплым голосом.

Толстых не ожидал этого и отшатнулся, как пораженный, но через мгновение оправился и крикнул в свою очередь:

— Несчастная тварь!

Дочь, оставаясь в той же позе, повторяла:

— Убийца! Убийца!

— Несчастная! — в исступлении простонал Петр Иннокентьевич. — Этот человек был твой любовник! Он опозорил мою седую голову, и я отомстил ему...

— Да, да... он был мой любовник! — медленно, отчеканивая каждое слово, произнесла Марья Петровна.

— Бесстыдная! Ты мне смеешь говорить это в лицо...

— Я любила его...

— Негодяя?

— Я любила его! — повторила она. — Я любила его!

— Несчастная! Ты так низко пала, что хвастаешься своим позором!

— Ваше мщение, Петр Иннокентьевич, было бессмысленно, безобразно, несправедливо... — медленно заговорила она, сделав несколько шагов по направлению к стоящему у двери отцу. Да оно и не достигает цели... Я так же виновата, как и он... и буду любить вечно его одного, буду жить памятью о нем.

— О, не своди меня с ума!

— Так убей меня, убей и меня!

Толстых схватил стул и, подняв его, бросился на дочь. Произошла бы безобразная сцена, если бы подоспевший Гладких не схватил сзади его руку и не предупредил удара.

— Что ты делаешь, опомнись! — воскликнул Иннокентий Антипович.

— Ты прав! — сказал Петр Иннокентьевич, бросая на дочь взгляд, полный ненависти. — Об эту мразь не стоит марать рук. Она сумасшедшая!..

— Конечно, я сумасшедшая! — повторила Марья Петровна. — Я обезумела от горя и отчаяния.

— Петр, сжалься над ней, ведь она — твоя дочь... — сказал Гладких.

— Эта гадина не дочь мне...

— Петр, после этой ужасной ночи и ты можешь быть безжалостен... Прости ее, помни, что и ты не прав.

Толстых поник головою. Невыносимое нравственное страдание отразилось на его лице. Видимо, его мысли боролись с смутившим его душу чувством.

— В память твоей матери, — после долгой паузы обратился он к дочери, — этой честной и уважаемой женщины и верной любящей жены, я сжалюсь над тобой... Слышишь, сжалюсь... Я не прощу тебя, но позволю тебе остаться в моем доме...

Марья Петровна дико захохотала.

— Вы, вы хотите сжалиться надо мной! — с горькой усмешкой начала она. — Да разве ваше сердце знает чувство жалости? И я разве просила вас о ней? Сжалиться надо мной! Да если бы вы и на самом деле вздумали надо мной сжалиться — я отказываюсь от вашей жалости... слышите... отказываюсь.

— Слышишь, что она говорит? — обратился Петр Иннокентьевич к Гладких. — Нет, она не помешана, она просто бесстыдна и подла... она погибла совершенно...

— А вы? — горячо возразила молодая девушка. — Не думаете ли вы, что поступаете честно, оставляя мне жизнь, после того, как разбили мое счастье? После того, как убили его? Вы это называете: сжалиться надо мной. А я нахожу, что вы поступили хуже всякого дикого зверя. Вы думаете, что я хочу жить... Зачем? Чтобы вечно плакать и проклинать свое существование! Вы открыли мою тайну, вы узнали, что я виновата перед вами, что я обманула вас, оскорбила... Это правда, и вы имели право потребовать от меня отчет в моих поступках. Вы обязаны были спросить меня, и я бы вам все рассказала. Ваш гнев был бы страшен, я знаю это, но вы мой отец и имели полное право меня наказать. Я бы перенесла всякое наказание покорно и безропотно. Но вы этого не сделали... Вы предпочли, поддавшись безмерной злобе, в темноте, подло, из-за угла убить. Вы избрали самое худшее мщение, вы избрали — преступление. Вы были правы, назвав меня сейчас погибшей... я действительно погибшая. У меня ничего не осталось в будущем, все надежды погибли, мне нечего больше желать, нечего ожидать, кроме смерти! А я могла бы быть так счастлива, так счастлива! Он любил меня... Он сделался бы вашим сыном!..

51

— Этот негодяй, обманувший тебя! — воскликнул Толстых.

— Это ложь... — спокойно сказала Марья Петровна.

— Зачем же он скрывался не только от меня, но вообще от людей?

— Ему надо было устроить свои дела, добыть себе положение, чтобы равным мне по состоянию явиться просить к вам моей руки, чтобы его не заподозрили, что он ловит богатую невесту...

— Ложь, ложь...

— Нет, правда... Он только что говорил мне это... Завтра он должен был уехать в Петербург... Несчастный не мог предчувствовать, что вы его подкарауливаете на дороге, чтобы убить.

Марья Петровна зарыдала.

— Не смей плакать... Твои слезы оскорбляют меня! — крикнул Толстых.

— Вы мне запрещаете плакать? — с сверкающими глазами начала снова она. — Но вырвите прежде мое сердце... Вы никогда больше не осушите моих слез... Я теперь буду жить лишь для того, чтобы оплакивать отца моего ребенка.

Это неожиданное признание было новым ударом грома для Петра Иннокентьевича.

Он дико вскрикнул и в бешеной злобе с поднятыми кулаками бросился на свою дочь.

Гладких кинулся между ними и снова успел вовремя остановить своего друга.

Марья Петровна не сделала ни малейшего движения, чтобы избегнуть удара. Это спокойствие имело вид вызова.

— Иннокентий! — простонал Толстых. — У меня больше нет дочери.

— Несчастная, — продолжал он, обратившись к Марье Петровне. — Ты отказалась сама от моего сожаления. Вон из моего дома. Вон, говорю тебе, и возьми себе на дорогу мое проклятие — я проклинаю тебя...

Он с угрожающим жестом показал ей на дверь.

— Но это невозможно! — воскликнул Гладких. — Ты не смеешь выгонять свою родную дочь... Я не позволю тебе этого...

— Молчи! — задыхаясь от злобы, продолжал Толстых. — Я не хочу ее больше видеть... Я ее проклял... Пусть идет, куда хочет, и где хочет, скрывает свой позор...

Он в изнеможении упал в кресло.

Марья Петровна твердыми шагами пошла к двери. Иннокентий Антипович попытался было остановить ее.

— Нет, нет! — решительно сказала она. — Я ни одной минуты больше не останусь в этом доме.

— Но куда же пойдете вы?

— Я не знаю.

— Нет, вы не должны уходить... Петр, ради Бога, удержи ее... Петр Иннокентьевич не отвечал ни слова.

— Добрый Иннокентий Антипович, — сказала она, — не старайтесь меня останавливать... Это будет напрасно... Я все равно уйду... Я не могу жить под одним кровом с его убийцей...

С этими словами молодая девушка торопливо вышла из комнаты и стала спускаться вниз. Гладких хотел последовать за нею.

— Останься! — строго остановил его Толстых. Иннокентий Антипович молча повиновался. Наступило тяжелое молчание.

— Позволь мне вернуть ее, Петр! Сжалься над ней, прости ее... — снова взмолился Гладких.

Петр Иннокентьевич не отвечал ничего, каким-то блуждающим, тревожным взглядом обводя комнату.

— Петр, что с тобой! Ты болен, ты страдаешь?..

— Я сам не знаю, что я чувствую, голова горит, я весь как разбитый, а тут в груди что-то тяжко, что-то рвет ее на части... В глазах туман... я вижу... вижу... кровь...

— Это — твоя совесть, Петр! — заметил Гладких.

# XII

# РУЖЬЕ

Этот упадок сил и эта кровавая галлюцинация продолжались с Петром Иннокентьевичем лишь несколько минут. Он встал с кресла, спустился вниз и прошел в свой кабинет, куда за ним последовал и Иннокентий Антипович, решив не оставлять его одного, хотя бы ценою запущения дел в приисковой конторе.

Эта мысль пришла ему в голову, как помнит читатель, когда он вышел во двор, чтобы идти в контору.

"Дело не медведь — в лес не убежит!" — решил он и

вернулся домой как раз ко времени, чтобы удержать руку разгневанного отца, готового стать дочереубийцей.

Петр Иннокентьевич не заметил шедшего по его пятам своего друга. Он сел к письменному столу, вынул револьвер и положил его перед собою.

— Что ты хочешь делать? — испуганно вскрикнул Гладких, кладя руку на плечо Петра Иннокентьевича.

— А, и ты здесь! — с горечью засмеялся последний и затем продолжал: — Я жду полицию! Не думаешь ли ты, что я позволю себя арестовать, как подлого убийцу, что я отдамся им живым. Я тебе сказал: "я сам свой судья". Полиция может прийти, но возьмет лишь мой труп.

— Но ведь еще никто ничего не знает! — воскликнул Иннокентий Антипович. — Никто еще тебя и не заподозрил.

— А эта подлая мразь, которую я прогнал, разве ты думаешь не пойдет доказывать?..

— Петр! Что ты говоришь! Даже думать это — бесчестно.

Толстых пожал плечами.

— Она поступила бы только справедливо, — глухим голосом сказал он. — Я убил ее любовника, и она бы отомстила!

— Петр! — уже с сердцем начал Иннокентий Антипович. — Это уже слишком, чересчур слишком! Ты без сожаления, как собаку, прогнал свою дочь из дому и теперь клевещешь на нее... Я знаю тебя за злого, злопамятного, горячего человека, за человека страшного в припадках своего бешенства, но теперь ты дошел до низости... Несмотря на мою преданность и любовь к тебе, я сегодня тебя не уважаю, не уважаю первый раз в жизни...

Гладких вышел из кабинета, сильно хлопнув дверью.

Огонь в глазах Толстых вдруг потух. Он взял со стола револьвер, бросил его в ящик стола и запер последний. Иннокентий Антипович на этот раз покорил его.

Гладких, между тем, вышел в кухню, чтобы задним ходом пройти во двор, и в кухонных сенях столкнулся с Егором Никифоровым. Последний имел какой-то усталый, растрепанный вид.

— Откуда ты в такую рань? — спросил его Иннокентий Антипович.

— Мне бы повидать надобно Марью Петровну, от жены...

— Что? Значит, можно тебя поздравить...

— Нет еще... Тут так, одна просьба.

— Жаль, что ты не пришел пораньше...

— Я думал, что приду слишком рано... Я знаю, что барышня встает позднее...

— Обыкновенно, но сегодня она принуждена была выехать с рассветом.

— Выехать, — растерянно повторил Егор Никифоров, и его лицо выразило нескрываемое удивление. — Я вчера говорил с нею, и она мне ничего не сказала, напротив, в воскресенье хотела зайти к Арине.

— Это объясняется очень просто. Письмо, которое заставило ее уехать, пришло поздно вечером.

Егор Никифоров продолжал растерянно вертеть в руках свою шапку.

— А скоро она вернется?

— Через месяц.

— Значит, она далеко уехала?

— В Томск... Одна из ее подруг детства очень больна и просила ее приехать... Ты понимаешь, Егор, что нельзя отказать умирающей подруге. Петр Иннокентьевич сначала не соглашался, а потом отпустил ее, и она уехала.

— Если бы я это знал, если бы я знал, — бормотал Егор Никифоров.

— Что же тогда?

— Я бы пришел часом ранее, я мог бы так легко это сделать.

Он вспомнил, что пробродил всю ночь со шкатулкой покойного за пазухой, которую он благополучно, так, что никто не видал, добыл из указанной избы, которую запер на замок, и ключ бросил в поле. Он боялся, чтобы его жена не увидала его ношу и не стала бы допытываться, откуда он взял этот ларчик. Он мог проболтаться всему поселку.

— Тогда она была еще дома и ты ее увидел бы, а теперь... Это будет очень неприятно Арине...

— Еще бы... Но мне не могло даже прийти в голову, что я не застану ее, я ведь не виноват...

— Разве то, что ты хотел передать, очень важно?

— Не знаю! — уклончиво отвечал Егор Никифоров. — Это их женское дело... Я, значит, теперь пойду, прощенья просим.

— Прощай, Егор!

— Ах, я, простофиля... Точно кто обухом у меня память отшиб. Чуть не забыл свое ружье.

— Что?! — испуганно воскликнул Иннокентий Антипович.

— Я вчера шел на мельницу, хотел взять оттуда мешок муки, так оставил здесь свое ружье, чтобы оно мне не мешало — вот оно стоит в углу.

Егор Никифоров взял из угла кухонных сеней свое ружье и перекинул его через плечо.

Гладких почувствовал, что вся кровь остановилась в его жилах и холодный пот выступил на его лбу.

Он теперь только понял, что Толстых убил Ильяшевича из ружья, принадлежавшего Егору Никифорову. Он задрожал от страха и прислонился к заплоту, чтобы не упасть.

К его счастью, Егор Никифоров еще раз сказал ему "прощенья просим" и ушел со двора.

Иннокентий Антипович отер пот со своего лба, вошел в кухню, выпил большой ковш воды и медленно отправился в приисковую контору.

— Боже мой! — говорил он сам себе дорогой. — Что же теперь будет? Егор заметит, что его ружье разряжено и, значит, кто-нибудь им пользовался. Он заподозрит, будет об этом говорить, наведет на след. Полиция придет сюда... Надо будет все это чем-нибудь объяснить... А он, он хочет покончить с собою! Что мне делать? Боже, вразуми, что мне делать!

Эти роковые думы прервал посланный из конторы рабочий, обратившийся к Иннокентию Антиповичу с каким-то деловым вопросом.

Петр Иннокентьевич по уходе Гладких взял большой лист бумаги и стал быстро писать.

Он писал род завещания. Мысль о необходимости самоубийства еще не совсем покинула его.

Егор Никифоров, между тем, направился к поселку и вскоре дошел до своей избы. С легкой руки Петра Иннокентьевича и благодаря своей жене Арине, он жил зажиточно и в избе было чисто и уютно. Изба состояла из трех комнат. Убранство ее было тоже, что у всех зажиточных крестьян. Те же беленые стены с видами Афонских гор и другими "божественными картинками", с портретами государя и государыни и других членов императорской фамилии, без которых немыслим ни один дом сибирского крестьянина, боготворящего своего царя-батюшку; та же старинная мебель, иногда даже красного дерева; диваны с деревянными лакированными спинками, небольшое простеночное зеркало в раме и непременно старинный буфет со стеклами затейливого устройства, точно перевезенный из деревенского дома "старосветского" помещика и Бог весть какими судьбами попавший в далекие сибирские палестины.

Войдя к себе, Егор поставил ружье в угол, бросил шапку на диван и сел на первый попавшийся стул. Он не мог более от волнения и усталости стоять на ногах.

— Хорош, нечего сказать, — встретила его упреками жена, болезненная, но все еще красивая, рослая женщина, с большими голубыми глазами, одетая в ситцевое платье — в Сибири крестьянки почти не носят сарафанов, — ишь, шары {Глаза — местное выражение.} как налил, всю ночь пропьянствовал, винищем на версту разит.

— Ну, пошла, поехала! — махнул рукою Егор и, встав с места, направился в заднюю комнату, где стояла кровать.

— Посмотри-ка на себя в зеркало, как ты выглядишь, — продолжала она. — Твое платье, твоя борода и даже твои волосы — все в пыли...

— Этой дряни, я думаю, довольно по дороге! — остановился он, обернувшись к жене.

— Ты весь всклоченный, бледный, растерянный.

— Я очень устал...

— Вольно шляться без толку... Ничего и домой не принес.

— Я не охотился, — ответил Егор и рассказал жене, что выпив лишнее у мельника, на дороге почувствовал себя худо, прилег и заснул на вольном воздухе, а затем зашел в высокий дом взять вещи, которые предназначались Арине Марьей Петровной, но не застал ее, так как она совершенно неожиданно уехала в Томск к больной подруге.

— Ахти, беда какая! — воскликнула Арина.

— А все ты виноват, пьяница. Вот и прозевал нашу благодетельницу... Да что я тут с тобой прохлажаюсь — мне недосуг, побегу на реку полоскать белье...

— А я прилягу и сосну, — заметил Егор.

— Ну и дрыхни, пьяница... Тебе одно дело — налить шары да дрыхнуть...

Егор Никифоров не отвечал ни слова, встал и пошел в заднюю комнату, где стояла постель.

Арина забрала узел белья и вышла из избы, сильно хлопнув дверью.

Егор Никифоров не думал ложиться.

Когда он услыхал шум захлопнувшейся двери, то быстро вынул из-за пазухи небольшую плоскую деревянную шкатулочку, в которой, по словам убитого Ильяшевича, хранились бумаги, а в них заключалась тайна, открытие которой могло сильно повредить Марье Петровне Гладких.

Егор не мог передать шкатулку и ключ молодой девушке, так как она уехала. Он должен был спрятать ее в надежное сохранное место, чтобы ее не могла найти даже Арина, которая была очень любопытна.

В уме Егора возник вопрос: "Куда?"

После нескольких мыслей, от которых он отказывался по

их непригодности, он остановился на мысли зарыть шкатулку под полом избы. Задумано — сделано.

Он вышел из избы во двор, подполз под дом, распугав бывших там птиц, и вырыв довольно глубокую яму около кирпичного низа печи, завернул шкатулку, на которую положил ключ в кусок кожи, купленной им для бродней, зарыл ее, притоптал землею и даже набросал на этом месте валявшиеся в подполье кирпичи.

Уверенный, что теперь никто не разыщет заветную шкатулку, он снова вошел в дом, не раздеваясь бросился в постель и заснул как убитый.

# XIII

## СИБИРСКИЕ "ЗАСЕДАТЕЛИ"

Село, где имел, как принято выражаться в Сибири, резиденцию "земский заседатель" и куда помчался староста поселка, лежавшего вблизи прииска Толстых, находилось верстах в тридцати от высокого дома.

Земский заседатель, или попросту "заседатель" — это сибирский чин, который равняется нашему становому приставу, с тою лишь разницей, что кроме чисто полицейских обязанностей, он исполняет обязанности мирового посредника и судебного следователя.

У каждого заседателя есть свой участок, на которые разделена каждая "округа", или по нашему уезд.

Заседатель участка, к которому принадлежал описываемый нами поселок, был только с год как назначен на это место и выказал себя с самой хорошей стороны по своей сметливости и распорядительности.

Это был человек лет тридцати, полный, высокий, блондин с приятным лицом, всегда чисто выбритым, и не только по наружному виду, но и по внутренним качествам, сильно выделялся между своими товарищами — старыми сибирскими служаками, или, как их звали, "юсами", тип которых, сохранившийся во всей его неприкосновенности почти до наших дней, всецело просился на бумагу, как живая иллюстрация к гоголевскому "Держиморде".

Они все были под судом по разным делам, что в Сибири не только в описываемое нами время, но и сравнительно недавнее, не считалось препятствием к продолжению службы, и эти "разные дела" большею частью сводились к тому, что они не только брали, — что в Сибири тогда не считалось даже проступком, — но брали "не по чину".

Нового заседателя звали Павел Сергеевич Хмелевский — он был сын ссыльного поляка.

Крестьяне участка не нахваливались им и дышали свободно под его управлением, и за ним осталось лестное прозвище "дотошный", как, если помнит читатель, охарактеризовал его один из слуг Толстых, выражая надежду, что заседатель откроет убийцу молодого человека.

Быть может, впрочем, это отношение крестьян к своему новому заседателю происходило оттого, что предместником его был, как говорили крестьяне, "кровопивец".

По крайней мере, при разговоре с местными обывателями о том, довольны ли они новым заседателем, они уклончиво отвечали:

— Не пригляделись еще мы к нему, да и он к нам! А после старого-то, впрочем, и волк за ягненка покажется, — добавляли они после некоторого раздумья.

— А что, разве лют был?

— Как зверь рыкающий по селеньям рыскал, кровопивец.

На замечание, отчего они не жаловались, обыватели рассказывали совершенно анекдотические были.

— Жаловались и не раз, да все на свою же голову. Доказать не могли, ну и выходил зверь-то наш лютый — овцою неповинною. Однажды, даже подвести надумали, да не удалось.

— Как подвести?

— Да так, взятку при свидетелях дать, а потом и к начальству.

— Что же, не взял?

— Какое не взял, вдвое взял, да только не взяткой это оказалось.

— Как так? — недоумевал слушатель.

— Да так, порешили мы миром — не в терпеж стали его тягости — дать ему пятьдесят рублей при свидетелях; тут одного из наших, парня оборотистого, застрельщиком послали. Приходит.

"Что надо?" — рявкнул "барин".

"Да так и так, ваше благородие, — начал он, — как вы завсегда наш благодетель, о нашем благе радетель и перед начальством заступник, то мир решил вас отблагодарить".

"Деньгами?"

"Так точно, ваше благородие".

"Что-ж, это хорошо!" — заметил "барин".

"Только, ваше благородие, решили, что-бы "епутацией", в несколько человек поднести".

"Сколько народу?"

"Да окромя меня, еще трое".

"Гм! — крякнул заседатель. — Что-ж и это можно! Но вот тебе мой кошелек, — вытащил он его из кармана и, вынув перво-наперво находившиеся в кошельке деньги, передал кошелек парню. — Положи туда деньги и принеси, а они пусть войдут... Ничего!"

Положили это они в кошелек пять красненьких, да и айда опять к заседателю, уже вчетвером.

"Вы зачем?" — как рявкнет он на них, у всех поджилки затряслись.

Однако, первый парень, что у него был, успел выговорить:

"Вот кошелек!"

"Кошелек?" — ударил "барин" себе по карману.

"А я и не заметил, как его на деревне обронил. Ну, спасибо, любезные, что нашли и доставили. Заседательские деньги трудовые, святые; день и ночь я о вас пекусь, покоя не имея, спасибо".

Вошедшие только рот разинули и ни с места.

"Только что же это? — закричал заседатель, взяв кошелек, вынув и сосчитав деньги. — Тут всего пятьдесят рублей, а было сто. Так вы, други любезные, себе половину прикарманили! Начальство обворовывать! Я вам покажу! В остроге сгною. Чтоб сейчас остальные доставить! Вон!"

Оборотистый парень оглянулся, а свидетелей и след простыл. Он и сам-то задом к двери кое-как восвояси убрался.

— Что же дальше-то? — допытывались слушатели.

— Дальше-то собрались, покалякали, почесали затылки, полезли за голенища, собрали полусотенную и предоставили заседателю его "собственные" деньги.

— Вот он какой эфиоп-то был! — обыкновенно заключали рассказ о предместнике Хмелевского.

О том же заседателе рассказывали, как он оценил нос покойника в тридцать рублей и получил с крестьян деньги.

Надо заметить, что ввиду громадности расстояний между сибирскими селами и отдалении их от городов, трупы и убитых, и скоропостижно умерших ждали вскрытия по нескольку месяцев, иногда даже по полугоду, и их поэтому сохраняли в ледниках, к которым приставлялась стража из очередных крестьян.

Накануне вскрытия мерзлый труп вносили в "анатомию", то есть избу с печкой.

Вообразите себе небольшую, в две квадратные сажени избу, состоящую из одной комнаты с двумя окнами, добрая половина которой занята печкой, а другая большим деревянным столом для трупов; остальная мебель состоит обыкновенно из нескольких табуретов; дверь в эту избу прямо с улицы, без сеней, с крылечком в несколько ступеней — и вы будете иметь полное представление о сибирском анатомическом театре, кратко именуемом "анатомией".

Однажды в том селе, где имел резиденцию заседатель — предместник Хмелевского — караулили одного покойника, караулили, да и прокараулили — мыши нос у него и отгрызли.

Приехал доктор, вынесли покойника из ледника в "анатомию", а носа-то у него нет!

Заседатель на дыбы.

— Как же я от вас, православные, казенное имущество с повреждением приму? — напустился он на крестьян. — Самому мне, что ли, за вас отвечать?.. Нет, благодарствуйте, я сейчас рапортую по начальству...

И ушел из "анатомии" к себе на квартиру. Крестьяне к старосте:

— Выручай!

Пошел староста к "барину". Тот сидит — пишет.

— Так и так, ваше благородие, не погубите... — взмолился староста, — ведь один нос... на что ему его в землю-то?

— Как на что?! — напустился на него заседатель. — Лик, можно сказать, обезображен, а он: "один нос!.." Ах, ты... да я тебя!..

И пошел, и пошел.

Староста видит, что разговоры пустые бросить надо и только твердит:

— Не погубите, заслужим, миром заслужим!

Пять красненьких заломил, однако на трех смилостивился, и отдали. Заседатель пришел снова в "анатомию", и вскрытие совершилось своим порядком.

Таков был этот сибирский заседатель. Другие его товарищи тоже были искусны в подобных "кунстштюках" и рыскали по своим участкам, по образному сибирскому выражению, "как звери рыкающие".

61

Увольнение его, после того, как он почти десять лет пробыл в одном и том же участке, случилось вследствие выкинутого им "кунштстюка" сравнительно невинно игривого свойства.

В Е-ской врачебной управе, находящейся в городе К., был получен от него в одно прекрасное утро с почтою тюк, состоявший из ящика, по вскрытии которого в нем оказалась отрубленная человеческая голова с пробитым в двух местах черепом.

Одновременно с этим было получено и отношение земского заседателя, к номеру которого и препровождался тюк, в каковом отношении заседатель просил врачебную управу: определить причину смерти по препровождаемой при сем голове, отрезанной им, заседателем, от трупа крестьянина, найденного убитым в семи верстах от такого-то села. При этом заседатель присовокуплял, что на остальном теле убитого знаков насильственной смерти, по наружному осмотру, не обнаружено.

Врачебная управа, получив такую неожиданную посылку, сообщила о таком "необычайном казусе" по начальству, которое и уволило "рьяного оператора" от службы.

Интересно то, что уволенный заседатель никак не мог понять, за что его уволили, так как, по его словам, он сделал это единственно дабы не затруднять начальства и не причинять ущерба казне уплатой прогонов окружному врачу.

Павел Сергеевич Хмелевский, повторяем, был заседатель другого типа и хотя не отказывался от добровольных даяний, но брал "по-божески".

# XIV

## ФОРМАЛЬНОЕ СЛЕДСТВИЕ

По совершенной случайности обыкновенная сибирская "волокита" не коснулась дела о найденном трупе неизвестного молодого человека.

В селе, где жил заседатель, было несколько времени тому назад тоже совершено убийство, и в тот самый день, когда староста поселка, лежавшего близ прииска Толстых, приехал

62

дать знать о случившемся "барину", происходило вскрытие тела убитой женщины, и окружной врач находился в селе.

Последний, немолодой уже человек, был любимцем всего округа. Знал он по имени и отчеству почти каждого крестьянина в селах, входящих в район его деятельности, и умел каждого обласкать, каждому помочь и каждого утешить.

За это и крестьяне платили ему особенным, чисто душевным расположением и даже, не коверкая, отчетливо произносили его довольно трудное имя — Вацлав Лаврентьевич.

Особенно расположены были к нему крестьяне за то, что он, по первому призыву, ехал куда угодно и не стеснялся доставляемыми ему экипажем и лошадьми. Подадут телегу — едет в телеге, дадут одну лошадь — едет на одной. Рассказывали, как факт, что однажды его встретили переезжающим из одного села в другое на телеге рядом с бочкой дегтя, и — это на округе, раскинутом на громадное пространство, при стоверстном расстоянии между селениями. Словом, это был, как говорили крестьяне, "душа-человек".

Фамилия его была Вандаловский.

Земский заседатель, узнав от старосты о совершенном убийстве и главное, что убитый не крестьянин или поселенец, а "барин форменный", как выразился староста, быстро понял, что ему предстоит казусное дело, на которое обратит внимание и прокурор, и губернатор, немедля захватив с собой врача, помчался на прииск Толстых.

Так как высокий дом стоял поблизости от места совершения преступления, то Павел Сергеевич явился прямо туда и был принят Иннокентием Антиповичем, бледным и сдержанным, извинившимся за хозяина, что он по нездоровью не может принять дорогих гостей.

Хмелевский и Вандаловский были, конечно, хорошо знакомы с Толстых и Гладких, а потому, после приветствия, объявили, что не намерены беспокоить хозяина и просят отвести им помещение для начатия следствия по горячим следам.

Такое помещение нашлось в виде большой, чистой комнаты — столовой обширной людской высокого дома.

Туда, в сопровождении Иннокентия Антиповича, и отправились заседатель и доктор.

Было около трех часов дня.

Павел Сергеевич тотчас же вместе с доктором отправились к трупу, лежавшему, как известно, на берегу реки Енисея при дороге, которая шла невдалеке от заимки Толстых. Оставив лошадей в заимке, они пошли пешком. Их сопровождали прибывшие одновременно с ними староста поселка и трое понятых из прислуги высокого дома.

Земский заседатель произвел тщательный осмотр положения трупа, измерил следы и запомнил их внешний вид и расположение гвоздей на широких сапогах, которые должны были принадлежать убийце, так как другие следы по измерению пришлись к следам сапог убитого. В то время, когда заседатель производил этот осмотр, один из понятых крикнул:

— Находка, барин!

Он нагнулся и поднял, совсем близко от окровавленного места на дороге, лоскуток полусожженной бумаги. Не могло быть сомнения, что эта бумага служила пыжом для ружья, из которого был убит молодой человек.

Павел Сергеевич внимательно осмотрел бумагу и положил ее в портфель.

Для заседателя было ясно, что покойный был убит из ружья, что убийца, шедший от поселка, поджидал свою жертву на дороге, следовательно знал, что покойный должен идти по ней, и выстрелил, подбежав к нему спереди, почти в упор, а затем оттащил труп от дороги к холму. Оставалось узнать, кто был убийцей и кто убитый.

Распорядившись отнести покойника в "анатомию" для вскрытия, заседатель обратился к собравшемуся народу:

— Не слыхали ли вы, братцы, сегодня ночью выстрела?

Последовал отрицательный ответ.

— А не видали ли вы какого-либо подозрительного человека с ружьем?

— Я повстречала вчера с ружьем Егора Никифорова, охотника, что живет в поселке, — сказала одна из стоявших в толпе женщин.

— Чего ты зря брешешь! — остановил ее один из понятых. — Егора Никифорова я сам вчерась видел и даже говорил с ним, но он был без ружья, я приму в этом хоть три присяги.

— Ан и врешь. С ним было ружье. Я тоже с ним гуторила. Он мне рассказал, что утром гонялся в лесу за волчицей.

— Что в этом толку, — заметил Вацлав Лаврентьевич. — Теперь дело идет не о Егоре Никифорове, которого я знаю за честного, неспособного не только на убийство, но ни на какое преступление человека, а о подозрительных личностях.

Павел Сергеевич промолчал, но все же велел крестьянину и бабе, дававшим такие разноречивые показания об Егоре Никифорове, следовать за ним в высокий дом.

Вандаловский, услыхав это распоряжение, с

недоумевающим видом пожал плечами, но молча последовал за Хмелевским в людскую высокого дома.

Там последний написал подробный акт наружного осмотра трупа, размер и внешний вид замеченных следов, положение кровавого пятна на дороге, прочел его понятым и дал подписать одному оказавшемуся грамотным. Остальные поставили кресты.

В этот протокол Павел Сергеевич внес и подробное описание найденного клочка обожженной газетной бумаги, составлявшего часть ружейного пыжа.

Заседатель даже понюхал этот клочок и заметил, что он пахнет табаком.

— Можно будет при надобности узнать, в какой лавке куплен табак, завернутый в эту газету, и какая это газета? — подумал он вслух. — Не надо ничего упускать из виду, иногда ничтожная мелочь может дать важные указания.

Покончив с протоколом и записав показания приведенных им мужика и бабы о встрече с охотником Егором Никифоровым, Павел Сергеевич предложил Вацлаву Лаврентьевичу отправиться в "анатомию".

Им подали лошадь, так как поселок отстоял от заимки в верстах трех, и они поехали.

Труп уже находился там, здание "анатомии" было окружено народом.

Началось вскрытие, но прежде был произведен обыск в карманах снятого с убитого платья.

В одном из карманов оказался белый носовой платок, в другом — перочинный ножик и мелкою серебряною и медною монетою девяносто пять копеек.

Было основание предполагать, что у убитого денег с собой было больше, могли быть часы, цепочка, кольца, которые и стащил убийца, совершивший преступление с целью грабежа.

Об обыске заседателем тут же, в "анатомии", был составнен протокол, также подписанный понятыми.

По вскрытии врач дал заключение, что смерть последовала от огнестрельной раны в груди, почти в упор, так как платье и края раны были опалены, но что убитый умер не тотчас же, а спустя некоторое время, около часа, так как по состоянию его мозга, переполненного кровью, можно заключить, что несчастный, после нанесения ему смертельной раны, был в сильном возбуждении, необычайном волнении и много думал. Вследствие-то этого напряжения смерть его последовала скорее, чем бы наступила у человека в ином психическом состоянии.

Вынутая из раны пуля была передана Вацлавом Лаврентьевичем Павлу Сергеевичу, который приобщил ее к делу в качестве вещественного доказательства.

Акт вскрытия был написан тут же и подписан врачом, заседателем и присутствовавшими свидетелями.

"По платью, но нежности кожи, это на самом деле "форменный барин", как выразился староста, — думал заседатель. — Но его здесь никто не знает. Кто же он такой?"

Вопрос этот мучительно жег мозг пытливого по натуре Хмелевского.

Он отдал приказание привести разрезанный труп в такое, по возможности, состояние, чтобы его могли узнать знавшие или видевшие при жизни.

"Я завтра заставлю осмотреть всех жителей поселка, всех рабочих на приисках Толстых и всех живущих на заимке", — решил заседатель и уже стал запирать свой портфель, чтобы ехать обратно в высокий дом, как вдруг в "анатомию" не вошел, а вбежал знакомый всем присутствующим мещанин Харитон Спиридонович Безымянных.

Поздоровавшись с заседателем и доктором, он подошел к трупу, взглянул на него и воскликнул:

— Так я и знал, что это его укокошили!

— Кого его? — почти в один голос спросил Хмелевский и Вандаловский.

— Да моего жильца — Бориса Петровича.

— Это ваш жилец? Ну, слава Богу. Мы будем хотя знать, кто он такой.

— Ну, этого-то вы от меня знать не будете, так как и я знаю только, что он приехал из К. на охоту недели с две тому назад и просил меня приютить у себя на прииске. Я отвел ему избу, что у меня была под конторой, и он себе жил да поживал.

— Что же он тут делал?

— Да ничего, гулял, охотился.

— Как его фамилия?

— Не знаю, знаю только, что зовут его Борисом Петровичем. Сегодня утром я его не видал, не видал и после полудня, а тут я услыхал о найденном трупе, побежал к избе, которую занимал постоялец — глядь, замок висит. Ну, подумал я, наверно, это моего соколика укокошили... Сел на лошадь, да айда сюда... вхожу, а он тут и есть, лежит весь искрошенный...

Заседатель снова отпер портфель и подробно записал показания Безымянных.

— А не видали ли вы вчера Егора Никифорова, охотника? — спросил заседатель.

— Как же, он под вечер у меня был, мы с ним опрокинули по лампадочке.

— Он был с ружьем?

— Нет, без ружья! Да вот еще, совсем было запамятовал, баба у меня, кухарка Алена Матвеева, сейчас мне сбрехнула, что будто видела Егора Никифорова ночью на нашем прииске и что он шел от избы, где жил постоялец. Может, брешет, а я за что купил, за то и продаю.

Лицо заседателя вдруг стало серьезным, он записал и это показание, а затем, подозвав старосту, что-то шепнул ему на ухо.

# XV

# АРЕСТ

Староста, выйдя из "анатомии", захватил с собой сотского и двух понятых, и направился с ними на край поселка, где стояла изба Егора Никифорова. Последнего он должен был арестовать по приказанию земского заседателя и привести в людскую высокого дома.

Павел Сергеевич отдал этот приказ старосте шепотом, так как предвидел сильный протест со стороны доктора Вандаловского, знавшего с хорошей стороны "мужа Арины", и конечно, сейчас бы замолвившего слово в его защиту. Заседатель не хотел вступать в споры с добродушным, но настойчивым стариком, а, между тем, показания свидетелей, особенно же Харитона Безымянных, и другие обстоятельства дела, бросали сильную тень подозрения на Егора Никифорова.

Хмелевский уже создал в своем уме целую картину совершенного преступления и бесповоротно решил, что убийца никто иной как "охотник", "муж Арины", как называли свидетели Егора Никифорова.

Егор Никифоров только что проснулся и узнав от жены, что в "анатомию" приехал барин "с дохтуром" потрошить покойника, хотел идти туда, как дверь отворилась и на пороге избы появился староста, сотский и понятые.

Егору Никифорову не приходила в голову мысль, что они

пришли его арестовать, он подумал лишь, что они будут его расспрашивать о случившемся, так как его могли видеть проходившим вчера по этой дороге, и решил в уме ничего не говорить из того, что знает по этому делу.

"Это может навлечь беду на барышню!" — вспомнил он слова умирающего незнакомца.

— Егор Никифоров, — обратился к нему староста, — сбирайся в далекий путь. Заседатель велел тебя арестовать.

— Меня... арестовать... За что же? — побледнел он как полотно и невольно попятился от вошедших в избу.

— За хорошие дела рук назад не вяжут! — заметил один из понятых.

Арина, между тем, вскрикнула и бросилась между старостой и мужем.

— Арестовать... его... За что? — воскликнула она, а затем вдруг как бы окаменела и лишь через несколько минут почти произнесла:

— Убийца... убийца... сегодня ночью... ты, ты убил его...

Она смотрела на своего мужа безумными глазами.

— Видишь, жена тебе говорит в глаза, за что тебя велели арестовать... — заметил сотский.

— Она ополоумела... Чего вы ее слушаете!.. Но не правда ли, это злая шутка, что меня подозревают... что меня велели вам арестовать...

— Чем тут шутить, любезный? Начальство шуток не шутит... Сбирайся, возьми, что надо на первый обиход, а там, что понадобится, жена принесет — допустят.

— Но ведь я не виноват ни в чем! — воскликнул Егор Никифоров.

— Тем лучше для тебя!.. — заметил староста.

— А, вот и ружье... — продолжал он, идя в угол первой комнаты, и взял поставленное хозяином утром туда ружье.

Это была охотничья двехстволка.

Староста стал внимательно рассматривать его вместе с сотским.

— Один ствол разряжен! — заметил он.

— Что? — дико вскрикнул Егор Никифоров. — Ствол разряжен?

— Тебе это знать лучше, нежели нам... — в один голос ответили староста и сотский.

Бледный, с дрожащими руками, он подошел сам посмотреть ружье и действительно убедился, что правый ствол его разряжен. Судороги передернули его лицо, как бы от невыносимой внутренней боли, кровь прилила к сердцу, в глазах потемнело, и он почувствовал, что почва ускользает из под его ног.

Арина продолжала обводить присутствующих безумным взглядом, и наконец, словно остановила его на муже.

— Оправдывайся же Егор, оправдывайся, несчастный! — сказала она не своим голосом.

— К чему? Ведь я знаю, что я не виноват. Совесть моя спокойна. Повторяю, я не виновен.

— Я не виновен! Я не виновен! — поредразнила мужа Арина. — И больше ты ничего не можешь сказать? Скажи, по крайней мере, им, что ты в эту ночь делал... Ты должен это сказать, а то иначе почему же в самом деле твое ружье оказалось разряжено.

— Этого я не знаю... — смущенно пробормотал он.

— Ты этого не знаешь! — крикнула Арина. — Значит, это ты, а никто другой убил этого несчастного...

Егор Никифоров вздрогнул всем телом.

— Арина, Арина, опомнись, в чем ты обвиняешь меня, возьми назад скорее свои слова... Скажи, что ты веришь мне, что я неповинен в смерти этого несчастного.

Пришедшая несколько в себя женщина с грустью в голосе отвечала после некоторого раздумья:

— Этого я не знаю!

Егор Никифоров отшатнулся от нее, но не сказал ни слова. Наступило мгновенное тягостное молчание.

— Сбирайся же, пойдем, а то "барин" дожидается, — прервал его староста.

— Прощай, Арина! — шатаясь, подошел к жене Егор Никифоров.

Она снова окинула его тем же безумным взглядом, и когда он затем хотел обнять ее, она вдруг отскочила от него с криком.

— Там, там, на твоем рукаве, кровь...

С этими словами несчастная женщина, как подкошенная, без чувств упала на пол.

Егор бросился к жене, поднял ее и положил на постель, поклонился и поцеловал ее в лоб долгим поцелуем. Слезы брызнули из его глаз, и несколько минут он горько плакал.

Затем он обернулся к стоявшим в избе и твердым голосом сказал:

— Берите меня... идем...

Староста, по сибирскому обычаю, взял обе руки Егора Никифорова и, связав их назади веревкой, один конец отдал сотскому, а другой взял сам. Понятые отворили двери избы и выпустили связанного арестанта, затем плотно затворили дверь и пошли вслед за преступником и властями.

Тем временем Вацлав Лаврентьевич уехал в город, а земский заседатель вместе с Харитоном Безымянных отправился к нему на половинку. По произведенному обыску в избе, висячий замок на двери которой оказался запертым, не нашли ничего, что бы могло указать следствию, кто был убитый и зачем прибыл на половинку.

Вызванная кухарка Безымянных Алена подтвердила ссылку на нее Харитона Спиридоновича и показала, что часу во втором ночи действительно видела Егора Никифорова, шедшего, видимо, крадучись, от избы, где квартировал городской постоялец.

— Ты, наверное, знаешь, что это был он? — спросил еще раз Павел Сергеевич.

— Да как же не наверное! Слава Тебе, Господи, не первый год живу здесь и не впервой вижу "мужа Арины".

Земский заседатель составил акт обыска в избе и записал в протокол показания как самого Безымянных, так и его кухарки.

Когда Павел Сергеевич вернулся из половинки в высокий дом, он нашел уже связанного Егора Никифорова у двери людской.

Заседатель приказал развязать ему руки и ввести в комнату. Староста представил ружье и объяснил, что один ствол найден разряженным. Заседатель тотчас же составил протокол осмотра ружья, разрядил второй ствол, и вынутый пыж оказался оторванным от того же газетного листа, от которого оторван был пыж, найденный на месте убийства. Вынутая же из ружья пуля была одинакового калибра с той, которою был убит неизвестный молодой человек.

Заседатель обе пули и оба куска газетной бумаги положил перед собой на стол.

— Обыщите арестанта! — приказал он старосте и сотскому.

Приказание было исполнено, и по обыску в одном из карманов Егора найдена была трубка и табак, завернутый в такую же газетную бумагу, из которой сделанны были и пыжи.

Павел Сергеевич и этот сверточек приобщил к вещественным доказательствам.

Мерка сапога Егора Никифорова пришлась как раз к мерке найденных на берегу Енисея следов.

Когда арестанта после обыска снова одели, то земский заседатель снова начал снимать с него подробный допрос. После обычных расспросов об имени, отчестве, летах, местожительстве и роде занятий, заседатель предложил обвиняемому рассказать, где он провел ночь, в которую было совершено убийство неизвестного молодого человека.

Егор Никифоров рассказал, что он сперва был у мельника, затем у Безымянных, пил в обоих местах водку и, захмелев, заснул на дороге.

— Ты был с ружьем? — спросил его Павел Сергеевич.

— Точно так, с ружьем...

— А, между тем, одни свидетели видели тебя с ружьем только утром и в полдень, вечером же тебя видели другие, но уже без ружья. Правда ли это?

Егор, видимо, растерялся и молчал.

— Ты молчишь... Так я скажу за тебя, что к вечеру вчерашнего дня у тебя ружья не было... Куда ты дел его?

Обвиняемый в ответ лишь тяжело вздохнул.

— Отвечай же! — крикнул заседатель.

— Я не могу ответить на этот вопрос...

— Так я отвечу за тебя: ты спрятал его невдалеке от места убийства, чтобы отвести глаза следователю. Это твое ружье?

— Так точно-с.

— На собачке и около дула еще видна земля и мне не нужно большего доказательства, что ружье было спрятано в траве или в лесу. По показанию Харитона Безымянных, ты ушел от него в двенадцатом часу ночи. Что ты делал до утра, когда пришел домой и лег спать?

Егор Никифоров молчал.

— Ты, видимо, хочешь отмалчиваться от вопросов, смотри, это худой способ и только усилит наказание... Сознайся, раскайся, и суд к тебе будет милостивее.

Глаза Егора Никифорова наполнились слезами.

— Я только одно могу сказать — я не виновен!

Земский заседатель наморщил лоб, хотя ему показалось, что в голосе обвиняемого прозвучало неподдельное волнение.

— Но улики все налицо и запираться прямо бесполезно.

— Я не виновен! — повторил Егор. — Больше я ничего не могу сказать.

— Ты так-таки и не хочешь сказать, что ты делал с двенадцатого часа ночи?

— Я не могу сказать этого, не могу!

— Так я скажу тебе это... Ты подстерег несчастного молодого человека, который жил у Безымянных, убил его и ограбил. Затем пошел в избу, где жил покойный, и вытащенным из кармана твоей жертвы ключом, отпер ее, взял, что было там ценного, бросил ключ, быть может, в реку, остальную часть ночи провел, обдумывая, куда спрятать его деньги и, быть может, золотые вещи, и спрятал их. Не беспокойся, мы найдем их.

Глаза Егора Никифорова загорелись.

— Так, по-вашему, я не только убийца, но и вор?..

— Так говорят доказательства, но я не мешаю тебе оправдываться, напротив, я первый желаю этого, так как знал тебя за хорошего человека, — сказал заседатель, тронутый неподдельностью протеста.

Егор стоял, низко опустив голову, и молчал.

— Наверное сказать нельзя, обокраден ли убитый, были ли с ним деньги и вещи, это знают Бог да ты, но по одежде он должен был принадлежать к людям состоятельным и не мог иметь в кармане только мелочь, и, наконец, приехав на охоту в тайгу из К., должен же он иметь какие-либо деньги, чтобы хоть вернуться обратно — их мы в избе на прииске Безымянных не нашли. Ты был в этой избе... Видели, как ты крадучись шел оттуда, и узнали тебя... — с расстановкой сказал земский заседатель.

Егор Никифоров задрожал.

— Этого мало, рукав и правая пола твоего озяма в крови... Чья эта кровь? Ответишь ли ты, наконец?

— Не знаю.

Павел Сергеевич, несмотря на то, что был очень терпелив, вышел из себя, составил поставление об аресте и приказал старосте под строгим караулом отправить преступника в село, где имел резиденцию, и посадить его в каталажку {Место заключения — местное выражение.} при волостном правлении. Пока в поселке снаряжали подводу под арестанта, он велел подать себе лошадей и уехал. Толстых беспокоить он не решился.

# XVI

## ТУЧИ СГУЩАЮТСЯ

Следствие шло своим чередом. Надо заметить, что Павел Сергеевич чрезвычайно энергично и быстро вел это дело. С одной стороны его увлекала масса нагромождающихся друг на друга улик против Егора Никифорова, а с другой — смущало поведение обвиняемого, совершенно непохожее на поведение убийцы.

Труп убитого, по распоряжению заседателя, был предъявлен всем окрестным жителям, но никто не мог сказать о несчастном более, нежели показал Харитон Безымянных. Предъявление трупа прислуге высокого дома и рабочим приисков Толстых дали такие же отрицательные результаты.

Самому Петру Иннокентьевичу Толстых и Иннокентию Антиповичу Гладких земский заседатель не решался сделать официального допроса по этому делу, так как неизвестно было, как взглянут на это богач-золотопромышленник и его доверенный, а в случае возбуждения их неудовольствия, заседатель мог в описываемое нами время моментально слететь с места.

О допросе дочери Петра Иннокентьевича Марьи Петровны, уехавшей почти одновременно с открытием убийства совершенно неожиданно в Томске, нечего было и думать без того, чтобы не навлечь, как полагал Хмелевский, на свою голову страшный гнев всемогущего богача — ее отца.

Хотя в голове Павла Сергеевича и бродили мысли, что отъезд Марьи Петровны Толстых должен иметь некоторое отношение к совершенному преступлению, но он старался всеми силами оттолкнуть от себя эту мучившую его мысль — углубиться в суть этого дела и доказать невинность Егора Никифорова, в которой, бывали минуты, земский заседатель был почти убежден.

Как чиновник, он был даже доволен, что добытыми уликами сгустились тучи над головой Никифорова и что с формальной стороны он, заседатель, для начальства стоял на настоящем следственном пути.

Нравственная сторона дела не имела, да и не могла иметь никакого значения при суде с формальными доказательствами.

Лезть со своими исследованиями туда, где он наверняка может сломать себе голову — было бы со стороны Павла Сергеевича неблагоразумно, и он от этого воздержался и даже не подверг допросу никого из слуг и рабочих Толстых, признавая как бы этим, что никто из живущих у богача-золотопромышленника даже не может быть прикосновенным к такому гнусному делу.

Время, когда Хмелевский был, как мы уже сказали, почти убежден в невинности арестованного им убийцы, было особенно продолжительно после того, как Егор Никифоров был, по приказанию заседателя, привезен на третий день обнаружения убийства в поселок и приведен к трупу, все еще находившемуся в "анатомии".

Когда один из карауливших тело крестьян сдернул покрывало с трупа, Егор Никифоров вместо того, чтобы отступить при виде жертвы своего преступления, подошел близко к столу, на котором лежал покойный, и с выражением неподдельной грусти несколько минут смотрел на него, истово осеняя себя крестным знамением. Из глаз его брызнули слезы, и он чуть слышно прошептал:

— Доволен ли ты, несчастный, незнакомый мне человек? Насколько у меня хватит сил, я сохраню твою и мою тайну и исполню твою последнюю волю.

— Чего ты там бормочешь? — спросил присутствовавший при этом заседатель.

— Молитву, ваше благородие! — отвечал Егор Никифоров.

Если заседатель думал, что при виде убитого им человека обвиняемый проговорится, то он ошибся. Егор Никифоров при виде убитого еще более укрепился духом не выдавать своей тайны, хотя знал, что она может погубить его.

"Я спасу моего спасителя и его дочь!" — мелькнуло в его уме.

— Ты все еще не хочешь сознаться? — спросил его Хмелевский.

— Я не виновен, ваше благородие! — отвечал Егор.

— Но ты знал убитого при жизни — это ты не будешь отрицать, это ясно из того, как ты смотрел на его труп.

— Я не могу вам ответить на этот вопрос, ваше благородие.

— Завтра я тебя отправлю в К., в тюрьму! — топнул ногой Павел Сергеевич.

— Слушаю-с! — отвечал Егор.

Земский заседатель отдал распоряжение похоронить труп убитого и уехал.

Похороны состоялись на другой день, и простой деревянный крест, несколько вдали от кладбища, близ дороги, указывает до сих пор место упокоения несчастного молодого человека.

Таких крестов не встречается нигде чаще, чем в Сибири. Они попадаются и около почтовых трактов, и близ проселочных дорог, и совсем в стороне от дороги, и служат немыми свидетелями совершившихся в этой "стране изгнания" уголовных драм, убийств и разбоев.

На местах, где находятся жертвы преступлений, ставят эти символы искупления, иногда найденные трупы и хоронят тут же, без отпевания, для которого надо было бы везти их за сотни верст до ближайшего села.

Под впечатлением вкравшегося в душу земского заседателя сильного сомнения в виновности Егора Никифорова, он снова передопросил всех свидетелей, видевших его около места преступления, допросил и мельника, у которого был обвиняемый, по его собственному показанию, вечером, накануне того дня, когда найден труп убитого, и затем, только еще раз перечитав произведенное им следствие, относительно несколько успокоился — улики были слишком подавляющи, чтобы сомневаться в виновности арестанта.

"Если он сам скрывает такие обстоятельства, которые сразу могут бросить иной свет на дело, если он сам не хочет рассеять собравшиеся над его головою тучи, то это его дело!.." — думал Павел Сергеевич, все нет, нет да впадавший в некоторое сомнение.

"Скажи он хоть слово, и я не посмотрю ни на лиц, ни на их положение, я добьюсь истины, но он молчит..." — оправдывал себя самого земский заседатель.

Егор Никифоров на самом деле молчал как убитый, хотя Хмелевский, перед отсылкой его в К., пытался снова добиться от него, где и как он провел ночь, в которую совершено убийство.

— Да что вы, ваше благородие, себя напрасно беспокоите, ведь сами сказали, что убил я, ну и будь по вашему... Я отвечу вам только: я не виновен.

Егор Никифоров был препровожден в К. и заключен в тюремный замок. Следственное дело для его окончания было отослано земским заседателем прокурору, который поручил одному из полицейских приставов города К. дополнить его розысками о личности убитого.

Сведения эти были получены от содержателя одной из двух городских гостиниц мещанина Разборова. Они были почти те же, какие получены от последнего Иннокентием Антиповичем Гладких по поручению Петра Иннокентьевича. О посещении Гладких и о разговоре с ним Разборов не упомянул, не упомянул также и о многом ему известном, не желая вмешивать в это дело богатых лиц, которые могли всегда пригодиться ему, "мелкому сошке", как скромно именовал он себя, хотя в городе ходили слухи, что Разборов всеми правдами и неправдами сумел сколотить себе порядочный капиталец.

В комнате, которую занимал Борис Петрович Ильяшевич, был сделан самый тщательный обыск, но кроме белья и платья, да сибирского мягкого чемодана, ничего найдено не было.

Бумаг не оказалось совершенно, и лишь в печке найдена была куча пепла, указывавшая, что Ильяшевич перед поездкой в тайгу сжег какие-то бумаги.

Составив протокол о своих следственных действиях, пристав заключил следствие и вновь представил его прокурору, который, со своей стороны признав дело полным, препроводил его на решение в губернский суд, составлявший в Сибири такое же судебное место, каким в центральной России были в дореформенное время "палаты гражданского и уголовного суда".

Егор Никифоров сидел в К-ой тюрьме и молчаливо ждал решения своей участи. Он знал, что ждать ему придется долго, так как судебные места Сибири, в описываемое нами время, не отличались торопливостью, и сибирская юстиция, как и юстиция центральной России, в блаженной памяти дореформенное время, держалась трех мудрых русских пословиц: "дело не медведь, в лес не убежит", "поспешишь — людей насмешишь" и "тише едешь — дальше будешь".

О скором, правом и милостивом суде, уже действовавшем в центральной России, в Сибири тогда знали только понаслышке.

Грозовые тучи над высоким домом тоже, казалось, сгущались, и вот-вот надо было ожидать грозы.

Известие об аресте и отправлении в К-скую тюрьму Егора Никифорова по обвинению его в убийстве с целью грабежа, конечно, тотчас же достигло до Иннокентия Антиповича Гладких. Оно поразило его, несмотря на то, что он почти предвидел его ранее, с того момента, когда узнал, что Толстых стрелял из ружья, принадлежавшего "мужу Арины".

Особенно смутили Гладких обнаруженные следствием подробности. Он узнал, что Егор Никифоров ночь убийства провел вне дома, что возле трупа найдены следы его сапог и что ночью видели, как он крался из избы на половинке, которую занимал покойный.

Сопоставив все это с удостоверением врача, что убитый умер не тотчас же, а был жив известное количество времени, Иннокентий Антипович пришел к роковым для своего друга и настоящего виновника смерти Ильяшевича выводам.

Для него многое стало ясно, гораздо яснее, чем все это дело представлялось земскому заседателю. Он, впрочем, и знал более этого последнего. Совершенно ясно представилось ему, что Егор Никифоров, быть может, привлеченный звуком выстрела, застал еще живым несчастного Ильяшевича, говорил с ним и по его поручению ходил к нему в избушку и взял то, что указал ему умирающий. В этой последней догадке утверждало

76

его ранее посещение "мужем Арины" высокого дома, желание видеть Марью Петровну и явное смущение при известии о ее внезапном отъезде.

"Он приносил ей то, что взял из избушки, где жил покойный! Быть может, письма!" — соображал Иннокентий Антипович.

Возникал теперь вопрос: что говорил ему умирающий? Несомненно было одно, что Егор Никифоров знал об отношениях дочери Толстых к убитому вблизи высокого дома молодому человеку.

"Что если он расскажет об этих отношениях земскому заседателю и в оправдание свое заявит, что на эту ночь он оставил свое ружье в доме Толстых? Начнется следствие, потянут к допросу прислугу, наконец его, Гладких, и самого Петра Иннокентьевича — тогда обнаружится все, и помогут ли еще деньги, чтобы потушить дело, тем более, что теперь занимается даже на горизонте сибирского правосудия какая-то новая заря... даже этот Хмелевский, пожалуй, может заварить такую кашу, что не расхлебаешь никакой не только серебряной, но даже золотой ложкой!" — размышлял Иннокентий Антипович.

В ушах его уже раздавался звук выстрела, которым оканчивает свои расчеты с жизнью его друг и доверитель Петр Иннокентьевич Толстых. До последнего тоже достигли все подробности произведенного следствия по делу об убитом им любовнике его дочери.

— Это недоразумение, это просто на просто ошибка, которую, конечно, не замедлят исправить... Егор, конечно, будет защищаться, и следствие направится по другому, настоящему пути и, конечно, этот путь приведет сюда... Спасибо им, что они дают мне еще несколько дней жизни...

Петр Иннокентьевич подходил к окну своего кабинета, из которого видна была проселочная дорога, и подолгу простаивал около него, ожидая возвращения земского заседателя. Но тот не ехал.

"Не будет же Егор молчать, что оставил ружье здесь, и не даст сослать себя в каторгу без вины! Я, впрочем, успею письменным признанием снять с него это обвинение, а теперь... мне хочется еще пожить..."

В нем, как у всех самоубийц, которым помешали привести их умысел в исполнение, появилась особая жажда жизни. Продлить ее хотя на один миг — было его единственным желанием.

# XVII

# ТЫ БУДЕШЬ ЖИТЬ!

Было уже одиннадцать часов вечера, когда Гладких вернулся из поселка, где стороной от старосты узнал почти все мельчайшие подробности следствия над Егором Никифоровым и вошел в кабинет Толстых.

Петр Иннокентьевич, как зверь в клетке, продолжал ходить по комнате из угла в угол. Револьвер снова лежал на столе.

Последнее не укрылось от зоркого глаза Иннокентия Антиповича.

— Все кончено! Ложись и спи спокойно — ты спасен... — сказал он Петру Иннокентьевичу.

— Что ты хочешь этим сказать?

— То, что все улики оказались против Егора Никифорова, его арестовали и увели сперва в волостное правление, а затем отправят в К-кую тюрьму.

— Но ведь это невозможно! — удивленно воскликнул Толстых. — Этого не может быть!

— А все-таки это так.

— Черт возьми! Кто из нас сошел с ума?

— Я думаю, что никто. Выслушай меня спокойно. Только четыре человека знают тайну прошлой ночи. Ты, твоя дочь, которая не пойдет доносить на тебя, я, который нем как могила, и Егор Никифоров.

— Егор — говоришь ты, Егор знает?

— Все.

— Иннокентий, объяснись! Что это значит?

— Ужели ты не понимаешь? Ведь знаешь же ты, что ты стрелял из его ружья, которое сегодня утром он отнес домой, не заметив, что один ствол разряжен. Полиция взяла это ружье, и пуля, которой заряжен был другой ствол, оказалась одинаковой с пулей, вынутой из трупа убитого. С этого началось серьезное подозрение, что убийца — Егор.

— О! — простонал Толстых и бессильно опустился на диван.

— Егор, конечно, догадался, что убийца ты, тем более, что у меня есть основание думать, что он говорил с твоей жертвой перед ее смертью.

— Почему же он этого не сказал заседателю?

— Вероятно, потому, что не хотел.

— А, так он не хотел?.. — повторил как бы про себя Петр Иннокентьевич и вдруг вскочил с дивана и бросился к двери, схватив со стола револьвер.

— Куда? — загородил ему дорогу Гладких.

— Не думаешь ли ты, что я позволю страдать за себя невинному человеку? — заговорил Толстых дрожащим голосом, с сверкающими глазами. — Я тотчас же верхом домчусь до заседательской квартиры, сознаюсь в преступлении, если только убийство соблазнителя дочери преступление и, подписав показания, покончу с собой... Егор будет спасен...

Иннокентий Антипович скрестил руки на груди.

— Ты этого не сделаешь!

— Кто осмелится остановить меня?

— Я!

— Зачем?

— Затем, что я этого не хочу.

Петр Иннокентьевич судорожно захохотал.

— Я не хочу этого! — продолжал Гладких. — Я не хочу этого, потому что я нахожу, что самоубийство тоже преступление. Довольно с тебя одного. Я вчера не мог отстранить твоей руки от постороннего человека, сегодня я не позволю тебе направить ее на самого себя. Я клянусь тебе в этом. Ты бесжалостно убил молодого человека, повинного только в том, что он любил твою дочь, но тебе показалось этого мало, ты выгнал из дома эту несчастную, убитую горем потери любимого человека, дочь. Бедная ушла в отчаянии и мы, быть можем, никогда ее не увидим, и после этого ты все хочешь сгладить своею смертью. Это было бы очень удобно. Петр, отвечай мне: если бы тебе пришлось переживать все вчерашнее снова, убил бы ты этого человека?

— Нет, нет! — содрогнувшись, отвечал Толстых, отступая перед наступавшим на него Иннокентием Антиповичем.

— А выгнал бы свою дочь?

— Ее?.. О, да, конечно!..

— Я вижу из твоих ответов, что хотя ты и раскаиваешься в совершенном преступлении, но у тебя пропало отцовское чувство, а ты, ведь, так любил свою дочь! Да и теперь ты напрасно стараешься обмануть самого себя — ты все еще ее любишь. Легче убить самого себя, нежели вырвать из сердца привязанность к детям! Ты не должен, повторяю тебе, никуда идти, ты должен оставить Егора принести себя в жертву; что же касается тебя, ты должен жить, мучимый угрызениями совести и раскаянием. Ты будешь жить, и угрызения совести будут твоим наказанием. Я вижу еще, как ты сломишься под его тяжестью и с дикими воплями будешь призывать свою дочь.

— Замолчи, Иннокентий, не мучь меня! — простонал Толстых, снова бессильно падая на диван.

— Но настанет день, — не слушая его продолжал Гладких, — когда Господь сжалится над твоими слезами — Он, Милосердный, простит тебя, как прощает самых страшных грешников, старайся не противиться Его наказанию, а с верою и терпением переноси его. Ты будешь жить!

— Иннокентий, пусти меня! — снова вскочил Петр Иннокентьевич.

— Нет, говорю я тебе, нет!

— Так ты хочешь, чтобы осудили, обесчестили и наказали невинного человека?

— Я не избегаю Божьей кары и не противлюсь Его воле.

— Что же мне делать на земле?

— Я уже сказал тебе: страдать и молиться.

— Но у Егора жена, у нее скоро родится ребенок, а я один, у меня никого нет.

— Несчастный, а твоя дочь?..

— Она умерла, умерла для меня.

— Сегодня, может быть. Но не беспокойся об Арине и ее ребенке, я подумал и о них! В память несчастной твоей дочери, ты обеспечишь Арину и дашь воспитание ее ребенку, как своему. Вот что решил я — тебе остается повиноваться.

Толстых застонал и снова безмолвно опустился на диван. Огонь в глазах его совершенно потух — он преклонился перед новым могуществом строго судьи, могуществом представителя возмездия, он перестал быть главою дома, нравственную власть над ним захватил Гладких. Петр Иннокентьевич все еще продолжал держать в руке револьвер, но Гладких спокойно взял его у него, как берут у ребенка опасную игрушку.

— Покойной ночи, до завтра! — сказал он Толстых ласковым голосом.

Петр Иннокентьевич остался один, уничтоженный, порабощенный.

На другой день после обеда Иннокентий Антипович отправился в поселок к Арине.

За эти два дня несчастная женщина страшно изменилась, она похудела до неузнаваемости, волосы на голове поседели, глаза были совершенно опухшие от слез.

При виде ее у Гладких похолодело сердце.

— Я зашел навестить тебя, Арина.

Она заплакала вместо ответа.

— Не отчаивайся, Арина. У тебя есть люди, которые не оставят тебя...

— Вы зашли — значит, я не могу в этом сомневаться... — сквозь слезы проговорила Арина.

— Но ты забываешь Петра Иннокентьевича?

— О, нет, я никогда не забуду его. Он всегда был так добр ко мне, к нам... И ведь он, этот несчастный, всем обязан ему, век должен быть ему благодарен... Ему обязаны мы довольством... Но и это довольство не остановило его...

Арина зарыдала.

— Иннокентий Антипович, для меня все кончено на земле...

— Зачем такие мрачные мысли?

— Что же мне делать, когда сердце у меня разорвалось на части. Я сейчас с удовольствием бы умерла, если бы ребенок, которого я ношу под сердцем, не заставлял бы меня жить и страдать... Я, впрочем, думаю, что не на радость я и рожу его — ребенка убийцы.

— Ты, Арина, слишком строга к Егору...

— Строга... — удивленно взглянула на говорившего Арина. — Да если бы он не был виноват, он не был бы теперь в каталажке... Несчастный одним выстрелом убил человека на большой дороге, а другим попал в сердце своей жены.

— А если он не виноват, если это просто роковое совпадении обстоятельств?..

— Вы защищаете его... Я вам очень благодарна... Но я сама видела, как он побледнел, когда староста заметил, что ружье разряжено, и наконец, я сама видела на его одежде... кровь... Я знаю одно только, что он не грабил его... Ведь тогда он принес бы домой деньги или вещи и здесь спрятал бы. Не правда ли?

— Конечно.

— Ну, а сегодня утром был тут опять заседатель и перешарил везде; в шкапах, в сундуках, комодах, матрацах, на которых мы спим, не оставил без осмотра ни одного уголка и ничего не нашел.

"Он, верно, сжег все письма!" — подумал Гладких.

Арина, между тем, снова зарыдала, закрыв лицо передником.

— Арина, я пришел сказать тебе, что Петр Иннокентьевич и я не оставим тебя в твоем горе. Вот, возьми пока немного.

Он сунул ей в руку десятирублевую бумажку. Арина было отстранилась и не хотела брать деньги.

— Возьми, возьми, я хочу, чтобы ты взяла и знала, что мы,

я и Толстых, не допустим тебя до нужды, а твоего ребенка Петр Иннокентьевич возьмет к себе на воспитание.

— Дай Бог вам и Петру Иннокентьевичу здоровья! — бросилась было Арина целовать руки Гладких, но он отнял их и поцеловал ее в лоб.

Выйдя от Арины, Иннокентий Антипович отправился на могилу убитого. Там он застал несколько крестьян, которые тоже пришли помолиться на могиле безвременно погибшего молодого человека. Вообще судьба покойного вызвала общее сочувствие и усугубила проклятия, которые раздавались по адресу подлого убийцы.

Возвращаясь с могилы, Гладких повстречался со старостой поселка, и разговор снова зашел об арестованном Егоре Никифорове.

— Да, уж дела, — заметил староста, — кажется, спроси меня третьего дня об Егоре Никифорове начальство, окромя хорошего, ничего бы не сказал, мужик был на отличку, ан вишь, что сканителил, умопомрачение, зверь, а не человек оказался...

— Да, может, это не он? — попробовал вставить свое слово Иннокентий Антипович.

— Как же не он, ваша милось, когда след его точка в точку, пуля к пуле пришлась, как родная сестра, пыжи также, кровь на рубахе... и на одежде... а он одно заладил — не виноват... Заседатель его и так, и эдак, уламывал, шпынял; его, сердечного, в пот ударило — так ничего и не поделал. Нет, уж по моему, коли грех попутал, бух в ноги начальству и на чистую, хотя и не миновать наказания, да душе-то все легче — покаяться. А то вдруг закоренелость эдакая и откуда? Парень был — душа нараспашку...

— Хороший был мужик, что говорить! — подтвердил Гладких.

— Вот вам, ваша милость, и хороший, а разбойником придорожным оказался, да окромя того, жену на сносях загубил. Смается баба от горя, срама да нужды...

— Я сейчас был у нее по поручению Петра Иннокентьевича, он ей поможет, до нужды не допустит. Ребенка возьмет к себе на воспитание.

— Дай ему Бог сто лет жить в доброе здравие... ангельской души человек Петр Иннокентьевич... И вам, ваша милость, дай Бог здоровья, и вами рабочие на приисках не нахвалятся.

— Однако, прощай, мне недосуг, и то домой запозднился, — прервал панегирик старосты смущенный Иннокентий Антипович.

— Прощенья просим, ваша милость!

"Несчастный Егор, — думал Гладких, возвращаясь в высокий дом. — Тебя все считают преступником, зверем, ты неповинно несешь бесчестие и позор за другого, но знай, что этот другой будет наказан горше твоего судом Божьим. Бог видит, Егор, твое благородное сердце, и Он укрепит тебя за твою решимость отплатить за добро добром твоему благодетелю. Он спас тебе жизнь, ты делаешь более, ты спасешь его честь".


# XVIII

## СИБИРСКАЯ ВОЛОКИТА

Чтобы иметь понятие о неторопливости сибирских судов, достаточно рассказать интересный анекдотический факт, имевший место вскоре по введению в Сибири обновленного судопроизводства.

В т-ский губернский суд является убеленный сединами купец, лет семидесяти, и просит доложить о нем вновь назначенному и недавно прибывшему из России, как называют в Сибири центральные русские губернии, председателю.

— Что вам угодно? — обратился к просителю вышедший в приемную председатель.

— Дело у меня здесь в суде, долгонько тянется, ваше превосходительство.

— Какое дело?

— Да по опеке надо мной...

— За расточительность?

— Чего-с?..

— Деньги мотали?

— Помилуй Бог, мы с измальства к этому не привыкли, ваше превосходительство...

— Что же, вы больны были?

— Бог хранил-с, ваше превосходительство, когда хворал, не запомню...

— Может, разумом ослабли?..

— Обижать изволите, ваше превосходительство!

— Так почему же, наконец, над вами учреждена опека?

— По малолетству...

— Что-о-о?!

— По малолетству...

Оказалось, по наведенной тотчас же справке, что, действительно, в суде есть дело по опеке над просителем, учрежденной по малолетству его, когда он остался сиротой, более пятидесяти лет тому назад, до сих пор еще не оконченное производством. Опека над богатым человеком служила лакомым куском сменившихся двух поколений опекунов и судейских.

Дела в судах накоплялись грудами и ждали окончательного решения десятки лет. Почти каждый представитель дореформенной сибирской Фемиды в свою очередь иногда десятки лет состоял под следствием и судом, что не мешало ему самому производить следствия над другими и судить этих других.

В той же Т-ской губернии много лет служил земский заседатель и много лет состоял под судом и следствием.

Губернатору на этого земского заседателя сыпались градом жалобы, которые, наконец, и вывели начальника губернии из терпения, и он написал на одной из полученных им жалоб следующую резолюцию: представить мне все дела о заседателе NN для личного просмотра.

Резолюция пошла гулять по канцеляриям, и прогулка эта была настолько продолжительна, что губернатор успел забыть о ней, когда в один прекрасный день был поражен ее исполнением.

Как-то после обеда губернатор за чашкою кофе кейфовал у себя в кабинете с одним из своих любимых чиновников особых поручений. Кабинет был угловой комнатой обширного, хотя и одноэтажного губернаторского дома, два окна которого выходили на улицу, а два других — во двор.

Вдруг до слуха губернатора достиг скрип полозьев нескольких саней; он взглянул в окно и увидел въезжавшие на двор три воза.

— Посмотрите, mon cher, что такое там привезли? — обратился он к собеседнику.

Чиновник особых поручений поспешил исполнить приказание начальства. Вернувшись через несколько минут, он доложил:

— Дела о земском заседателе NN, для личного просмотра вашего превосходительства, согласно вашей резолюции.

— Пусть везут туда, откуда привезли! — махнул рукой озадаченный сановник.

Так окончился просмотр дел этого, почти мифического, земского заседателя.

Вскоре он умер, и по роковой случайности, в день его смерти рухнул в губернском суде шкаф под тяжестью производившихся о нем дел.

Одни эти примеры достаточно объясняют, что и дело Егора Никифорова не могло прийти скоро к окончанию, несмотря на то, что следствие было произведено всесторонне и полно. Уже одно то обстоятельство, что труп был найден вблизи заимки Толстых, почти около высокого дома, давало основание затянуть дело.

Иннокентий Антипович не раз посещал К., — так как Петр Иннокентьевич решил не переезжать в город, — и долгушку Толстых, на которой катался по городу Гладких, видели несколько раз и подолгу стоявшею у подъездов домов, занимаемых судейскими.

Опишем, кстати, самое расположение города К.

Несмотря на то, что в нем сосредоточены центральные управления губернией, на вид он невзрачен и мал. Местоположение его, впрочем, своеобразно живописно. Он лежит на берегу быстроводного Енисея и окружен живописными отрогами Саянских гор, образующих котловину, в которой и помещается немудреный город. Мы не даром упомянули о своеобразной живописности местоположения города; так, окружающие его горы почти совершенно лишены растительности и придают, как ему самому, так и окрестностям, мрачную картину величественной дикости.

Среди этих великанов природы незатейливые городские постройки и даже изредка попадающиеся каменные двух и трехэтажные дома кажутся лачугами и совершенно ускользают от внимания въезжающего путешественника, любующегося синевою окружающих гор, чарующих глаз разнообразием тонов и оттенков, смотря по времени наблюдения.

Но город, как мы заметили, и на самом деле не стоит внимания. Он построен по типу "русских" — этим прилагательным зовут в Сибири все, что принадлежит европейской центральной России — уездных городов: три параллельные улицы, пересеченные такими же параллельными один к другому и перпендикулярными к улицам переулками.

Средняя улица считается главной, а две боковые второстепенными. Под городом слобода, с кое-как, без всякой симметрии и плана построенными домишками и даже мазанками, образующими кривые переулки и закоулки.

Таких слобод в К. — две и даже три, если считать поселок на выгоне за соборной площадью. Одна тянется к крутому берегу главной реки, а другая расположена на болотистых берегах маленькой горной речки, протекающей с левой стороны города, считая от въезда по направлению от той части Сибири, которая на языке законоведов именуется "местами не столь отдаленными".

Невдалеке от слободы, находящейся за соборной площадью, уже совершенно по выезде из города, стоят особняками, друг против друга, два обширные деревянные здания, обнесенные высокими частоколами — это городская и пересыльная тюрьма. Вне частокола, огораживающего пересыльную тюрьму, стоит домик, служащий квартирой смотрителю, и рядом с ним казарма для тюремных надзирателей. Первый, окруженный палисадником, с пятью уставленными цветами окнами, является своим веселым видом резким контрастом с почерневшими от времени грустными зданиями, стоящими по ту сторону частокола.

Долгушка Толстых, с восседавшим на ней Иннокентием Антиповичем, вскоре после ареста Егора Никифорова остановилась у этого домика и стояла довольно долго.

Результатом этого визита был пропуск Гладких в контору городской тюрьмы, куда вскоре был приведен и арестант Никифоров. Смотритель, по желанию дорогого гостя, удалился в смежную с конторой комнату, и Иннокентий Антипович и Егор остались с глазу на глаз. Гладких крепко запер двери конторы, как наружную, так и ведшую в смежную комнату, и когда убедился, что никто не может быть свидетелем свидания, бросился со слезами на глазах на шею арестанта.

Тот даже отступил несколько шагов в изумлении.

— Вы, вы пришли ко мне... — бессвязно заговорил он, — когда знаете, что меня ожидает в будущем каторга за убийство...

— Ты сам хотел этого!..

— Что вы хотите этим сказать?

— Ты думаешь, Егор, я не знаю, что ты невинен.

— Тише, тише... неровен час... услышат...

— Пусть тебя хоть три раза присудят к каторге, но я и Петр знаем, что ты более чем честный человек.

— Петр Иннокентьевич, разве он тоже знает, разве он также, как и вы, догадался, почему я ничего не говорил в свое оправдание?..

— Да!

— Это мне неприятно.

— Я должен был сказать ему всю правду.

— Зачем?

— Затем, чтобы он знал, чем он тебе обязан.

— Напрасно.

— Когда он узнал, что при допросе ты молчишь обо всем случившемся в день, предшествуемый убийству, и в ночь его совершения, он хотел сам ехать к заседателю и сознаться.

— И что же?

— Я удержал его от этого...

— За это вам большое спасибо... Вы мне даете возможность отплатить добром за добро Петру Иннокентьевичу, спасти барышню и исполнить волю покойного барина. А барышня Марья Петровна, чай, огорчены страсть?..

Иннокентий Антипович не успел ответить, как раздался стук в дверь из соседней комнаты — знак, что свидание окончено.

— Я приду к тебе еще не раз... — сказал Гладких и начал отпирать двери.

Егора Никифорова снова увели в камеру. Гладких уехал в город.

# XIX

## ПРИЕМНАЯ ДОЧЬ

Вскоре после возвращения Иннокентий Антипович Гладких отправился на заимку. Он только что после обеда собрался навестить Арину, как ему доложили, что на кухне ожидает его баба из поселка. Гладких поспешил выйти в кухню.

Баба принесла печальную весть.

Вскоре после того, как Егора отправили в К-скую тюрьму, Арина заболела и слегла в постель. Две соседки поочередно ухаживали за ней, ни на минуту не оставляя ее одну. В прошлую ночь — так рассказывала баба — Арина преждевременно родила девочку, маленькую, как куклу, но здоровую. Родильница пожелала увидеть своего ребенка. Его положили к ней на постель. Тогда больная вдруг горько зарыдала и пришла в страшное волнение. Девочку у ней отняли, а часа через два Арина умерла тихо, точно заснула.

— Таперича у нас не знают, что и делать с девочкой, — продолжала баба. — Все говорят, что лучше бы она совсем не родилась на свет, да и я так смекаю, что большой бы ей был фарт {Счастье — местное выражение.}, если бы она скорей отправилась за своей матерью...

— Я сейчас приду сам... — остановил Гладких разболтавшуюся бабу, и последняя, что-то причитывая себе под нос, удалилась.

Иннокентий Антипович отправился к Толстых.

Известие о смерти Арины было для последнего вторым тяжелым ударом.

Не скрыл Гладких и переданных бабою толков жителей поселка о судьбе родившегося и осиротевшего ребенка.

— Когда эта подлая баба желала смерти этой бедной, ни в чем неповинной девочке-сиротке, я едва удержался, чтобы не броситься и не поколотить ее.

— Она смотрит на вещи, как они есть на самом деле, вот и все, — мрачно заметил Толстых. — Но что ты теперь намерен делать, Иннокентий? Ведь хозяин теперь тут ты. Приказывай, решай, действуй... Я заранее согласен на все, что ты придумаешь.

— Так ты предоставляешь мне свободу действий?..

— Конечно.

— И даже от твоего имени?

— Без сомнения.

— Что я решу — ты утвердишь?..

— Заранее... Хочешь письменно?

— Как будто я не верю твоим словам. Впрочем, теперь дело только в том, чтобы найти кормилицу для ребенка — этим пока должны ограничиться заботы о нем; все дальнейшее в будущем...

Гладких тотчас же отправился в поселок. В избе Арины он застал пять или шесть баб. Покойница лежала на столе, головой в передний угол, под образами, закрытая холстом. Слабый свет лампады боролся с тусклым светом потухавшего дня, смотревшего в окна.

Иннокентий Антипович истово перекрестился и тихо, чуть слышно, произнес:

— Несчастная Арина, пусть душа твоя утешится ранее, чем покинет землю! Я клянусь тебе, что никогда не оставлю твоего ребенка и буду любить его, как своего родного. Где же ребенок? — обратился он к бабам.

Одна из них отвечала:

— Нельзя же было его оставить здесь, я его отнесла к Фекле, которая только что отнимает от груди своего младшенького.

— Хорошо, — заметил Гладких, — жителям поселка не надо будет заботиться об этой сироте, ее берет себе в качестве приемной дочери Петр Иннокентьевич.

— Мы ранее думали, что это так случится, так как Петр Иннокентьевич был всегда добр к Арине и к Егору! Конечно, не бросит же он ребенка на горькое сиротство! Это, верно, пожелала барышня Марья Петровна, которая хотела быть у Арины крестной матерью! — затараторири бабы.

Иннокентий Антипович отправился разыскивать Феклу, жившую через несколько изб. Он знал ее, как и всех жителей поселка, и нашел ее с малюткой на руках.

Со слезами на глазах стал он рассматривать девочку.

— Уж такая она нежная да субтильная, — затараторила Фекла. — Ножки и ручки тоненькие-претоненькие! Хорошенькие, голубые глазки... Она будет белокурая — в мать... С какою жадностью она сосет грудь, видимо, норовит отъесться — войти в тельце... Что-то с ней будет, бедняжкой?

— Не хочешь ли ты оставить ее у себя? — спросил Гладких.

— В питомках?

— Да, но не навсегда, только на год, много на два...

— Я готова оставить ребенка у себя, — степенно отвечала Фекла. — Мы с мужем хотя и не богаты, и у нас у самих трое ребят, но бросить и чужого ребенка несогласны. Отказываться принять малютку — грех, я же так любила Арину, и в память о покойной готова поставить ее дочь на ноги.

— Что касается вознаграждения, то Петр Иннокентьевич не допустит, чтобы ты воспитывала малютку даром. Ты будешь ее кормилицей — это решено; но она не должна быть тебе и мужу в тягость. Ты будешь получать за нее ежемесячно по десять рублей.

— Десять рублей в месяц! — воскликнула, растерявшись от радости, Фекла. — Да ведь это в год целый капитал!

— Петр Иннокентьевич так решил.

— Значит, этот ребенок принес к нам в дом довольство...

— И слава Богу, — сказал Гладких, и вынув из кармана десятирублевку, подал ее Фекле.

— Вот за первый месяц.

В это время вошел муж Феклы, Антон Акимов. Жена передала ему в коротких словах о случившемся.

— Мы и даром взяли бы бедную сиротку, — сказал он просто. — А коли Бог фарт посылает — надо благодарить Его.

Антон перекрестился.

— Но девочку надо будет окрестить, Иннокентий Антипович, — обратилась к Гладких Фекла.

— Да, это мы сделаем завтра, после похорон ее матери.

— А как вы ее назовете?

— Не знаю... Об этом я еще подумаю.

На другой день похоронили Арину, а затем окрестили и ее дочь. Крестным отцом был Гладких, а крестною матерью — Фекла.

Девочку назвали Татьяной. Это имя дал ей Иннокентий Антипович, в честь своей покойной матери.

После крестин Гладких приказал наглухо заколотить избу Егора Никифорова. Дверь запер большим висячим замком, и ключ от него взял к себе.

Обо всем этом он, по возвращении домой, доложил подробно Петру Иннокентьевичу Толстых. Тот одобрил все его действия.

Маленькая Таня прожила у своей кормилицы до двух лет. За ее здоровьем неустанно наблюдал Иннокентий Антипович.

По достижению двух лет девочку взяли в высокий дом. К ней приставили няньку, приезжую из России, которую Гладких разыскал в К.

Прислуге дома, под страхом быть тотчас же выгнаной, было запрещено говорить девочке об Егоре Никифорове и о покойной Арине.

Таня звала Гладких "крестным", а Петра Иннокентьевича ее научили звать "папой". Старику это нравилось. Он, впрочем, ни в чем не перечил Иннокентию Антиповичу.

Уже более года он жил мучимый совестью, подавленный раскаянием, ничем не интересующийся.

Управление всеми своими делами он всецело передал в руки Гладких и не вмешивался ни во что.

Впрочем, случилось то, что предвидел Иннокентий Антипович. Толстых вскоре страстно привязался к ребенку того человека, который все еще продолжал томиться в к-ской тюрьме в ожидании суда и каторги.

Так как Толстых почти никогда не выходил из дому, то малютка была всегда у него на глазах.

Он часто брал ее на колени и лихорадочно целовал, причем

каждый раз, вероятно, вспоминал об Егоре Никифорове, а, быть может, и о своей несчастной дочери.

Иннокентий Антипович за это время несколько раз посетил к-ую тюрьму и виделся с Егором Никифоровым.

Он сообщил ему о рождении дочери, но умолчал о смерти Арины. Он сказал ему только, что она все хворает, а потому и не может приехать навестить его.

— Ближний ли свет тащиться, да ее ко мне и не допустят; вы тоже, чай, серебряным али золотым ключом ко мне дверь отпираете.

Егор был покойнее прежнего. Он свыкся со своим положением и не видел, как летели месяц за месяцем. В тюрьме время, говорят, идет очень быстро.

Только в беседах с Иннокентием Антипович он вспоминал о своем деле и объяснил причину, почему он ничего не говорил и не скажет в свою защиту.

— Я дал себя арестовать, — говорил он, — я дам себя осудить только потому, вы правы, что я сам этого хочу. Мне оправдаться, доказать, что я не виновен, было бы очень легко. Стоило сказать заседателю только всю правду. Но я поклялся бедному умирающему, и, кроме того, я не хотел, чтобы осудили настоящего виновника... Я некоторое время колебался, но потом вид изрезанного трупа несчастного меня подкрепил... Я старался напомнить себе, что сделал для меня Петр Иннокентьевич, и это утвердило меня в мысли спасти его. Я, быть может, не устоял бы, если бы, когда меня пришли арестовать, Арина первая не заподозрила меня в совершении убийства... Это меня поразило, и я решился бесповоротно принять на себя вину, тогда же, во время ареста в моей избе, хотя потом, повторяю, несколько раз колебался... Теперь все кончено — я решился и пойду на каторгу, не страшна она мне... Арина, я чувствую это, до сих пор считает меня убийцей — Бог с ней... Вы говорите — она хворает, она просто постаралась забыть меня...

— Ты ошибаешься, Егор, Арина все время думает о тебе и не перестает плакать, но повторяю, она совсем больна, после родов... — утешал его Гладких.

— Бедная Арина, — переменил тон Егор. — Если бы еще она была одна, а то с ребенком, как она проживет, как сумеет поставить на ноги мою бедную девочку.

— Об этом не заботься, — заявил Иннокентий Антипович. — Твой ребенок и твоя жена ни в чем не будут нуждаться, для этого я живу на свете...

91

— Спасибо вам, вы успокоили меня, — произнес Егор со слезами на глазах.

Гладких тоже прослезился.

— Одно мне больно, — начал Егор Никифоров после некоторой паузы. — Когда моя дорогая девочка, которую я, быть может, никогда не увижу, но которую всю мою жизнь буду горячо любить, подрастет, ей скажут: "Твой отец сослан на каторгу". Как больно будет ей это услыхать. Не правда ли, Иннокентий Антипович, что тогда вы, вы скажете ей... ну... хоть всю правду.

— Егор, — торжественно начал Гладких, — когда она вырастет настолько, что будет в состоянии сохранить тайну, я скажу ей всю правду, клянусь тебе в этом...

— Я, быть может, не доживу до этого времени, но, по крайней мере, моя дочь при воспоминании о своем отце не будет проклинать его. Еще один вопрос... Как поживает барышня, Марья Петровна? Она, чай, совершенно убита всем тем, что произошло...

Гладких смутился.

— Она вернулась из Томска... и затем снова уехала туда, ей тяжело было оставаться в высоком доме.

— Экая жалось, а мне бы надо ее повидать перед судом и отправкой... мне бы надо кое-что передать ей.

— Письма, которые ты взял в избе, где жил покойный?

— Да!

— Ты сжег их?

— Да!

— Не можешь ли ты доверить мне, что ты должен сказать Марье Петровне.

— Нет, я поклялся не говорить никому, кроме нее. Видно судьба, чтобы эта тайна ушла со мною на каторгу, — сказал Егор. — Не оставляйте Арины и Тани... — переменил он разговор.

— Буть покоен... Я буду заботиться о них всю мою жизнь... — отвечал Иннокентий Антипович.

# XX

## ЧЕРЕЗ ПЯТЬ ЛЕТ

Прошло пять лет.

После многих хлопот в К. со стороны Иннокентия Антиповича с целью ускорить дело Егора Никифорова, состоялось, наконец, решение, которым он присужден был к пятнадцатилетней каторге, а через год после этого был отправлен в Забайкальскую область... Нечего говорить, что Петру Иннокентьевичу все это встало в дорогую копеечку.

От денег, щедрою рукою рассыпаемых от лица своего хозяина Иннокентием Антиповичем, отказался только один участвующий в этом деле человек — сам обвиненный Егор Никифоров. Он ушел в каторгу с другим сокровищем — чистою совестью.

Среди хорошего ухода росла маленькая Таня, как цветок в руках хорошего садовника. Когда ей минуло пять лет, она всех приводила в восторг своими остроумными ответами и вдумчивыми вопросами, своею веселостью и грацией, хотя физически была очень слаба и нежна.

Петр Иннокентьевич и Иннокентий Антипович, и все домашние обращались с ней, по народному выражению, как с сырым яйцом. Толстых положительно не мог без нее существовать, а Гладких не чаял души в своей крестнице, хотя это не мешало ему с грустью вспоминать о точно в воду канувшей Марье Петровне. О ней не было в течении этих пяти лет ни слуху, ни духу. Что случилось с ней? Быть может, бедная девушка с горя и отчаяния, под гнетом нужды и лишений, лишила себя жизни?

Эти вопросы часто смущали ум Гладких, и он по целым часам ходил порой в глубокой задумчивости, опустив вниз свою поседевшую голову.

В высоком доме имя исчезнувшей барышни не упоминалось. Прислуга как-то инстинктивно не решалась произнести его.

Что касается Петра Иннокентьевича, то вопрос: забыл ли он свою дочь или же раскаивался, что выгнал ее из дома — не мог решить даже такой близкий к нему человек как Гладких.

В первое время исчезновение барышни из высокого дома, конечно, породило много толков в окрестности и даже в К. Впрочем, об этом говорили осторожно, так как Петр

Иннокентьевич Толстых был все-таки "сильным человеком", а глаза тех, которые имели законное основание посмотреть на это дело серьезно, были засыпаны золотым песочком.

Годы шли — все забылось и сгладилось, даже воспоминание о преступлении на заимке Толстых.

На дворе стоял декабрь месяц, был страшный мороз. Зима в этот год была лютая и страшная, что не редкость в Сибири. В числе привезенных из К. на имя Иннокентия Антиповича Гладких писем одно обратило на себя его внимание. Почерк, которым написан был адрес, заставил задрожать старика — он узнал почерк Марьи Петровны.

Дрожащими руками разорвал он конверт и прочел следующие строки:

"Мой милый Иннокентий Антипович!

Я в К., в гостинице Разборова. Если вы по прежнему питаете ко мне чувство дружбы, то приезжайте. Спросите только Веру Андреевну Смельскую и вам покажут.

Марья Толстых".

Гладких прижал это письмо к своим губам, и слезы градом полились из его глаз.

Через час он уже мчался по дороге в К.

Старик Разборов, успевший-таки довольно солидно поживиться в деле Егора Никифорова, отремонтировавший на деньги Толстых свою гостиницу и расширивший свою галантерейную лавочку, находившуюся в том же доме, умер еще ранее ссылки Егора, и наследство получил его племянник, живший с малолетства в Москве в приказчиках у одного купца, торговавшего в белокаменной тоже галантерейным товаром.

Наследник прибыл в К. и стал продолжать дело своего покойного дяди.

Старик Разборов был большой оригинал, и о нем в К. долго уже после его смерти ходили рассказы. Он имел большую склонность к иностранным словам, не особенно понимая их значение и невозможно их выговаривая, отчего происходили с ним положительные анекдоты.

Сильным конкурентом покойному по торговле был к-ский богач — монополист Гладилин.

Когда старика Разборова спрашивали, как идут его дела, он печально отвечал:

— Где же мне канканировать с Гладилиным — он оптик.

В переводе на обыкновенный язык это означало: "Где же мне конкурировать с Гладилиным — он оптовый торговец".

Еще забавнее был случай в гостиной губернаторши, где

94

Разборов по должности попечителя приюта находился после завтрака в один из табельных дней.

Губернаторша была страстная любительница собак, и целый десяток маленьких собачек разной породы окружал ее превосходительство.

— Не доведет до добра, ваше превосходительство, вас этот пессимиз! — вдруг выпалил Разборов.

— Что!? — уставилась на него губернаторша.

— Пессимизм... — не смущаясь, повторил он, — то есть любовь ко псам, ваше превосходительство.

Присутствующие разразились гомерическим хохотом.

Таков был покойник, оставивший по себе веселую память.

Иннокентий Антипович, знавший всю прислугу гостиницы, не переменившуюся и при новом хозяине, тотчас же был проведен в номер, занимаемый госпожою Смельской. На стук в дверь послышался слабый голос "войдите", и Гладких, отворив дверь, переступил порог комнаты.

С дивана быстро вскочила молодая женщина, и не успел вошедший прийти в себя, бросилась на шею к своему старому другу — это была Мария.

Тяжелая первая сцена свидания после многолетней разлуки, наконец, миновала. Гладких усадил Марью Петровну на диван и только тогда успел пристально посмотреть на нее.

Она страшно переменилась. Недаром никто в городе не узнал "дочь первого богача" — "сибирскую красавицу", которой гордилось к-ское общество. От этой красоты не осталось и следа. Она исхудала, глаза ввалились, и даже несколько морщин появилось на лбу.

— Бедная моя, бедная, — начал Гладких со слезами в голосе. — Вы ли это? Как могли вы оставлять меня так долго без всякого известия, неужели вы усомнились в вашем верном друге.

— О нет, нет, никогда!

— Почему же вы не уведомили меня, где вы и что с вами?

— Я на это не решалась.

— Это отчего? Но, впрочем, оставим этот разговор... Теперь вы здесь, и я знаю, что мне делать...

— Что вы этим хотите сказать?

— Что хочу я этим сказать? Только то, что я вас возьму с собою домой.

— Никогда! — воскликнула Марья Петровна. В ее голосе послышался ужас.

— Вы боитесь, что вас нехорошо примут! Если вы придете

со мной, ваш отец примет вас с распростертыми объятиями. Он не осмелится поступить иначе.

— Но разве вы забыли, что произошло пять лет тому назад — я не забыла этого! Я не могу забыть, что мой отец — его убийца, что он меня проклял, что он разбил мое счастье и обрек меня на нищету и позор... Я буду нести свой крест до конца... Если бы он даже простил меня, то я бы не приняла его прощения, я бы теперь сама отказалась от него...

— Опомнитесь, Марья Петровна! Что вы говорите?

— Да, я не приняла бы его, потому что я... я не смогу простить ему никогда! И если бы он меня не выгнал из того дома, где, к моему несчастью, родила меня мать, я бы сама ушла... Я никогда в жизни не переступлю порога дома Петра Иннокентьевича Толстых.

— Если бы вы знали только, как он страдает, этот несчастный: угрызения совести подавляют, убивают его...

— Он заслужил это, хотя я желаю ему, если он может, найти душевный покой.

— Его-то ему и не найти никогда.

— Как и мне тоже, — с горечью заметила Марья Петровна, — я изнемогаю под тяжестью отцовского проклятия. Но я не жалуюсь, я не хочу жаловаться. Как бы печально все это ни кончилось для меня, я передала свою судьбу всецело в руки Божьи... Смерть, которая была бы моим избавлением от всех страданий, меня страшит и пугает не потому, что мне плохо жить, а потому, что я не одна, потому что я должна жить... для него!

Гладких вздрогнул и вопросительно посмотрел на Марью Петровну.

Не замечая этого взгляда, она продолжала дрожашим голосом:

— Если бы я была одна, покинутая, разбитая, без надежды, но и без страха, я бы шла спокойно до конца по дороге жизни! Но это невозможно — я боюсь за него, я мучаюсь за него, я каждую минуту спрашиваю себя: что ждет его в будущем?

— О ком это вы говорите? — смущенно спросил Иннокентий Антипович.

У него блеснула мысль, что она помешалась и считает в живых Ильяшевича.

— Ах, правда, ведь вы не знаете! Я говорю о моем ребенке, о моем сыне...

— Ваш сын? — воскликнул с облегченным вздохом Гладких. — И вы, мать, не хотите возвратиться к вашему отцу?

— Мое решение неизменно.

— Как! — вышел положительно из себя Иннокентий Антипович. — Вы хотите обречь вашего ребенка на нищету и несчастье, когда у него есть состояние, состояние деда...

— Ребенок Марии Толстых будет наследником только своей матери — наследником ее несчастия...

Марья Петровна горько заплакала.

— Боже правый! — воскликнул Гладких. — Вразуми ее! О, я этого не потерплю! Этого не должно быть! Это несправедливо, возмутительно... Я здесь, и я не допущу этого!..

— Вы ничего не сделаете.

— Как будто я послушаюсь вас... Тут дело идет не о вас, а о вашем ребенке... Где он?

Марья Петровна подошла к кровати и раздвинула занавеси.

— Вот он! — сказала она.

Громкий разговор разбудил ребенка, который, прислушиваясь, сидел на кровати.

— Как его зовут?

— Я дала ему имя его отца — Борис.

Гладких взял мальчика на руки и осыпал его поцелуями. Ребенок не сопротивлялся его ласкам.

— Мама, кто этот дядя? — спросил вдруг малютка.

— Это мой друг! — отвечала молодая женщина.

— Он меня целует, он не злой! Почему же он делает так, что ты плачешь?

— Ты ошибаешься, дитя мое, я не плачу...

— Нет, нет, ты плачешь, я хорошо это вижу...

Марья Петровна засмеялась сквозь слезы.

— Умница мальчик, жалеет маму! — ласково потрепал Иннокентий Антипович ребенка по щеке и усадил его на диван.

Марья Петровна села рядом и обвила мальчика, нежно прижавшегося к матери.

Гладких, поместившись на стуле против молодой женщины, долго созерцал эту картину. Слезы одна за другою катились по его морщинистым щекам.

Наконец, он снова горячо начал убеждать ее возвратиться домой. Она только качала головой, но в этом жесте было столько железной воли, столько непоколебимой решительности, что Иннокентий Антипович понял, что ему не убедить эту закаленную в несчастьи женщину.

— Но, наконец, вы имеете право владеть капиталом вашей покойной матери! — воскликнул он, исчерпав все средства убеждения, все свое красноречие.

— Нет, я не признаю себя в праве взять эти деньги... Чем

97

делаюсь несчастнее, тем становлюсь все более и более горда. Бог для всех нас один. Что совершилось со мной — совершилось по Его воле, что со мной будет — также в Его воле... Проклятие моего отца тяготеет надо мною... Часто, даже ночью, я просыпаюсь в холодном поту с роковой мыслью: "я проклята".

— Возмутительно! — пробормотал Гладких.

Наступило на несколько минут тяжелое молчание. Его прервал Иннокентий Антипович.

— Расскажите, по крайней мере, мне, как вы прожили с того страшного дня, в который покинули высокий дом. Откуда у вас новое имя, меня все это более чем интересует. Вернее, что это не простое любопытство.

— Верю, верю, друг мой. Слушайте, я во всех подробностях расскажу вам грустную повесть моих скитаний.

# XXI

# РАССКАЗ МАРИИ

— Рассказ мой будет недолог, — тихо начала Марья Петровна. — Я шла первое время без цели, без мысли, я была как помешанная. Я только изредка останавливалась, чтобы утолить свой голод; в первом селении я купила себе хлеба и рыбы. Сильное волнение придавало мне нечеловеческие силы. С собой у меня было только несколько рублей в моем кошельке, но и они мне не понадобились — добрые люди здесь, в стране несчастья, на каждом шагу.

Сколько верст я прошла — я не знала, не знала и в какую сторону шла. Наконец, после нескольких дней пути я окончательно выбилась из сил, мои башмаки разорвались, ноги распухли и были в крови, я вся была как разбитая. По счастью, я пришла в небольшой поселок — он оказался, как я узнала потом, по иркутскому тракту. Меня приняли добрые люди и дали мне приют в избе. За это я стала им работать.

Их деликатность равнялась их гостеприимству — они не расспрашивали меня, кто я и откуда. Я сказала им только, что меня зовут Мария. Однажды, я случайно подслушала разговор приютивших меня крестьян. Жена говорила своему мужу: "Она, наверное, господского рода. Ее обманул какой-нибудь негодяй, каких много, и она убежала, решившись скрыть свой стыд от родных и знакомых".

Я сделалась матерью и хотела сама кормить своего ребенка. Меня мучило, что я меньше могла работать на моих благодетелей и думала, что стала им в тягость... Я видела, что они сами нуждаются и отдала им свои несчастные рубли.

— И почему же вы мне об этом не написали ни слова? — спросил Иннокентий Антипович со слезами в голосе. — Вы знаете, что я бережлив, и из моего жалованья я накопил порядочную сумму денег, которая находится в обороте у вашего отца.

— Я была уверена, что вы бы мне помогли, я даже была уверена, что и отец не отказал бы мне в деньгах, но я этого не хотела...

— Злая, нехорошая! — полуласково, полуукоризненно сказал Гладких.

— Я удвоила свои старания, ходила за водой, пекла хлеб, мыла белье, полы... и хозяева были довольны мной...

Иннокентий Антипович схватил обе ее руки, которые уже не были так нежны, как пять лет тому назад, и покрыл их поцелуями.

— Таким образом я жила. Как часто вспоминала я о высоком доме, как часто я оплакивала отца моего ребенка. Это знают моя грудь да подушка. Однажды от проезжих я случайно узнала, что по делу об убийстве на заимке Толстых арестован и пошел в тюрьму Егор Никифоров. Я поняла все. Чтобы не выдать настоящего убийцу, Егор принял на себя вину, чтобы спасти моего отца, его благодетеля, он обрекал себя на каторгу...

— Он уже и пошел туда... — вставил Гладких.

— Это геройское самопожертвование! Я бросилась на колени и долго молилась за него. С тех пор я молюсь о нем каждый день. Я подумала о бедной Арине... Что сталось с ней?

— Она умерла! — глухо ответил Иннокентий Антипович. Марья Петровна простонала и низко опустила голову.

— И все это из-за меня! — с горечью сказала она после некоторой паузы. — Вы видите сами, что проклятие тяготеет надо мною. А ее ребенок?

— Ее ребенок, Марья Петровна, прелестная девочка. Она у нас. Ваш отец воспитывает ее и обеспечит ее будущность;

— Это справедливо!.. — воскликнула молодая женщина. — Мой отец будет вечным должником этой девочки, так как ничто в жизни не может заменить мать. О, берегите ее, любите ее и приготовьте ей жизнь счастливую и веселую.

— Она моя крестница, — заметил Гладких, — но мне все кажется, что будто я ее отец. За ее судьбу ручаюсь я.

— Как ее зовут?

— Татьяной.

— Хорошее имя.

— Но не будем больше говорить о других, поговорим о вас и о вашем ребенке. Как достали вы себе другое имя и зачем приехали сюда?

— В таком случае, слушайте далее... В этом же поселке жила одна поселянка Вера Андреевна Смельская — еще далеко не старая, но болезненная девушка, она была сослана за убийство своего незаконного ребенка и всю свою жизнь мучилась страшным раскаянием. В поселке говорили, что у ней есть деньжонки, так как она будто бы дочь богатого петербургского чиновника. Чахотка — эта страшная болезнь постепенно подтачивала ее организм. Она очень полюбила меня и чрезвычайно привязалась к Боре... Она даже через год перевезла меня к себе, и мои добрые хозяева сами уговорили меня принять это предложение, так как видели, что черная работа мне не по силам... Вера Андреевна жила в собственной избушке со старухой поселянкой, которая ей прислуживала и незадолго перед тем умерла. Я поступила на ее место. Работы было меньше, и я отдохнула.

Так прошло еще три года. В конце третьего Вера Андреевна слегла в постель, чтобы не вставать более. Я ухаживала за ней день и ночь. Никогда не забуду я последней ночи. Несчастная девушка умирала, умирала в полном сознании. "Ты так же несчастна, как и я, — сказала она мне, — но ты не преступна... Ты свято исполнила долг матери — единственный долг женщины на земле, ты вся отдалась своему ребенку... Ты заслуживаешь быть награжденной... Я умираю... Тебе нужны бумаги — возьми мои... Я тебе отдаю мое имя, мои сбережения и все мое имущество... В нашем поселке меня похоронят без отпевания, без формальностей... Ближайшая церковь отстоит от нас на триста верст... Кто узнает, похоронена ли ты или я... Завтра я поговорю со стариками — они добрые люди и согласятся исполнить волю умирающей, двадцать лет я прожила среди них и никому не сделала зла".

Я с радостью бросилась целовать ее, я поняла, что она делает мне благодеяние, что под чужим именем я могу пробраться в К., а оттуда на могилу Бориса, это было моей заветной мечтой. На другой день Вера Андреевна действительно собрала стариков и изложила им свою просьбу. В поселке любили и меня, и ее. Старики согласились сохранить тайну и строго наказать о том домашним... К вечеру Веры Андреевны не стало. На другой день ее похоронили... Я читала молитвы, когда гроб опускали в могилу. С кладбища я вернулась Елизаветой Андреевной Смельской. В сундуке покойной я нашла сто двадцать рублей денег в старом бумажнике. Покойная была одного роста со мной, и платья ее мне оказались впору. Я прожила еще несколько месяцев, когда сын моего соседа, по злобе на отца, поджег его избу. Это было ночью. Огонь быстро охватил соседние строения. Моя изба сгорела до тла, я успела спасти моего сына, кое-что из платьев, бумаги покойной и деньги. Пожар ограничился тремя избами. Меня приютили на несколько дней мои прежние хозяева. Большую часть из завещанных мне денег я отдала погорельцам, а с остальными приехала сюда. Мне показалось, что Бог посетил меня пожаром за то, что я откладывала поездку на могилу отца моего ребенка. Кстати, где похоронили его?

— Впереди кладбища, у проселочной дороги, там стоит большой крест... — тихо отвечал Гладких, растроганный рассказом Марьи Петровны.

— Знаю, знаю.

— А вы разве не боитесь, что вас кто-нибудь узнает в поселке и на заимке?.. Если же это случится, что будут говорить... Есть много злых людей, Марья Петровна!

— Успокойтесь, я приеду поздно ночью, когда все спят, и поклонюсь вместе с моим сыном могиле его отца, как здесь, в К., поклонилась могиле моей матери.

— Значит, только затем вы сюда и приехали? А я думал... — начал Иннокентий Антипович.

— Что вы думали?

— Я думал, что если не для себя, то, повторяю, для своего сына, вы вернетесь в высокий дом.

— Я уже отвечала вам на это, — коротко сказала она, — я не хочу и никогда не буду просить что-либо у моего отца.

— Я не могу одобрить этого, Марья Петровна, и если бы я не знал вас так хорошо, я мог бы подумать, что вы... дурная мать.

— Бог видит мое сердце! — сказала Марья Петровна. Гладких понял вторично, что он ее не разубедит.

— Долго вы еще останетесь в К.? — переменил он разговор.

— Так как я вас уже видела, то могу уехать на днях.

— Пробудьте еще недельку... я прошу вас об этом.

— Зачем?

— Я бы хотел на днях видеть вас еще раз.

— Хорошо, я останусь... — просто согласилась она.

Гладких встал, нежно поцеловал в лоб Марью Петровну и в обе щеки малютку и сказал, уходя:

— До свидания.

На другой день он был на заимке.

— Куда ты так неожиданно, не сказав ни слова, уехал? — спросил его Петр Иннокентьевич.

— Я ездил в К.?

— По делу?

— Чтобы видеться с твоей дочерью... — резко отвечал Гладких.

— С Марией? — вздрогнул Толстых.

— Да, с Марией, которая страдает, которая несчастна и которая должна работать как простая поденщица, чтобы прокормить себя и своего сына.

Лицо Петра Иннокентьевича еще более омрачилось.

— Петр, если бы ты сам съездил за ней, я думаю, она вернулась бы... Съезди, Петр. Ужели ты не хочешь?

— Нет! — мрачно отвечал тот.

— Ужели тебя не трогает совсем ее горе? Ужели ты не смягчишься, если я скажу тебе, что она в страшной нужде, что она голодает... Ужели не больно это слышать твоему сердцу... И если бы еще она была одна, но у нее ребенок, сын, прелестный мальчик...

Толстых поднял голову, глаза его страшно заблестели, и он судорожно сжал ручки кресла, на котором сидел.

— Я вижу, — печально продолжал Гладких, — что час еще не настал! Но подумай о том, что я тебе сейчас скажу. Придет день, и, может быть, он очень близок, когда ты на коленях будешь просить свою дочь прийти в твой дом и сделаться в нем хозяйкой.

Петр Иннокентьевич мрачно молчал.

— Как, Мария Толстых должна быть поденщицей, чтобы не умереть с голоду, когда здесь богатство и дом — полная чаша... Нет, этого допустить нельзя!..

— Я согласен выдать ей состояние ее матери, — холодно сказал Толстых.

— Ты обязан ей прежде всего возвратить свое сердце, а затем уже предлагать деньги... Их она с презрением оттолкнет... она ничего не требует от себя — слышишь, Петр, ничего! Она похожа на тебя, как две капли воды, в этом отношении. Как и ты, она непреклонна даже для себя.

— Тогда пусть она делает, что хочет.

После этих жестких слов наступило молчание. Гладких не прервал его. Он лишь укоризненно посмотрел на своего хозяина и друга и вышел. На другое утро он снова уехал в К.

В местном отделении государственного банка хранились его сбережения кроме тех, которые были в деле — несколько десятков тысяч. Он решился заставить Марью Петровну взять их и уехать с ними в Россию, в Петербург или Москву, бросив вид умершей поселянки и выправить себе настоящий вид из местной купеческой управы. Он соображал, что с помощью денег это можно будет сделать без огласки. Он будет просить ее писать ему как можно чаще, и таким образом он будет следить за ней издалека.

"Конечно, — думал он, — она не откажется от денег, тем более, что он дарит их не ей, а ее сыну. Я слишком старый друг ее отца, чтобы она могла обидеться моим предложением..."

С такими мыслями и планами он прибыл в К. утром, и, получив деньги из банка, поехал прямо в гостиницу Разборова. Там ожидало его неожиданное роковое известие. Вера Андреевна Смельская, по словам самого хозяина, расплатившись за номер, вскоре после его отъезда ушла из гостиницы, а куда, неизвестно.

Иннокентий Антипович понял, что Марья Петровна скрылась от него умышленно, чтобы не поддаться его убеждениям. Он понял также, что всякие розыски были бы напрасны и, положив обратно в банк деньги, убитый горем, возвратился назад в высокий дом.

# XXII

## НА ПОЧТОВОМ ТРАКТЕ

— Добрый, честный человек! — задумчиво проговорила Марья Петровна после ухода Иннокентия Антиповича. — Я, вероятно, с тобой больше никогда не увижусь!

Она стала считать оставшиеся у нее деньги. Их оказалось очень немного.

"Туда я доеду, а оттуда пройду пешком до деревни!" —

мысленно решила она и приказала привести себе почтовых лошадей, которые довезли бы ее до прииска Толстых — почту в Сибири возят в сторону и по проселочным трактам, заимка же Петра Иннокентьевича от почтовой дороги отстояла в верстах пяти.

Это совсем не показалось странным в гостинице, в которой приезжая аккуратно расплатилась по счету, так как все знали, что доверенный этого золотопромышленника только что посетил приезжую постоялицу.

Вскоре лошади были поданы, мать с сыном уселись в накладушку и отправились в ту сторону, откуда несчастная девушка была изгнана пять лет тому назад. Лошади в Сибири очень быстры, хотя невзрачны на вид, так что двести верст делают с двумя-тремя остановками в сутки и только иногда на пять или шесть часов более.

Марья Петровна приехала к заимке Толстых на другой день поздним вечером, когда действительно все спали, как в высоком доме, так и в поселке.

— Прикажете подъехать к дому? — обратился к ней ямщик.

— Нет, нет! — испуганно отвечала она. — Подъезжай к поселку.

Ямщик снова прикрикнул на лошадей, которые понеслись еще быстрее, чуя скорую остановку.

При въезде в поселок, Марья Петровна приказала ямщику остановиться и, к удивлению последнего, вышла из повозки.

— Вы куда же? — испуганным голосом спросил он.

— Я здесь пройду пешком, а ты поезжай на ночлег. У тебя есть знакомые?

— Как не быть, я тутошний, да вы-то где же пристанете?..

— Обо мне не беспокойся... я уж найду место... — сунула она в руку чересчур любопытному ямщику рублевку.

Кредитная бумажка, видимо, примирила его с необычайностью факта, и он со стереотипными "благодарствуйте", "прощенья просим" отъехал шажком, направляясь по улице поселка, но все же нет-нет да оглядывался на шедшую по глубокому снегу молодую женщину с ребенком на руках.

— Не к добру привез я сюда эту барыню! — ворчал он про себя. — Да мне что ж... Моя хата с краю, я ничего не знаю... Если что, скажу, что выпустил у высокого дома, наше дело подневольное, где прикажут, там и высаживай, — продолжал он рассуждать сам с собой. — А то упрусь, запамятовал да и шабаш.

Надо заметить, что сибирские крестьяне боятся как огня

104

суда и поэтому очень молчаливы. Суд, по их мнению, одно разорение. К этому своеобразному афоризму привела их житейская практика прошлого.

Марья Петровна, между тем, достигла уже почерневшего от времени и непогод большого креста, видневшегося на белоснежной равнине.

С сыном на руках, упала она на колени перед крестом, под которым было похоронено тело дорогого для нее человека — отца ее ребенка. Сына затем она поставила на ноги, малютка удивленно смотрел на мать.

— Ты опять плачешь, мама!

— Здесь папа! — сквозь слезы сказала Марья Петровна, указывая сыну на крест.

— Папа... папа... — с дрожью в голосе повторил ребенок и вдруг зарыдал.

— Молись... — сказала Марья Петровна.

Лицо ребенка сделалось серьезным, он возвел свои глазки на крест и начал шептать молитву, которой научила его мать. Последняя продолжала тоже молиться, обливаясь слезами.

Луна с тусклого неба, покрытого обрывками снежных туч, выглянула на несколько минут и осветила эту трогательную картину. Самая обстановка этой картины была величественная. С одной стороны Енисей. Лютые морозы уже давно крепко сковали его, нагромоздив на нем глыбы льда в форме разнообразных конусов, параллелограммов, кубов и других фигур — плодов причудливой фантазии великого геометра природы. Вся эта грандиозная сибирская река казалась широкою лентою фантастических кристаллов, покрытых белоснежною пеленою, искрящеюся мириадами блесток при ярком свете северной луны.

С другой — вековечная тайга из елей и сосен, покрытых серебристым инеем, и впереди ее поселок, темным абрисом изб выделявшийся на белоснежной равнине.

Ветер стал усиливаться,

Марья Петровна встала и пошла по дороге снова мимо поселка. Маленького Борю она вела за руку, но он вскоре устал, и она принуждена была снова взять его на руки, хотя ей было очень тяжело нести его. У нее даже блеснула мысль вернуться в поселок — она уже прошла его — и переночевать, но боязнь быть узнанной остановила ее, и она пошла далее.

Она уже сделала более трех верст, как ветер еще более усилился. Начиналась вьюга. Луна ярко светила теперь с почти безоблачного неба, но несмотря на это, далее нескольких шагов рассмотреть ничего было нельзя, так как в воздухе стояла густая серебристая сетка из движущихся мелких искорок.

Марья Петровна с ребенком на руках еле подвигалась вперед: мелкий снег, поднимаемый ветром с земли, слепил ей глаза. Она заплакала, поняв свою, быть может, роковую неосторожность.

Ветер чуть не сбивал ее с ног и силы покидали ее с каждым шагом. Несчастная чувствовала, как дрожал ее ребенок от холода.

Его плач и стоны разрывали ей сердце. Она продолжала идти вперед, окрыляемая уже чувством самосохранения.

Она вышла уже на почтовую дорогу. Вдруг ребенок пронзительно вскрикнул, и на этот крик молодая женщина тоже ответила криком. Она прижала маленькое, холодное личико к своим губам и покрыла его лихорадочными поцелуями.

— Спать, мама! — слабо бормотал ребенок.

Она дико простонала:

— Я — проклятая!

Она сняла с себя большой платок, с шеи шарф и закутала в них озябшего, несмотря на теплую одежду, ребенка. Снег забрался ей за ворот и холодными каплями скользил у ней по спине.

Вдруг она задрожала — в ушах у нее зазвенело, перед глазами замелькали зеленые и красные круги. Страх смерти болезненно сжал ее сердце. Она с трудом вдохнула в себя воздух и затем крикнула, что есть мочи:

— Спасите, спасите!

Стон бушевавшей вьюги заглушил ее голос. Она сделала еще несколько шагов, но колени ее подогнулись. Она уже не плакала, а рыдала:

— Проклятая, проклятая!

Она упала на снег, не выпуская из рук своего заснувшего ребенка. Последний проснулся от падения, высвободил свою головку и, увидав свою мать лежавшею, пронзительно закричал.

Как бы помощью неба на этот крик ребенка вдали послышался колокольчик. По почтовому тракту быстро ехал тарантас, запряженный четверкой лошадей. В тарантасе сидели господин с дамой.

Ребенок продолжал кричать благим матом. Крик был услышан, лошади остановились.

Господин, закутанный в доху, в фуражке с кокардой,

вышел из тарантаса и подошел к недвижимо лежавшей с ребенком Марье Петровне.

С помощью ямщика он уложил их обоих в тарантас, перекинувшись несколькими словами с сидевшей в нем дамой, а сам сел на козлы с ямщиком, и четверка снова помчалась стрелой по дороге.

До ближайшей станции оставалось всего верст сорок пять, которые и проехали с небольшим в три часа времени.

По приезде на станцию молодую женщину вынули из тарантаса в бесчувственном состоянии, ребенок же, пригревшись в закрытом экипаже, спал сладким сном.

Замерзшую стали приводить в чувство, растирая снегом и сукном, и она, хотя и пришла в себя, но оказалась так слаба, что только поводила бессмысленно глазами и не говорила ни слова, то и дело впадая в глубокие обмороки.

При поселке, расположенном около станции, оказался ссыльный фельдшер, который, по настоянию приезжих, был приглашен к больной.

Осмотрев ее и пощупав пульс, он покачал головою и объявил, что она едва ли проживет несколько дней.

— Кто она такая? Вы не знаете? — допытывались приезжие у почтосодержателя и его семейных.

— А Бог ее знает... Мало ли их тут бродит, всякой шушеры... — отвечали те.

— Куда же девать ребенка?

— А уж это мы и сами не знаем... Ее-то — умрет, похороним... с мертвой-то просто, а вот с живым и не сообразишь...

— Возьмем его с собой, Jean! — сказала барыня, оказавшаяся красивой брюнеткой, лет тридцати с небольшим.

— Как с собой, ma chere? — воззрился на нее муж — мужчина лет сорока пяти, с полным лицом и красивыми, выхоленными баками и усами, в которых пробивалась седина. Жидкие волосы на голове тоже были с проседью.

— Так, с собой! Детей у нас нет... Может, его сам Бог нам посылает... Ты получил назначение в Петербург, о котором я так горячо молилась... Надо в лице этого сироты отблагодарить Господа...

— Ты ангел, Nadine! — поцеловал муж ее в щеку. — Это хорошая, христианская мысль... Милосердный Бог сторицею вознаградит нас, если мы призрим этого ребенка...

Маленький Боря, между тем, проснулся и с плачем бросился к лежавшей в обмороке матери.

— Мама, мама...

Приезжая барыня взяла его на колени и старалась утешить лаской и поцелуями.

— Как тебя зовут, милый мальчик?

— Боря...

— Но как же его взять без бумаг... Кто он такой? — соображал господин, ходя взад и вперед по станционной комнате.

Жена смотрителя предложила посмотреть в дорожной сумке, висевшей на ремне через плечо у найденной на дороге молодой женщины. Там действительно оказалось метрическое свидетельство на имя Бориса, незаконнорожденного сына девицы Марии Толстых.

— Толстых! — сказал смотритель. — Уж не дочка ли она нашего богача — золотопромышленника... Нет, этого не может быть... Та, говорили, была красавица, и уже лет пять как пропала без вести.

Проезжие господа дали смотрительнице двадцать пять рублей на уход за больной, взяли с собой ребенка и сели снова в тарантас, в который были запряжены свежие лошади.

Усадив жену и ребенка в коляску, господин отдал смотрителю свою визитную карточку.

— Коли она выходится, отдайте ей эту карточку, в Иркутске будут знать мой петербургский адрес. На карточке было напечатано:

*Иван Афанасьевич Звегинцев*

*Старший советник*

*иркутского губернского правления*

Господин сел в тарантас, захлопнул дверцы, и лошади помчались.

# XXIII

# НА РАЗОРЕННОМ ГНЕЗДЕ

Вернемся, дорогой читатель, снова к тому моменту начала нашего правдивого повествования, от которого мы отвлекались к тяжелому прошлому высокого дома, тому прошлому, которое промелькнуло в умах обоих встретившихся стариков: Иннокентия Антиповича Гладких и варнака, который был, читатель, конечно, догадался, никто иной, как Егор Никифоров, выдержавший срок назначенной ему каторги и возвращавшийся на свое старое гнездо.

Оба верные хранителя тайны высокого дома хотя, как мы уже сказали, узнали друг друга, но не выдали этого — Гладких от неожиданности, а Егор Никифоров из боязни, что Иннокентий Антипович может объяснить его возвращение в поселок близ высокого дома желанием получить вознаграждение за перенесенное наказание от богача Толстых, место которого он добровольно занял на каторге.

Варнак Егор тихо шел по той самой дороге, где более чем двадцать лет тому назад было совершено приписанное ему преступление, и направлялся к поселку.

Иннокентий Антипович, совершенно ошеломленный этой встречей, тоже медленно возвратился в сопровождении Татьяны Петровны, как звали все не только на заимке, но и в К., молодую девушку, считавшуюся дочерью Толстых; многие даже и не подозревали, что она собственно Татьяна Егоровна — дочь каторжника, как назвал ее Семен Семенович Толстых — двоюродный племянник Петра Иннокентьевича. Первая это не подозревала — она сама.

Мы будем продолжать называть ее по отчеству в честь ее приемного отца.

"Нет, — думал Егор Никифоров, шагая по знакомой дороге, — нет, этого не может быть... Эта прелестная девушка не может быть дочерью Петра Иннокентьевича. Ей двадцать один год, но двадцать лет тому назад Толстых не был женат... Нет, она не его дочь, хотя и называет его своим отцом... Ее крестный отец Иннокентий Антипович! Не ребенок ли это Марьи Петровны? Ее мать, говорит она, умерла при ее рождении, а Марья Петровна пропала около того же времени... Да, это так, это дочь Марьи Петровны!"

Он ускорил шаги.

Впрочем, подойдя к поселку, он вдруг остановился, как бы чего-то испугавшись. Вид родных мест произвел на него гнетущее впечатление — из глаз его полились слезы.

Вскоре, однако, он овладел собою и пошел по улице поселка. Встречавшиеся крестьяне и крестьянки были ему совершенно незнакомы — его также не узнавал никто. Он дошел до конца поселка, где стояла его изба, и остановился, как вкопанный — перед ним были одни развалины.

Растерянно оглядываясь кругом, Егор Никифоров вошел внутрь избы, но там было пусто, пол почти весь сгнил и провалился, одна кирпичная печь возвышалась среди груды мусора.

Егор Никифоров встал на колени, закрыл лицо руками и громко зарыдал.

Через несколько минут он вскочил и вышел со словами:

— Я должен узнать все!

Избы через две он увидал старушку, которая, сидя на завалинке, грелась на солнце.

Это была знакомая нам Фекла — кормилица и крестная мать Татьяны Петровны.

— Не знаешь ли, бабушка, что сталось с одним жившим в этих местах моим приятелем, охотником Егором Никифоровым? — обратился к ней прохожий.

Чулок со спицами выпал из рук старухи.

— Пресвятая Богородица! — воскликнула она. — Как ты назвал его... Егором Никифоровым?.. Спаси нас, Господи! Ты, дедушка, напрасно его ищешь...

— Он умер?

— Может быть...

— Наверно разве никто не знает?..

— Почем мы будем знать, что делается на каторге?.. Твой приятель, старина, убил человека и сослан на каторгу.

— Несчастный!

— Пожалуй, несчастный, да вместе с тем и негодяй... Он подстерег ночью приезжего молодого человека, убил и ограбил... Покойный похоронен у нас, близ кладбища... Теперь здесь все забыли об этом, но я... я помню... к тому же, я была приятельницей с его женой, Ариной.

Глаза Егора заблестели радостью при этом имени.

— А жена его живет все здесь?

— Кто, Арина-то?

— Да.

Старуха печально покачала головой.

— Арина умерла.

Егор пошатнулся и, чтобы не рухнуться на землю, скорее упал, чем сел, рядом со старухой на завалинку. Из груди его вырвался тяжелый стон:

— Умерла, умерла!

Старая крестьянка глядела на него во все глаза, не понимая, что с ним такое случилось, и почему его поразили так ее слова.

— Ты, видно, очень любил Егора и его жену, что тебя так поразила весть о их печальной судьбе? Меня тоже, как я вспомню, и теперь пробирает мороз по коже.

— А давно умерла жена Егора? — с дрожью в голосе спросил старик.

— Этот негодяй убил и ее...

Старик вскочил, но затем опомнился и сел опять.

— Арина умерла недолго спустя после ареста мужа, — продолжала старуха. — Я была около нее до самой ее смерти.

— Так ты, бабушка, была у ней, когда она умирала?

— Она умерла почти у меня на руках.

Старик начал шептать как бы молитву, а затем нерешительно спросил:

— Арина не была в то время в тягости?

— Конечно, была...

— Ребенок, значит, родился мертвенький?

— Ничуть не бывало... Он себе живет прекрасно... Она родила благополучно дня за два до своей смерти, и мне его отдали на грудь, я его и выкормила...

— И этот ребенок... этот ребенок... жив? — воскликнул старик и, закрыв лицо руками, зарыдал, как ребенок.

Старуха снова посмотрела на него с нескрываемым удивлением.

— Однако, ты, старина, мягкосердый!..

Старик овладел собой.

— Я уже говорил тебе, бабушка, что я был большой приятель с Егором, кроме того, у меня тоже была жена и дети, и я потерял их... Я плачу, взгрустнувшись по ним... — снова заметил он.

— Бедняга!.. — прошептала Фекла.

— Значит, у Егора остался сын? — задал вопрос старик, отирая слезы рукавом своего озяма.

— Нет, дочь...

— Дочь... Несчастная, верно, на нее у вас все косо смотрят... Дочь убийцы...

— Ошибаешься... ее любят по всей окрестности...

— Это справедливо! Видно, на свете еще много добрых людей... Но все-таки, бабушка, она не может быть счастлива...

— Почему это?

— Она должна страдать, зная, что она дочь каторжника...

— Да она не знает об этом... Едва ли ей знакомо даже имя Егора Никифорова.

— Как, ей не сказали даже кто ее отец?

— Ни кто ее мать... Ей ничего не сказали.

— Отчего же?

— Чтобы она не страдала...

— А... понимаю...

— И она никогда не узнает этого... Никто не осмелится произнести ни одного слова, которое вызвало бы у ней хоть одну слезу...

— Кто же ее так оберегает?

— Люди, которые побогаче нас с тобою, старина!

— Она живет здесь в поселке?

— Нет, до двух лет она жила у меня, а затем ее увезли отсюда.

— Куда!

— Зачем тебе это знать, старина? Ведь не пойдешь же ты туда, где она живет... Дочь Егора и Арины теперь благородная барышня...

— Барышня... — растерянно повторил старик.

— Да, барышня, выросла и живет в холе и богатстве...

Прохожий с наслаждением слушал старуху — ее слова казались ему небесной музыкой.

— Великий Боже!.. Наконец мне послано утешение за все мои страдания! — прошептал Егор Никофоров.

Он встал и поклонился старухе.

— Один последний вопрос — как ее зовут?

— Ее зовут Татьяной.

— Татьяной!.. — воскликнул он и провел рукою по лбу... — О, не удивляйся, бабушка, если я опять заплачу... У меня тоже была дочь, которую звали Татьяной.

— Ничего, ничего, старина, как поплачешь — легче делается...

— Прощенья просим...

— А как тебя зовут?..

— Меня... Иваном...

Егор Никифоров пошел снова по улице поселка, вышел за него и направился к половинке.

Ни Харитон Спиридонович Безымянных, тоже уже очень состарившийся, ни кухарка прииска Алена Матвеева не узнали в зашедшем варнаке убийцу Ильяшевича. Последняя дала ему поесть, не расспрашивая, как было в обычае на половинке, кто он и откуда.

Егор Никофоров расплатился на половинке частью денег, данных ему Татьяною Петровной.

С половинки он направился в тайгу, которую знал вдоль и поперек, и забрался в самую чащу. Он сел там под раскидистой елью и снова заплакал.

"Значит, это я видел свою дочь... Я говорил с ней... Я слышал ее чудный голос! — думал он. — И этот ангел мой ребенок, ребенок Арины... Иннокентий Антипович сдержал свое слово, он не покинул сироту... Он заставил Петра Иннокентьевича сделаться ей приемным отцом... Они скрыли от нее имена ее родителей, они окутали тайной ее рождение... Это доброе дело... Я не могу ей открыться... Это значило бы сказать ей: твой отец Егор Никифоров — убийца, каторжник, твой отец — я. Нет, лучше умереть, чем причинить ей такое горе... Умереть... но ведь Егор Никифоров и так умер... Остался нищий Иван..."

Он тяжело вздохнул.

"Я поселюсь здесь поблизости... Я буду видеть ее... У меня всегда будет перед глазами крыша высокого дома, под которой живет моя дочь... Я устрою себе землянку здесь, в лесу..."

# XXIV

## ОБНОВЛЯЮЩАЯСЯ СИБИРЬ

Время, к которому относится наш рассказ, было для всей Сибири временем переходным. Обновленное, хотя и не новое, как в остальной России, судопроизводство внесло некоторый свет в мрак дореформенных порядков, царивших в этой "стране золота" почти вплоть до последнего времени; осуществлявшийся уже проект сибирской железной дороги должен был связать это классическое "золотое дно" с центральной Россией, и страна, при одном имени которой казначеи и кассиры последней формации ощущали трепет сердец, должна была перестать быть страной изгнания, а, напротив, своими природными богатствами наводнить центральную Россию.

Таковы радужные мечты "реформаторов Сибири". Осуществятся ли они — это вопрос недалекого будущего.

Старожилы Сибири качают весьма красноречиво своими седыми головами, слушая россказни о затеях и планах кабинетных петербургских реформаторов далекой и почти неведомой окраины.

Современное состояние края подтверждает эти сомнения старожилов и знатоков Сибири, так как прозвище "золотого дна" и представление о неисчислимых богатствах края остались со времен Ермака Тимофеевича и, переходя из уст в уста, от поколения к поколению, удержались в представлении современников лишь по давности — никто из говоривших о Сибири громкие хвалебные речи не потрудился проверить, что сделали с этим "золотым дном", с этими "богатствами" жизнь и хищнические инстинкты людей, а, между тем, эти два, всегда идущие рука об руку фактора, за время от момента присоединения этого, почти безлюдного, края России до наших дней сделали очень многое. Золотое дно оказалось почти исчерпанным, а "неисчислимые богатства" давно отошли в область преданий.

Не так думали, конечно, приезжающие "навозники", как зло и метко окрестили исконные сибиряки лиц, приезжающих "из России". Они ехали, конечно, с надеждой найти это "золотое дно" и "неисчислимые богатства", запустить в них властную руку и не одной пригоршней черпать из них личное благосостояние, а когда убедились, что "дно" стало очень мелко и богатства можно перечислить по пальцам, то, конечно, тщательно скрывали это от непосвященных, стараясь захватить хотя ничтожные остатки, которых на их век, по их эгоистическому рассуждению, хватит. Такова в коротких словах печальная история расхищения Сибири...

Борис Иванович Сабиров, гражданский инженер, молодой человек лет двадцати двух, красивый шатен, с выразительным лицом, один из первых прибыл за "бугры", то есть за Уральские горы, на разведку сибирской железнодорожной линии. Сабирову это было, впрочем, нетрудно, так как он только что недавно, по окончании курса, был назначен на какое-то место при екатеринбургско-тюменской железной дороге, этой "паровой черепахе", как называют ее местные остряки, и уже оттуда командирован далее в Восточную Сибирь.

На дворе стояли первые числа сентября 188... года.

Сабиров задумчиво сидел на одной из скамеек средней аллеи городского сада в К.

Густой сад был прекрасно распланирован и украшен вычурными беседками — он составлял наследие города от одного, уже давно оставившего свой пост начальника губернии. В этом же саду помещалось обширное одноэтажное деревянное здание, окруженное кругом простой галлереей, куда на летние месяцы перемещалось местное общественное собрание или клуб.

30 августа в этом помещении клуба был обычный большой бал, после которого клуб обыкновенно переходил в свое зимнее помещение. Бал был очень оживлен, благодаря приезжим инженерам.

Вообще "носители зеленого канта", в руках которых была великая миссия соединения великой сибирской страны с великой центральной Россией, внесли необычайное оживление в скучную, однообразную жизнь К.

Все заволновалось. Мужьям приятно было поговорить со свежими, умными людьми, слаще было даже выпить с ними и забавнее перекинуться в картишки. Жены и дочери были взволнованы вследствие других причин — инженеры были молодец к молодцу, а многие, по наведенным справкам, даже холостые.

В числе последних числился и Борис Иванович Сабиров.

Он, конечно, присутствовал на балу, как на многих праздниках, дававшихся в городском саду, и успел даже оставить на них свое сердце.

Это сердце похитила знакомая нам Татьяна Петровна Толстых, приезжавшая гостить в К. вместе с Иннокентием Антиповичем со специальною целью повеселиться. Она и теперь была в К., так как присутствовала на последнем летнем балу и осталась, чтобы сделать некоторые покупки.

К ней перенесся мыслью Борис Иванович, сидя на скамейке городского сада, после промелькнувших в его голове соображений по поводу будущего значения сибирской железной дороги, для изысканий которой он прибыл в этот немудреный сибирский городок.

Вдруг на средней аллее сада появилась вышедшая из боковой аллеи легкая на помине Татьяна Петровна, в сопровождении пожилой горничной, несшей сверток с покупками. Возвращаясь домой — дом Толстых находился на Соборной площади, против сада — она не утерпела зайти в сад, который манил к себе своей позлащенной дуновением осени

115

зеленью, освещенной ярким солнцем великолепного сентябрьского дня.

Борис Иванович поспешно встал и пошел к ней навстречу.

Увидав его, Татьяна Петровна вся вспыхнула.

— Я не надеялся так скоро вас встретить. Меня привела сюда сегодня счастливая звезда.

— Всякий человек обязан верить в свою счастливую звезду, иначе жизнь была бы слишком печальна... — отвечала она.

— До сих пор я в нее не верил, но вы показали мне ее на таких небесах, на которых я менее всего ожидал ее встретить.

Молодая девушка снова вспыхнула и опустила глаза, поняв этот поэтический намек.

Они дошли до ворот сада. Он почтительно откланялся.

— До свидания! — подала она ему руку.

Он остановился, восторженными глазами провожая ее. Выйдя из сада, она оглянулась. Их взгляды встретились. Они были красноречивее слов. Вдруг кто-то дотронулся до его руки.

Борис Иванович обернулся. Перед ним стоял нищий — это был Егор Никифоров.

# XXV

## ПРЕДУПРЕЖДЕНИЕ

Вид как бы выросшего из земли около него нищего не особенно смутил Бориса Ивановича. Он уже несколько месяцев провел в Сибири и перестал удивляться многому в этой стране.

Сибирь для непосвященных — это страна несообразностей. Судите сами. Вы едете, например, в сибирском городе на извозчике. Неизменная, отжившая свой век в центральной России долгушка, то есть широкие дрожки, на которые садятся спина к спине, к вашим услугам. На козлах сидит чумазый возница. Грубое лицо его заросло всклокоченной бородой, мозолистые грязные руки держат сыромятные вожжи. Одет он в дырявый озям и невозможный треух.

Вы едете с приятелем домой или даже с супругой, и не желая, чтобы вас понимал извозчик, ведете беседу на французском языке. Вы подъезжаете к цели вашей поездки,

116

как вдруг ваш чумазый возница вставляет в ваш разговор фразу на чистейшем парижском диалекте. Это ли не несообразность?

По улице сибирского города идет сгорбленный седой старик, одетый в дырявый тулуп, более чем потертую баранью шапку и кожаные бродни. За спиной он тащит мешок картофеля, муки или другой провизии. Если вы с ним заговорите, он выпрямится и оживится, он начнет с вами увлекательную беседу о прошлом, о настоящем, в нем несомненно существует тот дар, который французы называют "art de parler". Это бывший московский лев, украшение аристократических гостиных белокаменной, коловратностью судьбы превратившийся в сибирского крестьянина из ссыльных.

Еще одна иллюстрация.

Грязная канцелярия сибирского полицейского пристава. Бедняга писец, одетый в невозможные лохмотья, невольно возбуждает ваше сочувствие, но шевелит в вашей душе и брезгливое чувство. Вы дадите ему за справку лишний гривенник, но постараетесь поскорее уйти.

Это магистр чистой математики.

Такова, повторяю, Сибирь для непосвещенных.

С этими несообразностями скоро свыкаются; свыкся в несколько месяцев и Сабиров.

Он вопросительным взглядом окинул стоявшего перед ним нищего.

— Отойдемте немного в сторону, мне надо кое о чем с вами переговорить, — сказал последний.

Сабиров молча последовал за ним в первую от входа боковую аллею сада.

Завернув в глубь сада, нищий остановился.

— Вы сейчас говорили, молодой человек, о счастливой звезде, которая привела вас сюда; думаете ли вы на самом деле, что это счастливая звезда?.. Мне кажется, что нет!

— Что ты хочешь этим сказать? И по какому праву ты подслушиваешь чужие разговоры? — вспыхнул Сабиров.

— По праву старости и желания вам добра, молодой человек! Хочу же я этим сказать то, что вам не мешало бы уехать отсюда, уехать как можно скорее и никогда сюда не возвращаться...

— Я тебя не понимаю, старик!

— Я говорю это для вашего благополучия.

— Пусть так... — смягчился Сабиров. — Но все же ты должен мне объяснить эту загадку.

— Вы будете со мной откровенны?

— У меня нет тайн.

— Знаете вы давно эту барышню, с которой вы сейчас говорили?

— Нет, я сам здесь недавно. Я видел ее несколько раз на вечерах клуба, был ей представлен, танцевал с нею.

Старик внушал Сабирову какое-то странное доверие — его взгляд заставлял его повиноваться.

— Значит, вы знаете, что она единственная дочь известного здешнего богача Петра Иннокентьевича Толстых. По вашему разговору и по взгляду, которым вы глядели на нее, я понял, что вы ее любите. Не смущайтесь — это не преступление. Кто же может, увидя ее, не полюбить. Она всюду вносит с собой радость и счастье. Вы должны были полюбить ее. Но слушайте меня внимательно, молодой человек; существует тайна, в силу которой ее запрещено любить кому бы то ни было. Поверьте, что у нее много есть и было обожателей и уже многим из них отказано в ее руке. Понимаете ли вы теперь, что для своего же спокойствия должны забыть о ней.

Борис Иванович онемел от удивления. Авторитетный тон, которым говорил "старый нищий" о дочери первого сибирского богача, поразил его, а, между тем, он ни на мгновение не усомнился в правде слов этого нищего, ни в его праве говорить таким образом.

Сабиров молчал.

— Вы приезжий... Вы здесь по службе, — продолжал, между тем, старик, — вырвите, если можете, вашу любовь из сердца, а если нет, то отпроситесь в отпуск, выходите в отставку, но уезжайте отсюда... Эта страна опасна для молодых людей, идущих за своей счастливой звездой, — загадочно, глухим голосом добавил он.

Борис Иванович стоял с поникшей головою.

— Больше мне нечего вам сказать! Прощенья просим, молодой человек!

С этими словами старый нищий удалился, оставив Сабирова совершенно убитым всем слышанным.

"Какой таинственный нищий! Кто он такой? Что хотел сказать своим предупреждением?.. И как он мог угадать то, что я еще сам не знал: что я ее люблю, люблю... Я должен ее избегать, должен уехать отсюда, где для меня теперь сосредоточивается все в жизни... Это невозможно! Я чувствую, что меня привела сюда судьба... добрая или злая, что мне до этого, но я покорюсь ее воле... Будь, что будет..."

Чтобы объяснить такое внезапное появление Егора

118

Никифорова перед Сабировым тотчас же после беседы последнего с Татьяной Петровной, надо заметить, что, вернувшись с каторги и поселившись в построенной им землянке близ высокого дома, "нищий Иван", под каковым прозвищем вскоре стал известен всем Егор, неотступно следил за каждым шагом молодой девушки, чуть не ежедневно бывал на заимке Толстых, но не подавал виду, что знает давно ее обитателей. Он успел в этом настолько, что даже Иннокентий Антипович, признавший было в нем отца Тани, вскоре начал думать, что он ошибся, что это только так показалось, и "нищий Иван", к которому все привыкли, перестал пробуждать в нем тяжелые воспоминания.

Когда Татьяна Петровна вместе с крестным уежала в К., "нищий Иван" всегда знал это заранее, так как барышня, часто видя его на дворе, порой подолгу беседовала с ним, да кроме того, он мог узнать это от прислуги. И вот он исчезал из заимки — он отправлялся в К., где продолжал свои неотступные наблюдения за Татьяной Петровной.

Неоднократные и резкие отказы сватавшимся за молодой девушкой женихам со стороны Иннокентия Антиповича убедили Егора Никифорова, что у Гладких есть какой-то план относительно замужества Тани, и зная, что ее крестный отец любит ее столько же, сколько и он, вполне полагался на усмотрение последнего в устройстве судьбы его дочери.

Он и следил-то за ней не потому, что не доверял зоркому глазу Гладких, а лишь по той причине, что видеть свою дочь, хотя издали, составляло для него невыразимое наслаждение. Оно было и единственное, привязывавшее его к жизни.

Двухсотверстные переходы, которые он делал из заимки Толстых в К. и обратно, не были обременительны для его закаленного на каторге организма. Случалось, впрочем, что его подвозили проезжавшие на почтовой дороге крестьяне, так что, особенно сравнительно с его желанием быть вблизи его дочери, этот путь казался ему и краток, и легок.

Борис Иванович Сабиров, несмотря на решимость покориться своей судьбе, хотя бы она вела к его погибели, с невеселыми мыслями вернулся из городского сада домой.

Он жил в гостинице Разборова по Большой улице К., занимая очень чистенький и светленький номер. Пребывание его в этом городе продолжалось несколько месяцев; но время его отъезда не могло быть определено: шли изыскания от города Ачинска до К., и каждый день он мог получить ожидаемое уведомление о начале изысканий от города К. по направлению к Иркутску.

Первое, что бросилось ему в глаза при входе в номер, был лежавший на его письменном столе большой казенный пакет. Он вскрыл его дрожащими руками и принялся за чтение. Это и было то предписание, которое он ожидал ежедневно, о продолжении дальнейших изысканий по иркутскому тракту. Это значило, что отъезд из К. еще далек. Сабиров побледнел.

При предписании была приложена и карта будущих изысканий, пока еще довольно близких к К., где, следовательно, должна была остаться и комиссия. Наступающая зима должна будет прервать их, следовательно, ему предстоит провести в К. и часть будущего лета.

Он стал внимательно рассматривать карту. Вдруг она выпала у него из рук.

— Судьба!.. — прошептал он упавшим голосом.

В примечании к пунктам, по которым должна была пройти предполагаемая линия железной дороги, значилось: "Заимка П. И. Толстых".

Снова перед Сабировым восстал образ "старого нищего", вспомнилось его предупреждение.

— Судьба! — снова прошептал он, но последовать совету нищего и уехать в отпуск не решился.

# XXVI

## СВАТОВСТВО

Через несколько дней после встречи в городском саду с Сабировым, Татьяна Петровна, в сопровождении Иннокентия Антиповича, возвратилась в высокий дом.

Прислуга встретила их известием, что незадолго перед ними приехал на заимку Семен Порфирьевич Толстых.

Иннокентий Антипович поморщился. Он не любил этого родственника своего хозяина — двоюродного брата Петра Иннокентьевича.

Семен Порфирьевич был небогатый к-ский купец-барахольщик, то есть занимавшийся скупкою старья, которое по-сибирски называется "барахло". С этой торговлей в Сибири связаны темные операции покупки заведомо краденого, особенно чаю, часто по несколько цибиков обрезаемого с обозов.

Пользуясь довольно близким родством с богачом-золотопромышленником, Семен Порфирьевич обделывал свои делишки удачно и главное — безопасно. Ни характером, ни наружностью он не был похож на своего двоюродного брата. Суетливый, любопытный, льстивый, небольшого роста, с кругленьким брюшком и с чисто выбритою плутоватою, лоснящеюся от жира физиономиею он производил своей фигурой и манерой обращения с людьми отталкивающее впечатление.

— Что с тобой, крестный? — спросила Татьяна Петровна, увидав нахмуренное лицо Гладких.

— Когда я не только вижу этого человека, но даже слышу о нем, у меня переворачивает все нутро, вся желчь поднимается во мне... Отец и сын — одного поля ягоды...

— Что же они тебе сделали?

— Пока ничего, но я уверен, что они еще принесут к нам в дом много несчастья и горя.

— Ты думаешь?

— Это мое предчувствие неспроста... Я, как хорошая собака — чую волка издали. Этот сладенький, вечно улыбающийся, тихо подползающий Семен Порфирьевич имеет вид отъявленного жигана... Ты увидишь, что я буду прав... К счастью, я всегда настороже.

— Ты, крестный, видишь все в черном цвете.

— Исключая тебя, моя дорогая, — пошутил Гладких, насильственно улыбаясь.

Они разошлись по своим комнатам переодеться после дороги.

Наступило время обеда, когда Татьяна Петровна, уже побывавшая у отца в кабинете и поздоровавшаяся с ним, вышла в столовую, где за столом сидел Семен Порфирьевич, его сын Семен Семенович, Толстых и Гладких.

— А, племянница... дорогая племянница! — вскочил из-за стола и своей скользящей походкой подлетел к молодой девушке Семен Порфирьевич. — Хорошеет день ото дня.

Он без церемонии поцеловал ее в обе щеки. Семен Семенович даже облизнулся от зависти.

Гладких нахмурился.

Все уселись за стол.

Семен Порфирьевич то и дело прикладывался к рюмочке и болтал без умолку о городских новостях, пересыпая эти рассказы плоскими шуточками, над которыми смеялся, впрочем, только вдвоем со своим сыном.

Между прочим он обратился к Петру Иннокентьевичу и сказал:

— Посмотри-ка на Татьяну и Семена — вот пара не пара, а дорогой марьяж. Ему двадцать восемь, ей скоро двадцать два...

Он расхохотался.

Гладких даже вздрогнул от охватившей его злобы.

После обеда Татьяна Петровна пошла наверх в свою комнату — бывшую комнату Марьи Петровны. Ей хотелось остаться наедине со своими мыслями. За время ее последнего пребывания в К. она сильно изменилась. В ней пропала беззаботность ребенка, ее сердце наполнилось каким-то неведомым ей доселе ощущением — ей чего-то недоставало, она стала ощущать внутри и около себя какую-то страшную пустоту.

Она задумалась о последней встрече с Сабировым в городском саду.

Семен Порфирьевич отправился с Петром Иннокентьевичем в кабинет.

— Мне надо поговорить с тобою, брат, об одном деле, — сказал он, когда они оба уселись в креслах.

— Говори... Я догадался и ранее, что ты не ради одного свидания с сыном приехал сюда... Быть может, тебе нужны деньги?

— Кому они не нужны!.. — визгливо захохотал Семен Порфирьевич. — Я тебе и так порядочно должен, хотя, если ты мне дашь тысченки три на оборот, я буду тебе благодарен... Дела идут из рук вон плохо... Не беспокойся, я отдам, и притом: свои люди — сочтемся.

— Хорошо, я дам тебе их...

— За это спасибо, но это еще не все, что мне запало в ум... относительно Семена...

— Что же это такое?

— Ты доволен им?

— Об этом надо спросить у Иннокентия.

Семен Порфирьевич поморщился.

— Незачем и спрашивать... Я знаю моего сына... За что он примется, так уже сделает на отличку... Что заберет себе в голову, того достигнет... Он и теперь все твои дела знает, как свои пять пальцев, и может прекрасно заменить старика Гладких...

— Никто не может заменить такого человека, как Иннокентий! — резко сказал Толстых.

— Конечно нет, конечно нет! — залебезил Семен Порфирьевич. — Но мы все смертны.

— Успокойся, Иннокентий здоровее и сильнее любого из молодых... Он переживет меня на много лет...

— Это все так, но все же он уже стар и молодой помощник ему бы не помешал...

— Иннокентий не нуждается ни в ком...

— Но Семен со временем должен же сделаться чем-нибудь больше простого конторщика... Он все-таки твой родственник, Петр, и как таковой, должен хоть немного присматривать за твоими делами.

— Иннокентий на это никогда не согласится, а за ним право долголетней службы... Я, таким образом, не вижу средств сделать это.

— А, между тем, одно средство есть.

— Какое?

— Весьма простое. Таня уже невеста, а Семен влюбился в нее по уши.

— Вот что!

— Веселым пирком, да и за свадебку, — вот и все.

— Да, но захочет ли Таня?

— Всякой девушке, которой перевалило за двадцать, хочется замуж...

— Прибавь за того, кто ей нравится...

— Семен — красивый малый.

— Этого не всегда достаточно. Впрочем, я не могу говорить за Таню. Во всяком случае, в таком важном деле надо спросить совета Иннокентия.

— Иннокентий, опять Иннокентий! — вышел из себя Семен Порфирьевич. — Разве он здесь хозяин?

— Мой старый друг здесь — все.

— Но ведь хозяин все-таки ты? — злобно крикнул Семен Порфирьевич.

— Я? — отвечал Толстых. — Я здесь — ничто!

"Дурак! — подумал Семен Порфирьевич, сверкнув глазами. — С каким бы удовольствием я свернул тебе шею".

— Но ты, конечно, не хочешь умирать, — начал он сладким голосом, — не увидав внучат, которых бы ты сделал своими наследниками по завещанию.

— Я не сделаю никакого завещания.

В глазах Семена Порфирьевича блестнул луч радости.

— Это умно, это я одобряю... Твое богатство останется твоим родственникам по прямой линии... Это в порядке вещей. Один из этих родственников я, Петр, и если Таня выйдет за

Семена, тебе не надо будет более заботиться об этой девочке; ты можешь, конечно, ее наградить деньгами... Семен же будет вести твое дело...

Лицо Петра Иннокентьевича омрачилось.

— Это уж я сам знаю, что мне сделать для Тани. Но ты, Семен, кажется, очень рано думаешь о наследстве после меня.

— Не думай, пожалуйста, что я желаю твоей смерти...

— Моя смерть очень мало принесет тебе пользы, Семен...

Последний с удивлением посмотрел на говорившего.

— Ты, значит, уже сделал завещание? — растерянно пробормотал он.

— Нет! Но ты забываешь мою дочь.

— Марию?

— Да, Марию Толстых.

— Она уже давно умерла...

Петр Иннокентьевич вскочил, весь дрожа от волнения.

— Откуда ты это знаешь? — каким-то стоном вырвалось у него из груди.

Он снова скорее упал, чем сел в кресло.

— Умерла, говорите вы, — продолжал он с дрожью в голосе. — Где доказательство тому?.. Я еще ожидаю ее, я ее буду ждать, я не смею умереть...

Злая улыбка играла на губах Семена Порфирьевича.

"Старик впадает в детство!" — думал он.

Петр Иннокентьевич полулежал в кресле неподвижно.

— Прости меня, дорогой брат, — жалобным тоном начал Семен Порфирьевич, — что я произнес имя, которое в тебе пробудило столько тяжелых воспоминаний. Ты знаешь, как я всегда сочувствовал твоему горю! Я тоже долго надеялся, что твоя дочка вернется, но прошло уже более двадцати лет... Едва ли теперь можно надеяться...

— Увы, ты прав, надежды нет! — простонал Петр Иннокентьевич и тряхнул головой, как бы желая отогнать тяжелую мысль. — Хорошо, не будем об этом говорить... С моим горем я справлюсь один... Ты сделал предложение и имеешь полное право требовать ответа. Будь так добр, вели позвать Иннокентия.

Семен Порфирьевич медлил. Он знал, что его игра проиграна, как только Гладких войдет сюда. Он ненавидел его от всей души, но все же не терял надежды. Он, как и сын, был настойчив и упрям. Наконец, он вышел сделать распоряжение и снова вернулся в кабинет. Через несколько минут туда же вошел Гладких.

— Иннокентий! — сказал ему Толстых. — Семен сказал мне

сейчас, что его сын влюблен в Таню и хочет на ней жениться. Что ты скажешь на это?

— На это я отвечу, — с нескрываемым презрением отвечал Гладких, — что Семен Порфирьевич даром потратил и время, и слова.

— Я думал, что мой сын... — весь дрожа от гнева, начал было Семен Порфирьевич.

— Ваш сын, — перебил его Гладких с той же презрительной улыбкой, — может искать себе невесту, где ему будет угодно, Таня же никогда не будет его женой, слышите, никогда!

— Берегитесь, Иннокентий Антипович! — с нескрываемой злобой воскликнул Семен Порфирьевич.

— Меня не пугают никакие угрозы, Семен Порфирьевич! — вызывающе, скрестив на груди руки, сказал Гладких.

Семен Порфирьевич, казалось, хотел броситься и разорвать его, но сдержался и сказал вкрадчивым голосом:

— Таня уже взрослая девушка, и если вы не хотите оставить ее старой девой, то мне бы хотелось знать причину вашего отказа.

Гладких молчал.

— Во всяком случае, она может иметь право, надеюсь, выразить свое желание и нежелание.

— Вы хотите услыхать ответ от нее лично?.. — сказал Гладких. — Извольте. Ваше желание будет исполнено.

Он торопливо вышел из комнаты и закричал:

— Таня, Таня!

Затем он снова вернулся в кабинет. Молодая девушка не замедлила явиться. Она застала Семена Порфирьевича и Гладких, стоящих друг против друга, а Петра Иннокентьевича, полулежащим в кресле.

— Папа, папа, что с тобой? — подбежала она к последнему.

— Ничего, дитя мое! — улыбаясь, сказал старик. Он привлек ее к себе и поцеловал в лоб.

— Ты вся дрожишь?

— Я очень испугалась. Я подумала, что ты заболел... Зачем меня звал крестный?

— Спроси его.

Молодая девушка вопросительно посмотрела на Гладких.

— Таня, — сказал тот с расстановкой. — Дело идет о твоем замужестве. Семен Порфирьевич просит твоей руки для своего сына. Согласна ты или нет?

— Но я не хочу совсем замуж!.. Ни за что!.. — воскликнула она, бросаясь к Гладких со слезами на глазах.

— Вот вам ответ! — обратился последний к Семену Порфирьевичу.

Затем он довел Таню до двери.

— Иди в свою комнату, моя голубка... Нам не о чем больше тебя расспрашивать.

Таня удалилась. Следом за ней ушел из кабинета и Гладких. Семен Порфирьевич проводил его злобным взглядом.

— Погоди-ж ты! — сквозь зубы, чуть слышно, проворчал он.

# XXVII

## ЗАГОВОР

Четверть часа спустя Семен Порфирьевич встретил сына, ходившего взад и вперед по саду.

— Я вижу по твоему лицу, что наше дело провалилось! — сказал он отцу.

— Я чуть не лопнул от злости, и если мне когда-нибудь доведется встретиться с этим проклятым Гладких где-нибудь в укромном месте, я рассчитаюсь с ним по-свойски! — отвечал отец.

— Я ненавижу его также от глубины души...

— Пока этот человек будет здесь, мы с тобой не достигнем ничего. Петр совершенно в его власти, а у этого Гладких относительно Татьяны есть какой-то план, неизвестный даже Петру... Он чего-то и кого-то ждет... Верно одно, что он решил нас лишить наследства.

— Это несомненно.

— И все для этой девчонки... Она для него — все. Петр, впрочем, меня успокоил, он сказал, что никогда не сделает духовного завещания... На "дочь убийцы" нам тоже нечего рассчитывать — она тебя не любит...

— Но я люблю ее.

— Теперь тебе ее надо забыть... но когда мы сделаемся владельцами высокого дома и обладателями состояния Петра, мы решим, что с ней делать... Если ты захочешь, то сделаешь ее своей любовницей... Понял?..

126

— Как не понять... но когда еще это будет... — дрожащим голосом сказал сын.

— Подождешь... кусочек аппетитный... — рассмеялся отец гадким смехом.

Они вышли, разговаривая, из сада и пошли по направлению к тайге. Передняя часть ее была пустынна; работы производились далеко от дому.

Они вошли в чащу.

— Тут мы можем говорить без помехи, — сказал Семен Порфирьевич.

Сын вопросительно поглядел на него.

— Гладких стоит на нашей дороге, — продолжал отец, — значит, он должен быть устранен...

Сын вздрогнул.

— Я уже давно об этом думал, но как это сделать?

Старик пожал плечами.

— Когда хочешь избавиться от врага, то всякое средство хорошо; надо только выждать случая...

— А если такого случая не представится?

— Надо его подготовить...

— Это нелегко...

— Так говорят только лентяи и пошляки! — рассердился Семен Порфирьевич. — Гладких наш враг, он мешает нашим планам, он должен исчезнуть. Тогда мы будем хозяйничать в высоком доме, Танюша будет так или иначе твоя, в наших руках будет весь капитал. Все это в нашей власти! Неужели мы этим не воспользуемся? Это было бы более чем глупо. Повторяю, единственная преграда этому — Гладких. Он должен умереть!..

— Но как?.. Он живуч и силен... — проворчал сын.

— Мало ли есть способов, мало ли случается несчастий с людьми? Отчего же и с ним не может чего-нибудь случиться?..

— Надо будет обдумать это! — мрачно сказал Семен Семенович.

— Я уеду в К. У меня там есть спешное дело, но по первому твоему зову я буду здесь.

Они вышли на поляну. Вдруг, в десяти шагах от них, выбежала из лесу женщина с искаженным, видимо, безумием лицом, вся в лохмотьях, худая, как скелет, бледная, как смерть. Подняв к небу свои костлявые руки, она крикнула диким голосом:

— Как много еще злых людей на свете!

Затем она снова убежала в лес.

Отец и сын вздрогнули и остановились.

— Кто это? — спросил отец.

— Я слышал от рабочих, что в тайге поселилась какая-то сумасшедшая нищая, но никогда сам не видел ее. Вероятно, это она...

— А-а-а! — заметил, оправившись от смущения, Семен Порфирьевич.

Поляна, по которой они шли, образовалась из первого места, занятого прииском; здесь когда-то, лет двадцать тому назад, стояла казарма рабочих, теперь отнесенная далеко в глубь тайги.

— Смотри!.. — вдруг остановился Семен Порфирьевич.

Оба они стояли около старого, давно заброшенного колодца, вырытого в то еще время, когда здесь производилась промывка золота.

— Что такое? Колодец? — с недоумением спросил сын.

— Совершенно верно. Старый глубокий колодец, который теперь заброшен, но в котором есть достаточно воды, чтобы человек, упавший в него сверху, захлебнулся и был бы захоронен там навеки.

— Иннокентий Антипович не раз говорил, что его надо засыпать, так как, неровен час, может случиться несчастье. Почему же этому несчастью не случиться с ним самим... Он часто проходит здесь... Раз я даже видел его сидящим у самого колодца на возвратном пути с приисков... Если его найдут в один прекрасный день на дне колодца... виной будет только его неосторожность... Не так ли?

— Ты — молодец, делаешь честь твоему отцу... У тебя на плечах башка... да еще какая! — визгливо засмеялся Семен Порфирьевич.

Сын самодовольно улыбнулся.

— Я люблю и ненавижу! — отвечал он.

— А я ненавижу и хочу разбогатеть! — заметил отец.

Заговор на жизнь Иннокентия Антиповича Гладких состоялся. Исполнение его, впрочем, пришлось отложить в долгий ящик, так как незаметно промелькнул сентябрь — окончились работы на прииске, и Гладких не бывал в тайге, а следовательно, не мог проходить мимо рокового, избранного его врагами колодца.

Сын не оповещал отца, орудовавшего по прежнему в К., и жил только сладкою надеждою на осуществление его преступного плана в будущем году, когда начнутся работы на прииске.

"Края колодца еще более разрушатся к тому времени... — думал он. — Несчастье будет еще естественнее!.."

Так жестоко и, вместе с тем, так просто составленный план на жизнь человека, на убийство своего ближнего является, надо заметить, далеко не исключительным фактом в "стране изгнания", где жестки сердца, суровы нравы и где человеческая жизнь не ставится ни во что.

По сведениям уголовной статистики, ни в одной стране не совершается, относительно, столько убийств, как в Сибири, и большинство из них поразительно беспричинны, или же в крайнем случае причиною служит легкая размолвка, мелкая ссора и еще более мелкая корысть. Как красноречивую иллюстрацию к сказанному, отметим одно из поразительных явлений сибирской таежной жизни — охоту на человека.

Время этой охоты — сентябрь. Место — тайга. Сентярь в тайге пасмурен. Идет мелкий, холодный дождь — часто и снег. Между деревьями с пожелтевшими иглами и поблекшими листьями жалобно завывает северный ветер. Тайга замирает. Работы на приисках оканчиваются. Наступает время рассчета. Та же одетая в лохмотья, но уже сильно поредевшая толпа осаждает приисковые конторы и получает причитающиеся грошевые заработки. Ругань и проклятия висят в воздухе. Расчет кончен. Рабочие расходятся. Они идут партиями. Беда отставшему — его ожидает в тайге смерть. Он становится добычей самого хищного из всех животных — человека.

Крестьяне соседних с тайгою селений ведут правильную охоту — она имеет свое специальное название — "охота на горбачей".

"Горбачами" зовут приисковых рабочих, вследствие их сгорбленных фигур, которые делаются такими от постоянной работы в наклонном положении.

С заряженным пулей ружьем отправляюся эти своеобразные охотники в тайгу и стреляют в возвращающихся в одиночку рабочих. Меткий выстрел укладывает их жертву на месте. Ее раздевают донага и оставляют на съедение зверям.

По весне находят массу костей, черепов и начинаются дела "о найденных, неизвестно кому принадлежащих" костях, черепах и прочем, которые хоронятся, а дела "предаются — выражаясь языком старого, так недавно и не совсем еще отжившего свои дни в Сибири законодательства — воле Божьей".

Несколько лет тому назад простой случай открыл одного такого охотника, десятки же других остаются неуличенными. Двое рабочих, возвращаясь с приисков, пришли в ближайшее село и попросились переночевать в доме зажиточного крестьянина. Дома была одна маленькая девочка, которая не пустила их без старших в избу, а проводила в баню.

— Где же старики? — спросили ее путники.

— Мать с ребенком в поле, а отец пошел в лес "горбачей" стрелять, — отвечала девочка.

В детской наивности она считала "горбача", вероятно, какой-нибудь таежной птицей. Рабочие поняли. Когда же, пройдя в баню, они увидали там целый склад окровавленной "лопатины" (так именуется в Сибири одежда), то, уйдя из-под страшного крова, заявили об открытии начальству.

Возвратившийся с охоты хозяин был арестован и сознался в убийстве за эту осень восемнадцати человек. Охотился он не первый год. В тайге указал он там и сям лежащие обнаженные трупы — иные уже полусъеденные червями.

Таковы дикие таежные нравы.


## XXVIII

# В ОБЩЕСТВЕННОМ СОБРАНИИ

Наступило 24 декабря 188... года.

Было двенадцать часов ночи. Город К. еще не спал. Большие окна деревянного здания на Большой улице, в котором помещался клуб, или, как он именуется в Сибири, общественное собрание, лили потоки света, освещая, впрочем, лишь часть совершенно пустынной улицы.

В клубе была рождественская елка.

Все небольшое общество города, состоящее из чиновников, по преимуществу, богатых купцов, приезжих инженеров, собралось туда, первые со своими чадами и домочадцами, встретить великий праздник христианского мира.

Около этого-то здания и была некоторая жизнь. В остальных же частях города и, в особенности, в слободах царила невозмутимая, подавляющая тишина.

Бедный люд спал после тяжелого дневного труда, и сладкие грезы переносили его, быть может, в другие миры, на елки, не в пример роскошнее той, возле которой собралась аристократия сибирского города.

Все были в зале, где происходила раздача подарков окружившим елку детям, — самый интересный момент праздника.

В глубине небольшой гостиной сидели только двое — кавалер и дама.

Это были Сабиров и Татьяна Петровна.

Счастливые одиночеством, они, казалось, забыли весь мир.

Он рассказывал ей свою встречу с нищим в саду, после последнего разговора с ней, и передал предупреждение этого загадочного старика.

— Это нищий Иван! Он следит за мной, как тень, — сказала Татьяна Петровна. — Он так ко мне привязан.

— Он любит вас, да и кто может не любить вас... Вы созданы, чтобы распространять вокруг себя счастье: ваша улыбка дарит надежду, ваши глаза льют свет, ваш голос — небесная гармония...

Молодая девушка в волнении слушала эту дивную музыку полупризнания.

Он держал ее за руку; она не отнимала ее.

— Вы долго еще останетесь здесь? — спросила она его.

— Я не хотел бы никогда уехать отсюда...

Она опустила глаза и высвободила свою руку.

— Я не хотел бы никогда отсюда уехать... — с пафосом повторил он.

Она лукаво улыбнулась.

— Петербуржцам скучно здесь...

— Но здесь вы... — отвечал он. — Впрочем, мне следовало бежать отсюда скорее и без оглядки...

Она окинула его вопросительно-недоумевающим взглядом.

— Да, скорее и без оглядки... Вы слишком недосягаемы для меня, хотя никто не может запретить мне любить вас, молиться на вас, мечтать о вас, жить вами. Но вы богаты, а я... я бедняк, без роду и племени... Вот пропасть, лежащая между нами... Если бы не это, с каким наслаждением посвятил бы я вам свою жизнь до последнего вздоха, я носил бы вас на руках, я лелеял бы вас, я сделал бы вас счастливой... Но вы богаты, к несчастью вы богаты.

— Тем лучше... — сказала молодая девушка, вся сияя от восторга, — значит, я могу выбрать себе мужа по моему желанию...

— Но ваш отец, конечно, пожелает, чтобы ваш выбор пал на богатого или знатного... Это всегда так бывает...

— Быть может, но мой папа и крестный держатся совсем другого взгляда... Я уверена, что они будут более смотреть на

131

внутренние качества моего жениха, нежели на его богатство и титул... Они меня так любят и прежде всего, конечно, захотят моего счастья...

— Но этот нищий говорил мне, что уже отказывали многим, искавшим вашу руку...

— Это правда, — сказала она, — но из них я никого не любила...

— А теперь?! — воскликнул он и хотел было схватить ее руки, но она быстро убежала в боковую дверь, ведущую в танцевальную залу.

В тоже самое время в дверях, ведущих из буфета, появился Иннокентий Антипович.

Его взгляд был серьезнее, строже, печальнее, чем всегда, но в глазах его было заметно больше горечи, чем злобы.

Сабиров остался сидеть на месте, как бы прикованный к нему этим взглядом. Он был знаком с Гладких ранее, представленный ему вскоре после приезда в К., а потому последний протянул ему руку. Борис Иванович встал и почтительно пожал ее. Иннокентий Антипович взглядом попросил его сесть и сам сел рядом.

На несколько минут воцарилось тяжелое молчание.

— То, что я скажу вам, не должна знать девушка, только что вышедшая отсюда... — медленно начал Гладких, — и с которой вы, видимо, очень горячо беседовали.

Сабиров удивленно смотрел на говорившего, но сердце его усиленно билось, как бы предчувствуя беду. При последних словах Иннокентия Антиповича он весь вспыхнул, а затем побледнел.

— Вы мне нравитесь, молодой человек, — продолжал тот, — мы, сибиряки, живем здесь по простоте, но умеем не хуже других узнавать людей. У вас такое честное, открытое лицо, что я не хочу думать, что вы замыслили что-нибудь дурное относительно моей крестницы.

Борис Иванович сделал было жест негодования, но воздержался и сказал дрогнувшим от волнения голосом:

— Благодарю вас... Если бы вы это могли подумать, то обидели бы меня совершенно напрасно.

— Я и не хочу думать этого... Давайте поговорим по душе — хотите?

Гладких остановился.

Сабиров молча нахлонил голову, в знак согласия.

— Вы любите Таню?

— Больше жизни!.. — быстро, с уверенностью отвечал Борис Иванович.

Иннокентий Антипович вздрогнул, и взгляд его сделался мрачен.

— Несчастье больше, чем я ожидал... — прошептал он. — А вас она любит? — спросил он громко.

— Татьяна Петровна не дала мне права отвечать за нее... — дрогнувшим голосом отвечал Сабиров.

Оба собеседника были взволнованы. Борис Иванович чувствовал, как замерло его сердце. Он понимал скорее инстинктом, чем разумом, что Татьяна Петровна вся во власти этого человека, сидевшего перед ним, что одним словом он может разрушить все его радужные планы.

— Выслушайте меня! — сказал Гладких после некоторого молчания. — Вы любите Таню! Я люблю ее также... Я люблю ее так горячо, если не более, как мог бы любить свою дочь. Я забочусь о ней со дня ее рождения... Ее мать умерла через два часа после появления на свет этого ребенка, и над еще теплым телом покойницы я дал клятву оберегать и хранить, как зеницу, ока ее дочь... Я верю, что милосердный Бог не допустит, чтобы она была несчастна! Если бы я мог сказать вам все — вы бы поняли... Но я этого не смею... Когда я вижу в ее глазах слезы, то чувствую, что в мое сердце вонзают острый нож... Чтобы устранить от нее всякое горе, я с охотой отдал бы последние годы моей жизни... Но, Боже мой, я хотел бы жить до тех пор, пока ее счастье не будет обеспечено...

Сабиров слушал старика с лихорадочным вниманием.

— Если бы я мог предугадать случившееся, я никогда бы не взял ее в К., и вы бы никогда ее не встретили... Но несчастье уже совершилось — теперь остается лишь предупредить его роковые последствия, и вы, молодой человек, должны действовать со мной заодно... Мы постараемся водворить тишину там, где вы, сами того не сознавая, вызвали бурю... Хотите вы мне в этом помочь? Да, — ваши глаза говорят, что я могу на вас рассчитывать.

— Требуйте... я все исполню... — каким-то стоном вырвалось из груди Сабирова.

— Забудьте ее...

— Только не это!.. — крикнул с невыносимою болью в голосе Борис Иванович.

— Именно это... — глухо произнес Гладких. — Так как вы никогда не можете быть ее мужем.

Сабиров закрыл лицо руками.

"Он искренно любит ее... Бедный..." — мелькнуло в уме Иннокентия Антиповича, но он тотчас же поборол свою слабость и сказал почти грубо:

— Я все сказал... Что вы намерены делать?

— Разве я знаю это? — с искреннею наивностью отвечал Борис Иванович, подняв на Гладких свое смоченное слезами лицо. — Я не могу теперь ничего сообразить. Мои мысли путаются. О, старик нищий был прав... Я надеялся... Глупец... Какое безумие! Она — дочь богача... А я...

Он снова закрыл лицо руками.

Гладких был глубоко тронут таким отчаянием. Он с искренним сожалением смотрел на молодого человека.

— Вам не надо говорить, почему я не могу быть мужем m-lle Толстых... Я догадываюсь... — снова поднял голову Сабиров.

— Вы думаете? — с горечью сказал Иннокентий Антипович.

— Господин Толстых желает для своей дочери богатого или титулованного жениха.

— Вы ошибаетесь... Видите, я отчасти объясню вам — этим я доказываю вам мое расположение — Таня с пятилетнего возраста обручена... Вот единственная причина... Больше я вам не могу сказать ничего...

— Как... это... причина?..

— Единственная... И никакая сила в мире не может это изменить...

— Но позвольте... Разве можно обручать ребенка? Ведь сердце девушки может выбрать другого, а не того, кого вы ей предназначали.

— Это было бы большим несчастьем.

— Несчастьем?

— Да.

— Значит, и тому, кого она сама полюбит, будет отказано?..

— Конечно... Как вам, так всем тем, которые ей уже делали предложение.

Борис Иванович смотрел на Гладких отуманенным, вопросительно-недоумевающим взглядом.

— И это вы называете любовью к своей крестнице?

Иннокентий Антипович загадочно улыбнулся.

— Я сознаю, что для вас это непонятно, но я не могу объяснить вам все... Это моя тайна! Сердце Тани должно оставаться свободно... Предположим, что это сердце теперь любит вас. Она, как сон, скоро это позабудет... Вы не хотите сделать ее несчастной?

— И это вы спрашиваете у меня, у меня, который готов отдать за нее жизнь!

— Ну, так я заклинаю вас вашей любовью, вашей честью, всем, что для вас дорого, забудьте ее, избегайте ее, если можно, даже уезжайте отсюда.

Сабиров болезненно простонал.

— Дело идет о спокойствии и счастии одного неповинного ни в чем существа... вы бы не хотели сделать его несчастным... — продолжал Гладких. — Я говорю вам более, чем смею... Если бы это было возможно, я из всех выбрал бы только вас в мужья Тане, — я разгадал в вас честного человека! Но, увы, это невозможно... Вы не будете больше искать с ней встречи? Обещайте мне это?

Сабиров молча кивнул головою и, откинувшись в кресло, закрыл глаза — он был разбит и нравственно, и физически. Иннокентий Антипович понял, что самое лучшее оставить его одного и тихо вышел из гостиной. Борис Иванович продолжал недвижимо полулежать в кресле.

Из танцевальной залы неслись, между тем, звуки вальса "Невозвратное время" и слышался оживленный говор и шум скользящих по паркету ног.

# XXIX

## НАД ПРОРУБЬЮ

Очнувшись через несколько минут, Борис Иванович вышел через буфетные залы в швейцарскую собрания, не заглянув даже в танцевальную залу.

Швейцар подал ему шубу и фуражку.

Сабиров вышел во двор, затем из ворот и пошел, сам не зная куда, без цели, без мысли. Машинально пройдя некоторое расстояние, он повернул вправо.

Надо заметить, что город К. расположен на горе и к реке ведут крутые спуски, застроенные домиками, образующими несколько переулков. На самом же берегу, ближе к главному центральному спуску — Покровскому — находится масса построек: покосившихся деревянных домишек, лачуг и даже землянок, образующих затейливые переулки и составляющих Кузнечную слободу, получившую свое название от нескольких кузниц, из отворенных дверей которых с утра до вечера раздается стук ударов молота о наковальню.

Кузнечная свобода сплошь зеселена поселенцами. Борис

Иванович очутился в этой слободе и пошел по направлению к Покровскому спуску. Кругом все было тихо — слобода спала мертвым сном.

Но, чу!.. В одной из слободских землянок скрипнула дверь, отворилась, и на пороге появилась человеческая фигура. Заметив проходившего Сабирова, фигура пропустила его мимо себя и как тень последовала за ним.

Борис Иванович не заметил этого провожатого. Он достиг спуска и пошел вниз к реке.

Вот он уже у самой реки, вот вступает на лед и идет медленно к проруби. Он подходит к проруби, замедляя шаг, останавливается у самого края, как бы в раздумьи, и вдруг в изнеможении опускается на один из ледяных выступов реки и низко-низко наклоняет голову.

Вдруг кто-то дотронулся до его плеча. Сабиров вскочил и сделал шаг к проруби, но две сильные руки схватили его поперек тела и отбросили снова на ледяной выступ.

Борис Иванович удивленно посмотрел на своего непрошеного спасителя.

Перед ним стоял тот же, встреченный им в городском саду, старый нищий.

— Эге, барин, не дело вы затеяли,.. Оттуда, куда вы хотели отправиться, не выстроена еще, как и из Сибири, железная дорога...

Борис Иванович смотрел на него помутившимся взглядом.

— Что заставило вас решиться на это? Вы говорили с Гладких?

— Да... и он сказал мне то же, что и ты, там, в саду... — простонал молодой человек.

— Так вы обещали ему, что больше с ней не увидитесь?

— Да.

— Что же вы намерены делать?

— Умереть... Зачем вы помешали мне, зачем мне влачить мое жалкое существование? Умереть — самое лучшее.

Старый нищий положил ему руку на плечо.

— Сколько вам лет?

— Двадвать три года.

— И вы хотите умереть... Вы с ума сошли!

— Может быть...

Нищий пожал плечами.

— Вы, видно, еще не страдали...

— К чему мне жить?.. Что меня ожидает?.. Чем я без нее буду? — проговорил Сабиров, не слыхав его замечания.

— Мужайтесь... — коротко отвечал нищий. — Жизнь для

всякого приносит свое горе и свои слезы; в жизни, как и у нас, больше ненастных, нежели солнечных дней. Жизнь — борьба. Счастье очень дорого покупается, и надо много выстрадать, чтобы найти не только счастье, но даже только спокойствие. Только люди сильные достигают своей цели — надо бороться до конца. Этот закон одинаков для богачей и бедняков... Вы молоды, образованы, у вас впереди все, и вы в отчаянии... Разве это мужество, разве это сила, разве так верят в Бога!.. Вера прежде всего, молодой человек, понимаете вы меня?..

— Вера... во что?..

— В Бога и в собственные силы, — торжественно произнес нищий. — Вы считаете себя несчастным. Взгляните внимательно вокруг себя и вы повсюду найдете еще большее горе. Я не умею ни читать, ни писать, но жизнь выучила меня всему тому, что я говорю вам. Меня посетило страшное, невыразимое словами, несчастье, и вера, вера в Бога помогла мне перенести его... Я был несчастнее, чем вы когда-нибудь можете быть... Но теперь дело не во мне, я уже стою на краю могилы, а в вас, которого я оттащил от края проруби... Мне бы хотелось вдохнуть в вас мужество и надежду...

— Увы, это невозможно... — вздохнул Борис Иванович.

— Как вас зовут?

— Борис Иванович Сабиров.

— Борис... Борис... — повторил задумчиво нищий.

Егор Никифоров — это был он — не мог забыть это имя в течении почти четверти века.

— Вы из России?

— Да, я из Петербурга, но моя родина здесь, в Сибири...

— Здесь?..

— Да, это странная, таинственная история... Мой приемный отец Иван Афанасьевич Звегинцев занимает в Петербурге очень важный пост. Лет около двадцати тому назад, он служил в Сибири и, получив перевод в Петербург, ехал с женой по Иркутскому тракту. Была страшная вьюга. Вдруг они услыхали крик ребенка... На дороге оказалась лежавшая полузамерзшая женщина с мальчиком четырех-пяти лет, кричавшим благим матом... Этот мальчик был я... Мой приемный отец положил мою мать и меня в повозку, довез до ближайшей станции, где моя мать была вынута из возка в бесчувственном состоянии и долго не приходила в себя. По всему было видно, что она не встанет... Иван Афанасьевич дал на лечение, или на похороны денег почтосодержателю, а меня, по совету своей жены, Надежды Андреевны, они взяли с собой и привезли в Петербург... Один из петербургских купцов, некто Сабиров, усыновил меня и передал свою фамилию — жить я остался у Звегинцевых... Им, таким образом, я обязан всем: и жизнью, и воспитанием. Тотчас по окончании курса я попросился на службу в Сибирь и получил сперва место на екатеринбургско-тюменской железной дороге, а при начале изысканий здесь, был командирован сюда в составе комиссии... Мне хотелось найти какие-нибудь следы моей несчастной матери, конечно случайно, так как у меня нет никакой руководящей нити.

— Вы не помните ничего? — спросил нищий, весь обратившийся в слух при рассказе Сабирова.

— Очень мало... Я знаю, что мы с матерью были в К.

— Почему вы это знаете?..

— Я вспомнил поразившую меня длинную галерею в гостинице Разборова, с разноцветными стеклами, с нарисованным на задней стенке медведем, стоящим на задних лапах под грандиозной пальмой... Кроме того, и место, где нашли меня и мою мать на трактовой дороге, всего в полутораста верстах от К.

— А-а... — протянул нищий.

— Затем я помню, хотя смутно, мою мать... Она была высока ростом, очень хороша собой, бледная, без малейшей улыбки на губах, с задумчивым, грустным взглядом.

— С чудными черными волосами, — добавил нищий.

Борис Иванович вскинул на нищего удивленный взгляд, но не сказал ничего. Он недаром так откровенно беседовал с ним, он с первого взгляда внушил ему такое странное, безграничное доверие, что у Сабирова сложилось какое-то внутреннее безотчетное убеждение, что этот нищий должен сыграть большую роль в его судьбе.

Появление его в минуту, когда Борис Иванович хотел покончить свои расчеты с жизнью — еще более укрепило его в этой мысли.

— Я припоминаю еще приходившего к моей матери старика, который брал меня на руки и целовал... Когда сегодня я говорил с Гладких... мне вдруг показалось, что это был именно он, что я его видел в далекое время моего детства... Это, конечно, вздор... Игра воображения.

Егор Никифоров дрожал от волнения. В его уме не оставалось никакого сомнения, что перед ним сын Марии Толстых. И он — спас ему жизнь. Он понял теперь совершенно причину убийства Бориса Петровича Ильяшевича Петром Толстых, убийства, за которое он, Егор, провел пятнадцать лет на каторге, лишился жены и должен издали любоваться на свою дочь, не смея прижать ее к своей отцовской груди. Он понял также, что Гладких обручил его Таню с сыном Марии, когда видел их последний раз в К. Срок совпадал. Он не знал никаких подробностей, но он догадался, чутьем отца, что дело было именно так.

Он положил теперь обе руки на плечи Сабирова.

— Молодой человек, — сказал он дрожащим голосом. — Поднимите ваши глаза к небу. Та звезда, о которой вы говорили когда-то в саду Татьяне Петровне, привела вас сюда не напрасно.

— Боже мой, что ты хочешь этим сказать? — воскликнул Борис Иванович.

— То, что Татьяна Петровна Толстых будет вашею женою...

— Ты насмехаешься надо мной, старик... Это бесчеловечно.

— Грех даже думать так... Я говорю совершенно серьезно.

— Но кто же ты такой?

— Я старый нищий и, пожалуй, теперь... ваш друг... — сказал Егор.

— Если эту надежду ты даешь мне серьезно, то ты на самом деле мой лучший друг...

— Повторяю, я говорю серьезно... Вы можете отпроситься в отпуск?

— В отпуск... Зачем? — упавшим голосом спросил Сабиров.

— Чтобы уехать...

— Уехать...

— Да, в Петербург и спросить у вашего отца, не нашел ли он у вашей умирающей матери какой-либо бумаги о вашем рождении. Он, быть может, скрыл ее, чтобы оградить вас от несчастья, а она-то и составит ваше счастье...

— Я не понимаю... — начал было Борис Иванович.

— Вам нечего и понимать... Надо слушаться... Через несколько месяцев вы вернетесь... с бумагой ли или без нее, если, быть может, я ошибаюсь в своих предположениях — Татьяна Петровна, наверное, будет вашей женой.

— О, ты мне возвращаешь жизнь... Но нельзя ли таки объяснить мне...

— После... когда наступит время, а теперь я больше ничего не могу сказать вам... Идите домой... я провожу вас...

Сабиров послушно встал и пошел по льду реки к берегу. Егор Никифоров проводил его до гостиницы.

— Поезжайте и возвращайтесь скорее... — было его последнее слово.

Растроганный Борис Иванович бросился на шею старому нищему.

Более месяца потребовалось, чтобы устроить все

формальности для получения отпуска. Наконец, Борис Иванович получил желанную бумагу и на другой же день выехал из К. с единственною мыслью поскорее доскакать до Петербурга и тотчас же вернуться обратно в "страну изгнания", которая стала для него теперь "обетованной землей".

"Вернетесь с бумагой или без нее — Татьяна Петровна наверное будет вашей женой!" — райской мелодией звучали в его ушах слова старого нищего.

# ЧАСТЬ ВТОРАЯ

# ОТ МРАКА К СВЕТУ

# I

# В БЕСЕДКЕ

Прошло несколько месяцев.

Иннокентий Антипович оказался прав, сказав Борису Ивановичу Сабирову, что любовь к нему Татьяны Петровны пройдет как сон.

Вскоре после елки в общественном собрании Иннокентий Антипович увез свою крестницу в высокий дом и под разными предлогами не ездил в К., дожидаясь исполнения Сабировым его обещания.

За его отъездом он поручил следить одному своему знакомому, который и уведомил его вскоре, что молодой инженер собирается ехать в отпуск, а затем известил и об его отъезде из К.

Гладких вздохнул свободно. Он остался доволен инженером.

— Честный малый, хоть и навозник! — сказал себе самому закоренелый сибиряк.

На мгновение у него даже мелькнула мысль, как бы сожаления, что он оттолкнул его — что, быть может, его крестница была бы с ним счастлива.

"Существует ли тот... другой?.. Не игра ли это моего воображения... Быть может, он давно с матерью спит в сырой земле..."

Он с ужасом оттолкнул от себя эту мысль.

Что касается Татьяны Петровны, то она, несмотря на свои лета — в Сибири, впрочем, девушки развиваются поздно — была совершенным ребенком. Сердце ее не знало иной привязанности, как к ее отцу и к крестному — серьезное чувство еще не было знакомо ей.

Ей понравился Борис Иванович, она поддалась его

141

нежным речам, ей было любо смотреть в его выразительные черные глаза — редкость у блондина — она почувствовала нечто похожее на любовь, но зародышу чувства не дали развиться, и она, не видя предмет этой скорее первичной, чем первой любви, скоро забыла о нем, а если и вспоминала, то без особого сожаления. Она не успела привыкнуть ни к нему, ни к своему новому чувству, он не успел сделаться для нее необходимым.

Когда она узнала об его отъезде, что-то как будто кольнуло ей в сердце, но в этой боли она не дала себе ясного отчета. Ее, впрочем, поджидала другая боль, другое горе.

Снова стоял май месяц. В этом году он был особенно чуден и тепел. Татьяна Петровна проводила почти весь день в садовой беседке за вязанием.

Так было и в описываемый нами день. Татьяна Петровна сидела в беседке с вязанием в руках.

Был первый час дня. Иннокентий Антипович был на прииске, а Петр Иннокентьевич, по обыкновению, ходил из угла в угол в своем кабинете и думал свою тяжелую думу.

Вдруг в беседку развязано вошел Семен Семенович и совершенно неожиданно для молодой девушки сел около нее. Она порывисто встала, чтобы уйти, но он грубо схватил ее за руку и заставил сесть.

Она удивленно вскинула на него глаза. В них блестнули искорки гнева.

— Мне надо поговорить с вами... — хрипло сказал он.

— Но мне не о чем говорить с вами! — отвечала она.

Она опять было поднялась, чтобы уйти, но он снова силой усадил ее рядом с собою.

— Я повторяю вам, что мне надо с вами поговорить... — грубо сказал он.

Она смерила его презрительным взглядом.

— Хорошо. Побеседуем...

— Вы знаете, что я вас люблю...

— Ваше поведение этого не доказывает.

— Если бы я не любил вас, мой отец не приезжал бы сюда нарочно, чтобы просить вашей руки... Вы помните, что из этого вышло... Гладких и вы оскорбили моего отца, оскорбили меня своим отказом...

— В чем же тут оскорбление?.. Я просто не хочу быть вашей женой.

Семен Семенович побледнел и закусил нижнюю губу.

— Я, впрочем, ни за кого не собираюсь выходить замуж... — смягчила она этот резкий ответ.

— А ваш инженер?

— Какой инженер? — спросила возмущенная молодая девушка.

— Будто уж и не знаете... Счастлив его Бог, что он уехал, иначе бы ему не уберечь от меня своей шкуры... Вы никого не смеете любить, кроме меня, вы никому не смеете принадлежать, кроме меня... И это потому, что я люблю вас страстно, безумно, слепо... Я ревнив до самозабвения, я убью всякого, кто станет у меня на пути к вашему сердцу... Клянусь вам в этом...

— Вы с ума сошли! — воскликнула она, выходя из себя.

— Я вас только предупредил! — пробормотал он, окидывая ее диким взглядом.

— Это уже слишком! — окончательно рассердилась Татьяна Петровна. — Можно подумать, что вы имеете на меня какие-нибудь права... Но я не боюсь ваших угроз, и на ваши нахальные выходки у меня один ответ: вы — негодяй! До сегодняшнего дня я чувствовала к вам необъяснимое отвращение, теперь же, благо вы сбросили с себя вашу лицемерную маску, я питаю к вам уже полное сознательное презрение...

С этими словами она решительно встала со скамьи. Вся кровь бросилась ему в лицо.

— Вы чересчур горды, — сказал он, задыхаясь. — Разве вы не знаете, что самая сильная любовь может перейти в самую сильную ненависть?

Его взгляд, устремленный на нее, красноречиво подтверждал высказанное им правило.

Она сделала шаг вперед, чтобы выйти из беседки, но он загородил ей дорогу.

Она отшатнулась от него с выражением омерзения.

"И этот человек хотел, чтобы я сделалась его женой!" — пронеслось у нее в голове.

Она похолодела от этой мысли.

— Позвольте мне пройти! — сказала она, насколько возможно твердым голосом.

Он стоял неподвижно, скрестив руки на груди. Дьявольская улыбка змеилась на его губах. Его глаза горели, как у волка.

Татьяна Петровна вся дрожала от клокотавшей внутри ее бессильной злобы.

Он продолжал улыбаться.

— Я пропущу тебя, если ты меня поцелуешь... — вдруг перешел он на "ты".

Она вся вспыхнула.

— Негодяй... — прохрипела она.

Он захохотал.

— Рано или поздно ты должна будешь меня целовать. И если ты меня теперь не поцелуешь добровольно, я расцелую тебя силою... — нахально заметил он.

Татьяна Петровна беспомощно оглянулась кругом. Семен Семенович приближался к ней с открытыми объятиями. Она успела, однако, отскочить в сторону.

— Я все расскажу моему отцу!.. — пригрозила она.

Он снова расхохотался.

— Твоему отцу... Он очень далеко отсюда...

"Он сошел с ума!" — промелькнуло в уме молодой девушки. Она испугалась не на шутку.

— Если вы, — снова перешел он на это местоимение, — хотите повидаться с вашим отцом, то я могу вам сказать, где он находится... Это неблизко отсюда, надо будет проехать несколько тысяч верст, но вам, как хорошей дочери, это, конечно, не послужит препятствием в исполнении вашего желания обнять своего отца.

— Что он говорит? Что он говорит? — воскликнула Татьяна Петровна с пугливым недоумением.

— Ага! — продолжал он. — Ваш крестный отец ничего вам не говорил об этом... Он оставлял вас в приятном заблуждении, что вы — дочь богача-золотопромышленника... Хорошенькая шутка!.. И вы этому поверили. Уже более тридцати лет, как мой дядя вдовеет, у него была дочь Мария, и она умерла. Что же касается до вас, то вы ему даже не родственница, и если живете здесь, то лишь благодаря Гладких, которому взбрело на ум привести вас сюда... Теперь вы видите, моя милая, что я делаю вам большую честь моим предложением...

Татьяна Петровна стояла перед ним бледная, как покойница, с широко раскрытыми глазами. Она была уничтожена.

— И это правда, действительно правда? — спросила она задыхающимся голосом, вся дрожа от охватившего ее волнения.

— Даже ваш честнейший крестный отец, — сделал Семен Семенович ударение на эпитете, — который ведь никогда не лжет, как он уверяет всех, не может сказать вам, что это неправда.

— Кто же мой отец? Кто мой отец? — простонала она.

— Это опять другая история... — хладнокровно продолжал он. — Вы, вероятно, слыхали старую историю об убийстве, совершенном более двадцати лет тому назад близ высокого дома?

— Да, я слышала об этом... — упавшим голосом отвечала она.

— Убийцей оказался Егор Никифоров, из поселка.

— Егор Никифоров... — бессмысленно повторила она.

— Он был приговорен к пятнадцатилетней каторге и сослан в Якутскую область... Если он не умер, то живет там до сих пор.

Несчастная начала уже догадываться, но все же спросила, затаив дыхание:

— И он?..

— Ваш отец... — отчеканил Семен Семенович.

Татьяна Петровна с глухим криком, без чувств упала на пол. Он холодно посмотрел на нее.

— Ну, от этого она не умрет! — равнодушно заметил он и быстро вышел из беседки.

# II

# ГЛАЗА ОТКРЫТЫ

Когда Татьяна Петровна пришла в себя, она приподнялась с пола и дико оглянулась по сторонам.

Она вспомнила все. Скорее упав, нежели сев на скамью, она закрыла лицо руками и горько зарыдала.

Что она чувствовала, невозможно описать. Ей казалось, что она находится в каком-то пространстве, летит в какую-то пропасть, тщетно ища точку опоры.

Ее не было.

Она уже считала себя покинутой всеми, отверженной, выгнанной из дома, где она провела счастливое детство и раннюю юность.

Подобно громовым ударам раздавались в ее ушах слова:

— Ты дочь Егора Никифорова, ты дочь убийцы, дочь каторжника!

Фамилия, которую она носила, не принадлежала ей. Она украла ее! Ее кормили, ее воспитали из жалости. Она крала то уважение и те ласки, которыми ее окружали.

Сердце ее разрывалось на части.

Наконец, собравшись с силами, она встала и медленной, неровной походкой пошла в дом.

— Что случилось? Вы бледны как смерть, барышня! — встретила ее вопросом горничная.

— Ничего! — отвечала она печально. — Ничего!

Она пришла к себе наверх. Она хотела было заглянуть в кабинет ее отца, теперь мнимого отца, остановилась у двери, но не решалась переступить порога.

Войдя к себе, она заметила свежий букет полевых цветов, который имел обыкновение ежедневно приносить ей нищий Иван.

Она горько улыбнулась.

— Все, все, даже старик Иван считают меня за дочь Толстых. Ее думы унеслись далеко, на известную ей только понаслышке каторгу... Она видела своего отца, бледного, худого, измученного раскаянием. Она слышала звон его кандалов, этот звон страдания и муки.

Она упала на колени и молила Бога простить несчастного. Она не заметила в горячей молитве, как бежало время. Она не слыхала, как ее звали обедать, и ее горничная, видя ее молящеюся, не осмелилась войти в комнату.

Она доложила лишь об этом Иннокентию Антиповичу. Он вздрогнул. Его целый день мучило какое-то тяжелое предчувствие.

— Я позову ее сам! — сказал он и поднялся наверх.

Татьяна Петровна окончила молиться и сидела у окна, низко опустив свою голову.

— Таня! — ласково начал он.

Она выпрямилась, как бы пробудившись от сна. Иннокентий Антипович увидал ее расстроенное лицо, бледные губы, красные глаза и растрепанные, распущенные волосы.

— Что с тобой? Что случилось? Скажи, ради Бога! — бросился он к ней.

В его голосе звучал страшный испуг.

Он обнял ее; она прижалась к нему, и ее головка упала к нему на грудь, и молодая девушка снова громко зарыдала.

Затем она выпрямилась и, положив ему на плечи обе руки, спросила его, неотводно глядя ему в глаза:

— Ты действительно мой крестный отец?

— Что за странный вопрос? — удивленно сказал он.

— Я не знаю, чему мне верить, а потому больше ничему не верю! — прошептала она... — Отвечай же мне, действительно ли ты мой крестный отец?

— Да, и около твоей купели, в церкви, я дал клятву любить тебя и защищать... — отвечал он, пораженный серьезным тоном вопроса.

— А теперь... теперь... скажи мне имя... моего отца?

Этот вопрос ошеломил Гладких, как удар грома. Он невольно отшатнулся от молодой девушки.

— Видишь... — воскликнула последняя. — Ты боишься произнести это имя... Оно пугает тебя...

— Если что меня пугает, то это твое необъяснимое волнение и твой... нелепые вопросы... — отвечал он, оправившись от первого смущения.

— Почему же ты на них не отвечаешь?

— Ты дочь Петра Толстых.

Она печально покачала головой.

— До сегодняшнего дня я тоже думала это... но это неправда, это ложь!

— Несчастное дитя! — воскликнул Гладких. — Кого же ты видела? С кем ты говорила?

— Зачем его имя, когда он... сказал правду,

— Нет, тысячу раз нет! Что же сказал он тебе?

— Что я дочь Егора Никифорова, дочь убийцы, дочь каторжника.

Иннокентий Антипович упал на стул. Он был потрясен. Татьяна Петровна бросилась перед ним на колени и стала целовать его руки.

— У меня нет никого на свете, кроме тебя! — сквозь слезы говорила она.

— А Петр Иннокентьевич? — укоризненно сказал Гладких.

— Он не отец мне, а ты... ты мой крестный!

— Мы оба одинаково любим тебя... Для обоих нас ты составляешь утешение, в тебе вся наша надежда.

Она продолжала плакать.

— Я бы очень желала знать печальную историю моего несчастного отца. Ты мне расскажешь ее, не правда ли?

— Да... но не теперь, теперь ты слишком расстроена...

— Когда же?

— Потом, потом... после...

Молодая девушка зарыдала.

— О, негодяй, подлец!.. — проговорил Иннокентий Антипович.

— Не называй его так! — подняла на него она свои заплаканные глаза. — Он все же мой отец! Как бы ни было велико его преступление, он несет за него наказание, и я буду молить Господа, чтобы Он простил его.

Гладких прослезился в свою очередь. Он обеими руками взял голову молодой девушки и поцеловал ее в лоб.

— Ужели ты подумала, что я, говоря: "негодяй", "подлец", говорил это про твоего отца... О, не думай этого. Я говорил о том гнусном сплетнике, который из злобы и ненависти ко мне, нанес тебе такой страшный удар... Тебе не надо называть его... я его знаю... И с ним будет у меня коротка расправа! Этот подлец не будет дышать одним воздухом с тобою...

Он встал нахмуренный и направился к двери. Молодая девушка тоже встала с колен.

— У меня есть еще один вопрос, — сказала она.

— Я слушаю...

— Как звали мою мать?

— Ариной.

— Где она?

— Она умерла несколько часов спустя после твоего рождения...

— А где она жила?

— В поселке.

— И там похоронена?

— Да.

— Благодарю... Мне только это и хотелось знать.

— Зачем?

— Неужели ты не догадываешься, что я хочу помолиться на могиле моей матери.

"О, если бы я мог ей сказать все... Но нет, после, у меня теперь не поворачивается язык, хотя я и обещал... ему..." — мелькало в голове Гладких.

Он спустился вниз и прошел в столовую, где Петр Иннокентьевич нетерпеливо ждал их обоих.

Он не сразу заметил бледность и расстроенный вид Иннокентия Антиповича.

— Таня не сойдет вниз... Она нездорова, — сказал отрывисто последний.

— Что с ней? — с беспокойством спросил Толстых.

— Она плачет! Она в отчаянии... — хрипло отвечал Гладких.

— Что же случилось? — с неподдельным испугом вскричал Петр Иннокентьевич.

— Один подлец открыл ей сегодня то, что мы так старательно от нее скрывали... сказал ей, что ты ей не отец, что она дочь Егора Никифорова.

Старик вскочил со стула. Его взгляд был страшен.

— Кто осмелился это сделать? — мрачно спросил он.

— Твой родственник Семен...

— А! Он такой же негодяй, как и его отец... — злобно, сквозь зубы, проворчал Толстых.

— Как поступить с ним? Я жду твоих приказаний?.. — спросил Гладких.

— Разве здесь хозяин не ты?

— Но он тебе родня.

— Я его больше не хочу знать... У меня больше нет родных — у меня только один друг на свете — это ты. У меня только одна дочь — Таня, которую я люблю всею душою, и я готов сделать все, чтобы было упрочено ее счастье, которое я же, как вор, украл у ее родителей... Семен Толстых причинил горе нашей дочери — он негодяй и подлец и ни одного часа не может больше оставаться под этой кровлей... Выгони его немедленно, Иннокентий, выгони... Чтобы сегодня же здесь не было его духу...

С этими словами он вышел из комнаты и почти у самых дверей столкнулся с Семеном Семеновичем.

— Иннокентию надо с тобой о чем-то поговорить... — сказал он последнему, — он ждет тебя.

Петр Иннокентьевич поднялся наверх в комнату Татьяны Петровны, в ту самую комнату, откуда четверть века назад он выгнал свою родную дочь.

Теперь он шел утешать "приемную".

Молодая девушка сидела на стуле в глубокой задумчивости. Услыхав шаги по лестнице, она подняла голову.

При входе Петра Иннокентьевича она встала со стула, сделала шаг к нему навстречу и вдруг остановилась, как бы не смея броситься к нему на шею, как делала прежде.

Он протянул к ней свои руки и сказал:

— Таня, дорогое дитя мое... Скорее сюда, на мою грудь, на грудь твоего отца... Слышешь ли, дочь моя, твоего отца!...

Татьяна Петровна с рыданием упала в его объятия.

# III

# ИЗГНАНИЕ

По тону, с каким обратился к нему Петр Иннокентьевич, Семен Семенович понял, что слова, сказанные им Татьяне Петровне, возымели свое действие. Он тотчас сообразил суть предстоящего объяснения с Гладких и приготовился.

С развязно-нахальным видом и деланной насмешливой улыбкой вошел он в столовую.

Иннокентий Антипович казался совершенно покойным.

— Вы меня желали видеть... Что вам угодно? — спросил его молодой человек.

— Да, мне надо сказать тебе пару слов...

— Я слушаю...

— Ты получил за этот месяц полный расчет?

— Да, но что же из этого?

— То, что ты нам больше не нужен и можешь сейчас же собирать свои манатки и убираться вон...

— Значит, меня выгоняют? — с той же деланной улыбкой спросил он.

— Да, я выгоняю тебя... — отвечал Гладких, делая ударение на местоимениях.

— Надеюсь, что я, по крайней мере, имею право узнать причину такой внезапной немилости...

— Причина очень проста... Я не хочу более держать тебя в конторе, ни видеть здесь, в доме... Понял: я не хочу.

— А если я не захочу уйти? — злобно засмеялся Семен Семенович.

— Тогда я велю слугам вытолкать тебя в шею...

— Хорошо! — задыхаясь от бессильной злобы, пробормотал тот. — Я завтра обдумаю, что мне делать...

— Ты уедешь не завтра, но тотчас же, лошади готовы...

— Вы уж чересчур спешите, господин Гладких... Рабочих даже, и тех рассчитывают за три дня...

— Рабочие — это другое дело... а тебя я не желаю более держать ни одной ночи в этом доме и приказываю тебе, слышишь, приказываю убираться тотчас же по-добру, по-здорову...

— Вы, кажется, господин Гладких, — язвительно отвечал Семен Семенович, — напрасно теряете время на пустые разговоры, а я очень глуп, что их слушаю... Вы забылись...

Вспомните, что вы ни кто иной, как такой же служащий, как и я у моего дяди, а потому выгонять меня из дома последнего не имеете ни малейшего права.

Не успел он окончить этой фразы, как отворилась дверь и вошел Толстых,

Его железная рука опустилась на плечо Семена Семеновича. Старик, видимо, вышел из своей многолетней апатии. Его голос звучал сильно и грубо.

— Если я, который имею несчастье быть твоим родственником, в течении десятков лет питал доверие и дружбу к Иннокентию Антиповичу, значит, он заслуживает этого... Я отдал ему, кроме того, власть в этом доме и только сегодня упрекаю себя за это, так как он слабо пользуется этой властью относительно тебя... На его месте я давно бы вытолкал тебя в шею за дверь, как опасное животное... Ты не только никуда негодящийся служащий, но негодяй и подлец... Узнав от своего отца одну сокровенную тайну, ты самым подлым образом надругался над бедной девушкой, чтобы удовлетвориться низкому чувству мщения... Вонзить нож в сердце женщине и, вместе с тем, в то же время оскорблять ее и потешаться над нею способен лишь, повторяю, негодяй и подлец. А ты это сделал! Ты осмелился еще говорить когда-то, что ты ее любишь... Бесстыдный лжец! Разве может кусок навоза, который у тебя вместо сердца, испытывать благородные чувства... Ему ведомы только грязь и подлость... Ты не заслуживаешь ни жалости, ни сострадания... Гадина! Иннокентий приказал тебе немедленно убираться, ты ответил ему грубостью... Я слышал все... Теперь я сам повторяю тебе его слова и выгоняю тебя немедленно из дома... Слышишь, я выгоняю тебя... Чтобы через час не было здесь твоего духу... Вон!

С этими словами Петр Иннокентьевич указал ему рукою на дверь.

Семен Семенович с горькой усмешкой пошел к двери и, остановившись на пороге, обернулся, бросил вызывающий взгляд на обоих стариков, и вышел.

— Наконец-то мы от него избавились! — сказал Гладких.

— Мне надо было ранее послушаться тебя и совсем не принимать к себе... — сказал Толстых. — Но я его тогда не знал так хорошо, как знаю теперь...

— Я всегда говорил, что он худо кончит...

— Но что ему надо от меня?

— То же, что и его отцу... твое состояние...

— Но я еще не умер!.. — пробормотал Толстых.

— Что Таня? — спросил Иннокентий Антипович. — Ты ее видел?

— Да... и постарался, насколько мог, утешить... Остальное мы сделаем вместе... Если надо ей сказать всю правду, Иннокентий, я не буду медлить...

— Нет, нет! — с испугом отвечал Гладких. — Еще не время... Она не сойдет вниз?

— Нет, она хочет остаться одна, она будет кушать в своей комнате.

Старики сели за стол.

Обед прошел молча. Каждый из стариков думал свою тяжелую думу.

Семен Семенович покинул высокий дом действительно через час после объяснения со своим дядей и Иннокентием Антиповичем.

Через день он уже был в К., в доме своего родителя. Небольшой домик в три окна, принадлежавший Семену Порфирьевичу Толстых, помещался в конце Средней улицы, при выезде из города в слободу на Каче, как называется протекающая здесь речка.

Старик встретил сына удивленно-недоумевающим взглядом. Сын рассказал ему обо всем случившемся.

— Дурак... Испортил все дело... Разве я тебе не говорил, болван, чтобы ты был осторожнее и не болтал ничего этой девчонке.

— Что сделано, не воротишь!.. — отвечал сын.

— Да, но эта твоя глупость может нам обойтись очень дорого.

— Это мы увидим...

— Что же теперь ты намерен делать?

— Я надумал дорогой многое, теперь остается нам все это обсудить вместе... Но я голоден...

— С дороги, понятно, голоден! — спохватился отец. — У меня как раз сегодня пельмени... Пойдем, пополдничаем и побеседуем.

Разговор этот происходил в первой комнате жилища Семена Порфирьевича. В доме же было всего четыре комнаты, передняя и кухня... Содержались они в баснословной грязи и были завалены и загромождены всевозможными вещами, мебелью, платьем, цибиками чаю, сушеной рыбой и прочим.

Все это стояло и лежало в таком хаотическом беспорядке, что свежему человеку могло показаться, что он попал не в жилую квартиру, а в сарай или кладовую, куда богатый хозяин приказал сложить весь ненужный хлам, а нерадивые слуги побросали его куда попало.

Отец и сын перешли в другую комнату и сели за простой деревянный стол, стоявший посредине. Сын освободил себе табурет, сбросив, в угол связку кожаных бродень и мешок с кедровыми шишками.

На столе вскоре появилась дымящаяся миска пельменей, поданная до невозможности грязно одетой кухаркой, довольно фамильярно обращавшейся с Семеном Порфирьевичем.

Семен Семенович как голодный волк набросился на еду.

Вскоре общими усилиями отца и сына объемистая миска была опорожнена.

— Побеседуем! — сказал Семен Порфирьевич, поглаживая живот.

Сын, облокотясь на стол, шепотом проговорил:

— Гладких должен умереть...

— Это, брат, старая песня... мы условились об этом еще в прошлом году, однако, ты не успел ничего сделать...

— Но тогда вскоре окончились работы на прииске и не было случая, теперь же...

— Теперь тебя там нет...

— Необходимо, чтобы я был поблизости... Я поеду в Завидово и поселюсь у Янкеля Зеленого...

Завидово было то самое село, где жил земский заседатель, и которое отстояло от заимки Толстых в сорока верстах. Янкель же Зеленый был известный во всей губернии кабатчик, содержатель карточного притона, имевший сильную руку в самом К.

— Что же ты будешь там делать? — воззрился на сына Семен Порфирьевич.

— Для виду займусь "барахлом"... Может, что ненароком и наклюнется, но главное устрою проклятому Иннокентию славную западню...

Семен Порфирьевич задумался и, по своему обыкновению, сложив руки на животе, заиграл большими пальцами...

— А деньги у тебя есть? — спросил он сына, после некоторой паузы.

— Сотня-другая наберется, — отвечал тот. — Не беспокойся, у тебя не попрошу...

— У меня и нет лишних! — заволновался старик.

— Толкуй больной с подлекарем... Да не об этом речь... говорю, не прошу, но и после дела обделить себя тоже не дозволю... Ты это попомни...

153

— Зачем обделять... И что между нами за счет... ведь ты, кажись, мне сын! — переменил тон Семен Порьфирьевич.

— Родство родством, а деньгам — счет! — отвечал сын.

— Насчет Завидова, это ты надумал отменно, потому там дела можно оборудовать хорошие... а главное, и впрямь с Иннокентием пора прикончить... — переменил разговор Семен Порфирьевич.

План сына в общем был принят. Они стали обсуждать подробности.

# IV

# РОКОВОЕ ОТКРЫТИЕ

В том самом селе, куда решил ехать для исполнения своих адских замыслов Семен Семенович, находилась в то время квартира инженеров, командированных на разведки сибирской железной дороги от К. по направлению к Иркутску.

За несколько дней до описанных нами в предыдущих главах происшествий в высоком доме, в село Завидово приехал вернувшийся из отпуска Борис Иванович Сабиров.

Разбитый и нравственно, и физически прибыл он на место своего служения в К. и с невеселыми думами, почти не отдыхая, отправился в Завидово.

Объяснение с приемным отцом нанесло ему страшный удар. Выслушав подробный рассказ Бориса о его "сибирских приключениях", любви к дочери золотопромышленника Толстых, Иван Афанасьевич при произнесении Сабировым этой фамилии вдруг вскочил с кресла и весь бледный спросил:

— Как ты сказал?

— Толстых... — спокойно повторил Борис Иванович, окидывая Звегинцева удивленно-вопросительным взглядом.

— Несчастный, я ничего не имею против твоего брака с сибирской красавицей и богачкой, но ты просишь у меня твое метрическое свидетельство, которое, действительно, я взял из дорожной сумки твоей умирающей матери двадцать лет тому назад...

— Да, мне оно необходимо... Мне сказал человек, которому

я не могу не верить, что хотя вы и скрыли его от меня, ограждая меня от несчастья, но оно-то и принесет мне счастье...

— Этот человек сам не мог предполагать, что заключает в себе эта бумага... иначе он не говорил бы этого... Мой совет тебе не требовать от меня ее, тем более, что оффициально она тебе не нужна... Я с помощью связей устроил тебе имя, и ты с помощью образования добыл себе положение... Ведь мог я не найти этой бумаги... Думай лучше, что я не нашел ее...

— Человек, говоривший мне о ней, предполагал и это, и сказал мне, что все равно, вернусь ли я с метрическим свидетельством или без него, Таня будет моею женою... Но раз вы сказали, что оно у вас, то...

— Боже мой... Дернула меня нелегкая проболтаться... И все эта, поразившая меня фамилия... — схватился Звегинцев за голову... — Оставим, друг мой, этот разговор, поезжай без бумаги и скажи своему сибирскому оракулу, что ее нет...

— Нет, этого нельзя, я прошу вас мне ее отдать... я хочу знать имена моих родителей...

— Родителей... — с горечью усмехнулся Иван Афанасьевич... Ты не узнаешь из нее имени твоего отца...

— Я незаконный! — побледнел Сабиров.

— Видишь, я хорошо сделал, что скрыл от тебя это... Твоя несчастная поездка в Сибирь, от которой я тебя отговаривал, навела тебя на мысль допытываться о твоем происхождении, и я, уже проболтавшись раз, не хочу лгать заведомо для тебя... Слушай же! Ты действительно незаконный сын дочери сибирского купца... Но для общества это неизвестно и, значит, на тебе не лежит та глубоко несправедливая печать отвержения, которой наше развращенное до мозга костей общество клеймит "детей любви"... Вот все, что ты узнал бы, если бы я дал тебе эту бумагу.

— Но как фамилия моей матери?

— Я для твоего же будущего счастья не отвечу тебе на этот вопрос...

— Я не хочу счастья, построенного на тайне!.. — воскликнул Сабиров. — Я прошу вас отдать мне эту бумагу... Я требую, наконец...

— Ты требуешь... — сел к письменному столу Звегинцев. — Изволь... я отдам тебе ее... но пеняй на себя... Повторяю тебе, что раз эта бумага будет в твоих руках, ты должен будешь, быть может, навсегда отказаться от мысли сделаться мужем Татьяны Петровны Толстых...

— Что вы говорите? — крикнул с болью в голосе Борис Иванович.

— Я говорю только то, что есть... Ты продолжаешь настаивать на возвращении тебе метрического свидетельства?..

— Да!.. — с трудом, после некоторой паузы, произнес Сабиров. Он вынес тяжелую внутреннюю борьбу прежде, нежели решился произнести это "да".

Звегинцев медленно отпер один из ящиков в письменном столе и, вынув портфель, после непродолжительных поисков, достал из него пожелтевший лист бумаги и подал своему приемному сыну. Тот жадно схватил свидетельство и стал читать. Вдруг он затрясся и побледнел, как мертвец.

— Марьи Петровны Толстых... — бессвязно повторил он, помутившимся взглядом оглядывая Ивана Афанасьевича. — Значит... Таня... моя родная тетка...

— Может быть, — мрачно сказал Звегинцев, — но ты сам этого хотел.

Борис Иванович тяжело вздохнул и, бережно сложив бумагу, положил ее в боковой карман сюртука.

— Благодарю вас... Это тяжелый удар, но я сумею его перенести... Я не увижусь с ней более... Ее крестный отец, видимо, догадался, кто я... этим объясняется его вежливый, но категорический отказ...

— Ты, значит, не поедешь в Сибирь? — спросил обрадованный Звегинцев.

— Ничуть... Поеду и очень скоро... Сделать невозможным для себя неисполнение долга, значит, не исполнить его... Мой долг — забыть ее... Я это сделаю, даже живя с ней по соседству...

Через три недели после этого разговора Сабиров выехал обратно в Сибирь, с расчетом попасть на первый пароходный рейс от Тюмени.

Этим роковым, как ему, по крайней мере, казалось, открытием объяснялось угнетенное состояние духа Бориса Ивановича Сабирова.

На другой день по прибытии в Завидово, в занимаемую им по отводу комнату, в доме зажиточного крестьянина, вошел нищий Иван.

— Здравствуйте! — приветливо поздоровался он с Сабировым, встретившим его с нахмуренным лицом.

Гость заметил это.

— Али я не в час пришел?

— Нет, ничего! Здравствуйте! — нехотя отвечал Борис Иванович.

— Как съездили?.. Что узнали?..

— Съездил благополучно... А узнал то, чего не ожидал... Узнал то, что красноречивее всех предупреждений, как твоих, так и крестного отца Татьяны Петровны, объяснило мне, что мужем ее я быть не могу...

— Что так? Мне что-то невдомек... Бумажку-то при вашей матери нашли?

— Нашли!

— И что же, как она в ней прописана?

— Марья Петровна Толстых...

Сабиров произнес это с расстановкой и особым ударением на каждом слове; он полагал, что его гость будет поражен, как громом, этим открытием, а, между тем, очередь поразиться наступила для него самого.

По лицу нищего разлилась радостная улыбка.

— А! — воскликнул он... — Значит, я не ошибся! Сердце — вещун, оно подсказало мне, что вы именно и есть сын Марьи Петровны.

— Как, ты догадывался об этом и все-таки обнадежил меня тем, что Татьяна Петровна будет моей женой?

— Бумажка-то с вами? — вместо ответа спросил нищий.

— Со мной, со мной! Но не в этом дело... Отвечай мне на мой вопрос... Могу я быть мужем Татьяны Петровны Толстых?..

— Теперь это вне всякого сомнения...

— Значит, моя мать не родственница Петру Иннокентьевичу Толстых?

— Она его родная дочь!

— Ты смеешься надо мной, старик, как же я могу жениться на сестре моей матери, на своей родной тетке...

— Казалось бы, это и нельзя... только Татьяна-то Петровна вам теткой ни с какого бока не приходится... — улыбнулся нищий.

— Объяснитесь, я ничего не понимаю...

— Она не дочь Петра Иннокентьевича... и даже не родня ему.

— Ты воскресил меня, старик! — бросился Сабиров, как сумасшедший, обнимать своего гостя...

Они три раза крепко поцеловались.

— Кто ты, я не знаю, и ты не хочешь сказать мне это, но я ранее чувствовал, а теперь вижу, что ты близок и к дому Толстых, и хорошо знаешь всю историю моей несчастной матери... Ответь мне откровенно на два вопроса... Жива ли моя мать?

— Не думаю, о ней уже двадцать лет ни слуху, ни духу...

— Кто мой отец?

— На это я вам не отвечу сегодня... Приезжайте завтра к поселку в трех верстах от заимки Толстых. Я буду вас ждать там и расскажу то, что могу, и на что в настоящее время имею право.

— Еще один вопрос. Мою мать в гостинице Разборова посетил Гладких?

— Да.

— Значит, я его узнал действительно... У меня замечательно сохранились воспоминания моего раннего детства.

# V

# НА МОГИЛЕ ОТЦА

На другой день Борис Иванович чуть свет выехал из Завидова. Когда он проезжал мимо высокого дома, сердце его радостно забилось. Еще вчера, в это же время, он считал Таню потерянною для себя навсегда, а сегодня...

Надежда и даже твердная надежда снова внедрилась в его любящее сердце.

Подъезжая к поселку, Борис Иванович увидел поджидающего его нищего Ивана.

Он приказал ямщику остановиться и вышел.

— Проезжай в поселок и пристань где-нибудь на часок-другой, — сказал нищий ямщику, — но скажи у кого, чтобы тебя найти.

— У Кузьмы, дедушка, у рыжего... — отвечал ямщик.

— Хорошо, знаю.

Ямщик ударил по лошадям и поехал по улице поселка. Сабиров и нищий остались вдвоем.

— Пойдемте! — сказал нищий и повел Бориса Ивановича по напрвалению к кладбищу.

Несколько минут они шли молча.

— Призовите на память воспоминания вашего детства... Не припомните ли вы этого места? — сказал старик.

— Это кладбище... Я припоминаю... Я был тут зимой... была вьюга... — задыхаясь от волнения, шептал Сабиров, следуя за стариком.

Он взял несколько в сторону, и среди зеленой муравы

Сабирову бросился в глаза большой почерневший от времени деревянный крест.

— Крест, — прошептал Борис Иванович... — Я тоже смутно помню этот крест...

Он вопросительно посмотрел на нищего, в молитвенной позе остановившегося у этого креста.

— Двадцать пять лет тому назад, невдалеке отсюда, на дороге был убит молодой человек, приезжий, ему было 23 года, он был высок и красив, как вы, и его звали, как и вас, Борис...

Сабиров схватил нищего за руку.

— Дальше, дальше... — простонал он.

— Молодой человек, поклонитесь этому кресту. Он стоит над могилой вашего отца.

Борис Иванович опустился на колени и, истово перекрестившись, сделал три земные поклона. Затем он встал и сказал:

— Я припоминаю, я припоминаю...

Он провел рукой по лбу.

— В зимнюю ночь... перед этим крестом я стоял на коленях... с моею матерью...

Глаза нищего заблестели.

— Подождите, подождите... — продолжал Сабиров. — Мать выучила меня тогда одной молитве.

Он снова упал на колени, возведя глаза к небу и несколько минут молчал, как бы припоминая, что было видно по складкам его лба.

— Боже милосердный, упокой душу отца моего в царствии Твоем, прости тому, кто меня сделал сиротою, пошли утешение тому, кто за него несет наказание, смилостивься над моей матерью и охрани от бед меня, дитя несчастья...

— Это лучшее доказательство, которое только можно добыть... — тихо проговорил старик. — Теперь нет ни малейшего сомнения.

Борис Иванович продолжал стоять на коленях и повторять молитву, которой его выучила его мать двадцать лет тому назад.

— Пойдемте! — сказал нищий.

— Побудем здесь... здесь так хорошо, — заметил Сабиров, вставая с колен.

Они сели у подножия креста.

— Ты знал моего отца? — спросил Борис Иванович.

— Да.

— Хорошо?

— Нет! Я видел его только два раза. В минуту его смерти и мертвого.

Сабиров закрыл лицо руками.

— В минуту его смерти!.. И он говорил с тобой?

— Да!

— Скажи же мне, что он сказал тебе, скажи мне...

— Это было уже так давно, что я позабыл...

— Ты не забыл, такие вещи не забываются... Ты просто не хочешь сказать мне... — грустно заметил Борис Иванович.

— Может быть... Но если и так, то не просите меня говорить вам то, на что я не имею права. Поверьте, что у меня на это есть свои причины... Впоследствии вы узнаете вещи, которые мне самому теперь непонятны...

— Откуда же я могу что-нибудь узнать, когда ты, вероятно, единственный свидетель далекого прошлого, не хочешь ничего сказать мне...

— Есть шкатулка, которая принадлежала вашему отцу... Что в ней содержится, я не знаю... Может быть, в ней находятся бумаги, которые дадут вам ключ к разгадке, кто был ваш отец... Я знаю лишь одно: его звали Борис Петрович Ильяшевич.

— Где же эта шкатулка? Ты знаешь?

— Да!.. Она спрятана под развалинами одной избы.

— Далеко отсюда?

— В поселке, который мы миновали.

— И ты отдашь ее мне сейчас?..

— Нет, я привезу ее вам на днях в Завидово...

Сабиров опустил голову и задумался. Наступило молчание.

— Я хочу и боюсь сделать тебе еще один вопрос, — прервал его Борис Иванович.

— Спрашивайте... Я, быть может, смогу вам на него ответить.

— Ты хорошо знал мою мать?

— Я знал ее, когда ей было с небольшим двадцать лет... Она была очень красива... и очень добра... так добра, как барышня Татьяна Петровна.

— Похож я на нее или на отца?

— У вас ее глаза, а цвет волос отцовский — он был белокурый.

Они встали и пошли снова по направлению к поселку.

— Поговорим еще о моем отце... — начал Сабиров.

— Поговорим.

— Ты говоришь, он был нездешний?

— Да, он был приезжий, как и вы, из России.

Снова воцарилось молчание.

— Я все думаю о молитве, которой выучила меня мать и которую я припомнил на могиле моего отца... Мне не ясен весь ее смысл... "Прости тому, кто сделал меня сиротою, пошли утешение тому, кто за него несет наказание..." Что это значит? Я не понимаю.

"А я так очень понимаю!" — подумал старик, но сказал вслух:

— Может быть, вы не хорошо помните слова.

— Может быть... — повторил Сабиров. — однако, я теперь понял смысл твоих слов там, в саду, в К., год тому назад, что эта страна опасна для молодых людей, которые приходят сюда искать свою счастливую звезду... Ты, вероятно, думал тогда о моем отце?

— Разве я это говорил?

— Да.

— Не принимайте этих моих слов всерьез... Мало ли что сбрехнешь не подумав.

— Его убили... Значит, у него были здесь враги.

— У него не было врагов... Я уже говорил вам, что его здесь никто не знал...

— Но ведь не без причины же было совершено это страшное преступление?

— Я могу вам сказать только то, что я сам слышал... Убийца, говорят, ограбил свою жертву.

— И этот негодяй остался безнаказан?

— Нет, этот негодяй, как вы его называете, был на другой же день арестован, а затем судим и осужден.

— На вечную каторгу?

— Нет! К пятнадцатилетней...

— Жив он еще?

— Может быть... О нем с тех пор нет ни слуху, ни духу.

— Как его звали?

— Егор Никифоров.

— Егор Никифоров! — глухо повторил Сабиров. — Я это проклятое имя никогда не забуду...

Нищий печально улыбнулся.

— И этот разбойник жил здесь?..

— Да, здесь, в этом поселке...

Они уже подошли к поселку, и нищий остановился.

— Идите теперь прямо, и шестая изба налево будет избой рыжего Кузьмы, где остановился ваш ямщик...

Сабиров на минуту остановился.

— Был женат это негодяй?

161

— Да, на хорошей, доброй женщине... — со вздохом отвечал старик.

— Она жива?

— Нет, она умерла через несколько времени после ареста мужа, в родах... У нее родилась дочь...

— И эта дочь?

— Я тогда уехал отсюда в Минусинск и не знаю, что сделалось с дочерью Егора Никифорова. Прощенья просим.

Нищий удалился.

— Так на днях я жду тебя с обещанным... — сказал ему вслед Борис Иванович.

Старик на ходу оглянулся и кивнул головой в знак согласия.


# VI

## ОТЕЦ И ДОЧЬ


День, когда Борис Иванович Сабиров был на могиле своего отца, совпал с днем, когда Татьяна Петровна имела роковой разговор в беседке с Семеном Семеновичем, поразивший ее своею неожиданностью.

На другое утро нищий Иван, пришедший, по своему обыкновению, во двор высокого дома, узнал от прислуги, что барышня вчера была нездорова.

— Она лежит? — спросил с дрожью в голосе старик.

— Нет, видно так что-нибудь занедужилось, сегодня она встала и только что сейчас прошла в сад... Да вон она гуляет по аллее, — сказала прислуга.

Татьяна Петровна, действительно, задумчиво опустив голову, шла мимо калитки, выходившей на двор.

Нищий подошел к этой калитке.

Его поразило бледное, исхудалое, с следами слез лицо молодой девушки.

"Что-нибудь, да случилось здесь вчера? — пронеслось в его голове. :— Не Иннокентий ли Антипович, узнав, что Борис Иванович вернулся из России и прибыл в Завидово, сделал ей

162

внушение, чтобы она и не смела думать о молодом инженере? Значит, она его любит!"

Эта мысль успокоила его.

Татьяна Петровна, подняв глаза, увидала своего "старого друга", как она называла Ивана, и, отворив калитку, позвала его в сад.

Он вошел, плотно затворив за собою калитку.

— Здравствуйте, барышня, Татьяна Петровна!.. Мне сейчас на кухне сказали, что вы вчера были нездоровы, да я и сам вижу, что на вас и сегодня лица нет... Что с вами, касаточка? Поведайте старику ваше горе.

Вместо ответа она опустилась на садовую скамейку, у которой стояла, и зарыдала. Иван подошел ближе.

— Не идет ли дело о том молодом инженере, которого вы с полгода тому назад встречали в К. и который теперь вернулся из Петербурга и живет в Завидове?

— Он вернулся... Откуда ты это знаешь? — встрепенулась она. Заглохшее было чувство вновь при воспоминании о нем затеплилось в ее душе.

— Очень просто, я вчера виделся с ним и узнал, что он продолжает вас любить искренно и горячо...

Ее глаза на мгновение засияли счастьем, но вдруг сразу потухли. Она глубоко вздохнула и снова заплакала горькими слезами. Старик подумал, что он верно угадал причину ее горя.

"В этом виноват Иннокентий Антипович!" — мысленно решил он.

— Татьяна Петровна, вы любите Бориса Петровича?

— Разве я это знаю? — печально отвечала она. — Но что же из этого, если бы я и любила его, все равно я теперь не смею о нем даже думать.

— Я так и знал! — воскликнул он. — Гладких встал между вами и им. Он заявил вам, что вы никогда не можете быть его женой... Он запретил вам любить его!

Татьяна Петровна покачала головой.

— Мой крестный ничего подобного не говорил мне, у нас не было даже никогда разговора о нем... Он уехал в Россию, я думала, что он позабыл обо мне... Мне он нравился и только, но люблю ли я его... я не знаю... говорю тебе: не знаю...

Она остановилась, чтобы вытереть все еще катившиеся из ее глаз слезы.

Нищий Иван был в недоумении. Значит, он не угадал причины ее горя.

Он молчал, вопросительно глядя на нее, как бы стараясь прочесть на ее лице эту причину.

— Раз ты с ним видишься, Иван, скажи ему от меня, что он должен забыть меня навсегда... Если ты говоришь, что он сказал тебе, что он любит меня... пусть разлюбит и не ищет нигде никогда со мной встречи... Я быть его женой не могу...

— Я не понимаю вас, барышня, вы, верно, не знаете, в какое отчаяние приведут его эти слова...

— Что делать... Мне тяжело самой, но я не могу дать ему другого ответа... Если ты не хочешь исполнить мою просьбу, то я пошлю ему письмо в Завидово с нарочным...

— Позвольте, барышня, мне старику, вам дать совет. Не спешите писать ему такой печальный ответ... Его жизнь и так несладка теперь и без вашего тяжелого удара... Подумайте об этом и подождите...

— Но я должна написать ему, слышите, должна... — с сердцем сказала она.

— Значит, вы его не только теперь не любите, но и никогда не любили...

— Разве я имею право любить? Разве я смею любить? — простонала она.

Старик наблюдал за ней внимательно, и невыразимый ужас отражался на его лице.

— Бог мой! — сказал он дрожащим голосом. — Что вы говорите? Что же такое случилось с вами?

— Ах, я очень, очень несчастна... — проговорила она, неудержимо рыдая.

— Несчастна! Вы несчастны?! — вскричал старик, и глаза его засверкали. — Кто виноват в этом? Скажите, я сумею защитить вас и от ваших домашних...

— Мне не за что на них жаловаться... Они, напротив, сделали все, чтобы меня утешить.

— Так почему же эти слезы, это отчаяние!

— Иван! — сдерживая слезы, начала она. — Не знаю почему, но я имею к тебе особое доверие... Тебе я скажу все. Я узнала вчера, что я не дочь Петра Иннокентьевича.

Старик побледнел, как мертвец.

— Кто сказал вам это?

— Его племянник, Семен.

— И Гладких не раздавил, как червяка, эту гадину?

— Его больше здесь нет, его выгнали.

— Так это правда... Вы не дочь Толстых?

— Я не дочь его.

— А не сказал вам, — боязливо продолжал Иван, — этот Семен, который так много знает, кто ваш отец?

— Да.

— Кто же?

— Иван, ты будешь поражен...

Старик дрожал, как в лихорадке.

— Моего отца звали Егором Никифоровым... Более двадцати лет назад, он был осужден за убийство и сослан в каторгу... я дочь убийцы, дочь каторжника.

Крик ужаса вырвался из груди старика.

— Понимаешь ты теперь, почему Борис Иванович не должен даже думать обо мне... почему я не смею никого любить. Понимаешь!

Она снова зарыдала.

Старик чувствовал, как сердце его разрывалось на части, но молчал, подавленный всем слышанным.

— Но разве Иннокентий Антипович вам не сказал?.. — боязливо начал он.

— Что бы он мог мне еще сказать.

— Я... я не знаю... Но он мог бы вам, например, рассказать, при каких обстоятельствах было совершено убийство...

— К чему мне это знать?

— Все-таки...

— Мне, впрочем, хотелось бы узнать еще кое-что, и мой крестный обещал рассказать мне впоследствии печальную историю моего отца и моей матери...

— Обещал?..

— Да...

С каким бы наслаждением старик сказал ей: "Твой отец не был виновен... Ты дочь невинно осужденного, который за другого понес наказание и уже отбыл его... Твой отец здесь, перед тобою".

Слова эти уже были у него на языке, но он испугался последствий этой откровенности и сдержал себя. Это ему стоило страшного усилия воли.

Если он теперь все откроет своей дочери, то должен будет назвать и настоящего виновника убийства, за которое был осужден. Захочет ли тогда Татьяна Петровна жить в доме Толстых, где она привыкла к неге и роскоши. Что может он, ее отец, предоставить ей взамен?

Все это надо было обдумать.

Впрочем, если еще минута разглашения тайны не наступила — она близка. Сын Марии Толстых, которого он нашел, изменит все.

Пока старик обдумывал все это, Татьяна Петровна продолжала тихо плакать.

165

— Я понимаю вас, — сказал он, — имя Егора Никифорова для вас, также как и для всех, ненавистно... Это — имя убийцы...

Лицо молодой девушки приняло какое-то сосредоточенное выражение.

— Егор Никифоров — мой отец, — отвечала она. — Земной суд его осудил, но я, его дочь, не имею права судить его... Моя обязанность молиться за него, и это я буду делать каждый день... Да сжалится над ним Он, Господь милосердный, и простит ему...

— Как! — спросил старик дрожащим голосом. — Если бы Егор Никифоров вернулся сюда, вы бы не оттолкнули его?

— О, — взволновалась она, — я бы бросилась в его объятия, и как сладко бы было мне выплакаться на его груди.

Старик невольно схватился за грудь. Невыразимое радостное чувство наполняло его сердце.

Он не в силах был более воздержаться и наклонившись к молодой девушке, обнял ее и горячо поцеловал в лоб.

— Благослови вас Бог, барышня! У вас благородное сердце, — сквозь слезы произнес он.

Татьяна Петровна совсем не удивилась этой неожиданной ласке нищего Ивана.

— Так ты находишь, что я поступила бы хорошо!

— Вы ангел! — воскликнул он и бросился быстрыми шагами из сада.

Она удивленно посмотрела ему вслед.

"Он знает более, чем хочет это показать — пронеслось в ее голове. — Что значат его слова о Борисе Ивановиче?.."

Мысль о молодом инженере снова запала в ее голову, и, ввиду необходимости, по ее мнению, расстаться с нею навсегда, сделалась для нее еще дороже и вместе с тем еще неотвязнее.

Несколько успокоившись и отерев слезы, Татьяна Петровна вышла из сада, затем со двора и тихо пошла по направлению к поселку. Она шла к своей крестной матери Фекле.

Егор Никифоров, между тем, быстро дошел до своей землянки в лесу, упал около нее на колени и стал горячо молиться. Слова молитвы, слова благодарности Богу вырывались из его груди, перемешанные с рыданиями.

Он просил у Бога силы довершить до конца начатое им дело, он молился за свою дочь, которую только что поцеловал первым отцовским поцелуем.

# VII

## НАДЕЙСЯ!

— Барышня, касаточка моя ненаглядная, вот радость-то старухе нежданная! — встретила Фекла восклицаниями свою крестницу. — Ну, как здоровье-то драгоценное Петра Иннокентьевича и Иннокентия Антиповича, все ли там живы у вас и благополучны?

— Все, Феклуша, слава Богу, здоровы... — отвечала Татьяна Петровна.

— Ну, садись же, касаточка моя бриллиантовая, дай наглядеться на тебя, ведь я уж с месяц не была в высоком доме и не видала тебя, моя радость.

Молодая девушка молча села на лавку.

— Да ты, кажись, голубка моя, невесела с чего-то, грустная такая... Что это тебе поприятчилось?

— Феклушка... Ты знала мою мать... Арину? — прерывающимся голосом спросила Татьяна Петровна.

— Как, тебе это сказали? — удивленно вскинула на нее глаза старуха.

— Да...

— Иннокентий Антипович?

— Да... Но я не знаю, где ее могила, своди меня на нее... Мне хочется помолиться о ее душе...

— Дивные дела деются, дивные... — бормотала про себя старуха. — Мое дело сторона, — сказала она вслух, — мне нечего тебя и пытать об этом... Изволь, я покажу тебе могилу твоей матери...

Старуха накинула на голову шерстяной платок.

— Идем!

Молодая девушка поспешно встала и последовала за своей крестной матерью.

Через четверть часа они уже были на кладбище.

Татьяна Петровна была очень взволнована, на ее глазах то и дело выступали слезы.

Войдя на кладбище, старуха вскоре остановилась перед единственным на нем большим гранитным памятником, содержимым в необыкновенной для кладбища поселка чистоте.

— Вот мы и пришли! — сказала Фекла, осеняя себя размашистым крестом.

"Это, верно, крестный так заботится о могиле!" — мелькнуло в голове Татьяны Петровны.

Она упала на колени в горячей молитве о душе своей несчастной матери и о прощении своего преступного отца.

Только после молитвы молодая девушка обратила внимание на надпись на памятнике. Эта надпись гласила:

*Здесь покоится тело*

*Арины Селиверстовой*

*несчастной жены и матери*

*молитесь за нее*

Молодая девушка зарыдала и обвила камень обеими руками. Ее горячие губы прикоснулись к холодному граниту. Несколько минут она, как бы в оцепенении, не переменяла позы.

Фекла испугалась.

— Пойдем, касаточка, пойдем! — дотронулась она рукой до своей крестницы. — Помолилась и буде... Еще не раз прийти можешь на могилку... Чего убиваться... уж не весть сколько лет прошло, как Аринушка лежит в сырой земле...

— Да, да, я буду ходить сюда часто!.. — проговорила сквозь слезы молодая девушка.

— Ходи, касаточка, ходи...

Старуха помогла ей встать с колен, и они отправились в обратный путь. На душе у Татьяны Петровны стало как-то спокойнее, светлее...

— Я хотела бы знать еще... — проговорила она и остановилась.

— Говори, касаточка, говори...

— Я бы хотела видеть ту избу, где я родилась и где умерла моя бедная мать.

— Она вся уж развалилась... В ней никто не жил с тех пор, а уж прошло более двадцати годов... — сказала Фекла.

— Пусть развалилась, я хочу видеть эти дорогие для меня развалины.

— Пойдем... уж будь по-твоему.

Они прошли в конец поселка и пришли к избе, в которой некогда жил Егор Никифоров со своей женой. Она действительно представляла из себя груду развалин.

Татьяна Петровна печально ходила вокруг этих развалин и старалась восстановить эту избу, как она была более двадцати

168

лет тому назад, когда в ней жили ее отец и мать, и когда она увидала в ней Божий свет.

Картина создалась в ее воображении, но затем вдруг исчезла и на ее месте восстали: памятник матери и каторжные работы, на которых находится ее отец.

Из груди ее вырвался невольный вздох.

— Вот прошедшее, а здесь и там настоящее... Что же сулит мне будущее?.. — вслух произнесла она.

— Надейся! — послышался ей голос.

Она быстро осмотрелась кругом. Около нее никого не было, кроме ее крестной матери, а, между тем, слово "надейся" было произнесено не ею.

— Я надеюсь!.. — машинально повторила Татьяна Петровна.

Бросив последний взгляд на дорогие развалины, молодая девушка пошла назад по поселку к избе Феклы. Изба эта была очень хорошая, и, благодаря заботам Гладких, старуха с сыном жили безбедно.

— Я попрошу крестного, чтобы он велел снова выстроить избу моих родителей в том виде, как она была в то время... — задумчиво, как бы про себя, сказала Татьяна Петровна.

— Он, наверно, исполнит твою просьбу, моя касаточка! — сказала старуха.

Когда они отошли уже довольно далеко от избы, в одном из уцелевших, лишенных рам оконных отверстий показалась голова нищего Ивана. Он весело улыбался, глядя вслед удаляющимся женщинам.

— Отдохни у меня минуточку, — сказала Фекла, подходя к своей избе.

— Нет, спасибо, Феклуша, мне надо спешить, крестный будет беспокоиться, я ушла, никому не сказавшись...

— Ну, ладно, так я тебя провожу... — сказала старуха.

Они расстались почти у ворот высокого дома.

Татьяна Петровна не ошиблась. Иннокентий Антипович действительно обеспокоился ее долгим отсутствием. Он ожидал ее в зале.

Она бросилась к нему на шею с почти прежней радостной улыбкой.

— Ну, вот и славу Богу, что ты немного успокоилась, — сказал он, — а уж мы с Петром сумеем тебя развеселить окончательно, мы так любим тебя... Все печальное ты должна забыть.

— Разве это возможно?

— Конечно, хотя со временем, если ты будешь очень счастлива...

Она печально покачала головой.

— Где ты была?

— Я была в поселке... Феклуша водила меня на могилу к моей матери... Там я помолилась, и мне стало как-то легче на душе... Потом я была у развалившейся избушки, где жили мои родители... Я хотела просить тебя, крестный, приказать выстроить ее вновь...

— Твое желание будет исполнено. На днях начнут строить...

— Но, чтобы она была точь в точь такая, как прежде.

— Уж будешь довольна.

— Какой ты добрый!

— Ты знаешь, что Сабиров приехал снова из России и живет в Завидове? — вдруг неожиданно спросил Гладких.

Татьяна Петровна побледнела.

— Ты, значит, знала... А я узнал это только сегодня, кто же сказал тебе это?

— Иван.

— Вот как... Но ты сама не забыла его?..

Молодая девушка молчала, опустив глаза в землю.

— Ты все еще любишь его? — спросил он нетвердым голосом.

— Татьяна Петровна Толстых, быть может, и ответила бы тебе "да", но Татьяна Егоровна Никифорова отвечает: "Я не смею его любить".

Иннокентий Антипович понял всю горечь этих слов. Он заключил в объятия свою крестницу.

— Верно, мое золото, верно... ты не смеешь его любить, но совсем не по той причине, которую ты говоришь, ты не смеешь его любить потому, что у тебя есть жених, а я, я не буду Иннокентием Гладких, если я не достану его тебе хотя бы на дне морском...

Татьяна Петровна с необычайным удивлением и даже беспокойством смотрела на своего крестного отца — она ничего не понимала из его слов.

— Но я совсем не хочу выходить замуж! — воскликнула она.

— Поговори ты у меня, — шутливо-строгим тоном сказал Иннокентий Антипович. — Недоставало бы еще, чтобы такая хорошенькая девушка осталась бы в старых девках.

— Я не хочу расстаться ни с тобой, ни с па... Петром Иннокентьевичем, — поправилась она.

— И не расстанешься... Иннокентий Гладких, верь мне,

желает тебе только счастья и устроить это счастье... Он не умрет раньше.

Татьяна Петровна снова опустила голову и тяжело вздохнула. Быть может, она думала о Борисе Ивановиче, которого не должна была видеть более никогда, а, между тем, он был так близко отсюда и продолжает любить ее.

Она вспомнила слова нищего Ивана.

"Надейся!" — вспомнился ей голос, который послышался из развалин избы ее родителей и на который она отвечала "я надеюсь".

"На что?" — восстал в ее уме роковой вопрос. Пока еще она не могла дать на него никакого ответа.

# VIII

## У КОЛОДЦА

Прошло несколько дней.

Однажды после обеда Иннокентий Антипович Гладких, войдя в свою комнату, увидел на письменном столе запечатанный конверт и вынул письмо.

Оно содержало в себе лишь несколько слов:

"Если вы хотите узнать кое-что о Марии Толстых, приходите, когда совершенно стемнеет, одни к старому колодцу. Не бойтесь.

Друг".

Письмо это повергло Иннокентия Антиповича в полное недоумение. Первый вопрос, который он задал себе, кто принес это письмо и каким образом очутилось оно на столе в его комнате?

Он позвал всю прислугу высокого дома, но никто не мог ему объяснить появление письма.

"Что бы это значило? Какой "друг" может что-нибудь знать о Марии Толстых и не хочет прямо явиться к нему с радостным известием".

Он снова перечел записку.

"Не бойтесь..." Чего мне бояться, меня самого в лесу

каждый побоится..." — подумал Гладких, самолюбие которого было уязвлено этими двумя словами.

Он стал вглядываться в почерк. Почерк был женский. Ему даже показалось, что он ему знаком. Он стал припоминать, и по свойству человека, у которого в мозгу господствует какая-нибудь одна мысль, быть рабом этой мысли, ему показалось, что это почерк самой Марьи Петровны.

Скоро это гадательное предположение перешло в уверенность, тем более, что Иннокентий Антипович сам старался убедить себя в основательности этого предположения.

"Это она, наверное она... — раздумывал он. — Она не хочет подходить близко к ненавистному для нее дому... При ней около этого колодца были расположены казармы рабочих, шла оживленная работа, сколько раз она вместе со мной ходила на прииск, об этом месте у нее сохранились отрадные воспоминания детства... Потому-то она и назначает мне свидание именно там..."

"Но почему же ночью?" — возник в его уме новый вопрос.

"Очень просто, чтобы никто не видал ее... Ведь она и тогда ночью, даже зимой, приходила на могилу Бориса..." — вспомнил он.

"Как же могло попасть это письмо ко мне на стол?" — снова задавал он себе первый вопрос, и снова он оставался без ответа.

"Я узнаю от нее это сегодня вечером!" — успокоил он себя.

В том, что письмо писано было Марьей Петровной, он уже не сомневался совершенно.

С лихорадочным нетерпением стал он ожидать позднего вечера. Минуты казались ему часами.

Он несколько раз прикладывал полученное письмо к своим пересохшим от волнения губам.

Наконец, в доме все улеглись и на дворе совершенно стемнело. В Сибири летом ночи хотя коротки, но очень темны. В этот же вечер по небу бродили тучи, сгущавшие мрак.

Иннокентий Антипович тихо вышел из дома и знакомой ему дорогой отправился в лес.

Луна, то выходя, то скрываясь за тучами, освещала ему дорогу. Впрочем, зрение у Гладких было чрезвычайно развито и он без труда нашел старый колодец и, усевшись около него на камне, высек огня и закурил трубку.

В Сибири трут и кремень еще в большом ходу, а старые люди в редких случаях употребляют спички.

Он стал ждать. Кругом все было тихо.

"Жив ли ее сын, нареченный жених Тани! — мелькало в его уме. — Быть может, она придет с ним! Вот когда осуществится его многолетняя мечта соединить этих двух детей и передать им состояние Петра Толстых, на которое один имеет право, как его внук, а другая, как дочь человека, спасшего ему честь..."

Трубка по временам вспыхивала в темноте и полуосвещала на мгновение синеватый дымок, который вился клубом около головы старика.

Вдруг ему послышался какой-то шорох совсем близко от него. Вспыхнувшая трубка на секунду осветила темную массу, которая ползла к нему.

Иннокентий Антипович вскочил. В ту же минуту он почувствовал, что глаза его засыпаны песком. Он вскрикнул от боли и злобы и инстинктивно протянул руки вперед, чтобы отразить новое нападение.

Несмотря на свою старость, Гладких обладал страшною силой.

Если бы ему удалось поймать невидимых ему врагов, хотя бы их было двое, то, наверное, они не ушли бы живыми из его железных рук.

— Подходите, негодяи... я расправлюсь с вами!.. — закричал он и хотел сделать шаг вперед, но ощупал перед собою руками толстую железную кирку, которая употребляется при пробах золотоносных песков.

Гладких схватил ее обеими руками и с силой вырвал у державшего это орудие, но в ту же минуту получил совершенно неожиданно такой сильный удар, что пошатнулся и, потеряв равновесие, задом полетел в колодец. От неожиданности он не успел выпустить из рук кирки и упал, держа ее в руках, испустив страшный, нечеловеческий крик. Последняя нота этого крика заглохла в глубине колодца.

Оба Семена Толстых — это были они — нагнулись к его отверстию и стали прислушиваться. Из колодца послышались стоны.

— Экой живучий! — пробормотал Семен Порфирьевич.

— Теперь ему, шалишь, капут, не выкарабкаться... — со злобно-радостным смехом заметил Семен Семенович.

— А ну-ка, помоги мне столкнуть этот камень... — сказал отец.

— К чему?

— Разве ты не понимаешь, что этот камень должен быть на дне, чтобы объяснить случайное падение.

— Ты прав.

Они общими усилиями начали двигать огромный камень, на котором сидел за несколько минут Гладких, и который, упав в колодец, конечно, придавил бы его насмерть.

Камень, однако, поддавался туго.

Вдруг перед ними выросла женская фигура и хриплым голосом крикнула, чуть ли не над самым их ухом:

— Убийцы! Убийцы!

Они с ужасом отшатнулись.

Луна всплыла из-за туч и сквозь деревья осветила высокую женскую фигуру с длинными черными волосами и мертвенно-бледным лицом. Под ее высоким лбом сверкали, как раскаленные уголья, черные глаза.

Объятые паническим страхом, оба преступника бросились бежать от колодца.

Им в догонку несся хриплый крик:

— Убийцы! Убийцы!

Стоны из колодца продолжались.

— Спасите! Спасите! — ясно долетали слова.

Женщина услыхала их. Как стрела пустилась она бежать к дому, но выбежав из лесу на дорогу, вдруг столкнулась с двумя прохожими.

Это был нищий Иван и Борис Иванович Сабиров.

— Что такое! Что случилось? — разом спросили они.

— Там, в колодце, Гладких... Спасите его... — сквозь слезы проговорила она.

От звука этого голоса нищий вздрогнул — он показался ему знакомым.

— Кто вы такая? — спросил он, но женщина быстро убежала снова по направлению к лесу.

Все это было делом одного мгновения.

— Вы поняли, что говорила эта странная женщина? — обратился Иван к Сабирову. — Гладких в колодце — я знаю этот колодец... Надо подать ему помощь.

— Конечно же... поспешим... — отвечал Борис Иванович. Они быстро направились к лесу. Иван шел впереди. Подойдя к колодцу, они явственно услыхали стоны. Иван первый пришел в себя от неожиданности всего происшедшего.

— Там, действительно, Иннокентий Антипович! — воскликнул он. — Надо его спасти во что бы то ни стало.

Железная кирка, за которую, как мы знаем, обеими руками ухватился Гладких и которую, по счастью, не успел выпустить при падении, застряла на половине глубины колодца в срубе и Иннокентий Антипович повис на руках над водою.

Скоро, однако, он почувствовал, что руки его коченеют, что силы слабнут, что крики бесполезны — смерть, неизбежная смерть, встала перед его глазами.

Тогда его мысли сосредоточились не на себе, не на своем

спасении — он считал себя обреченным на верную гибель — а на Марье Петровне и на бедных сиротах: Борисе и Тане. Ему приходилось умирать, не приведя в исполнение заветного плана, не сдержав данной самому себе клятвы.

Во мраке ночи, и ослепнув к тому же от брошенного ему в глаза песку, Гладких не мог узнать своих врагов, но он угадал их.

Это были два Семена Толстых! Он был совершенно убежден в этом. Не трудно было понять причину, которая побудила этих негодяев на преступление.

Эта причина была — богатство Петра Толстых, на которое они уже давно точат зубы.

Иннокентий Антипович хорошо понимал, что его смерть припишут случайности и что подлые убийцы из засады не будут наказаны.

Эта мысль наполняла его сердце бессильной злобой.

"После меня, — думал он, — настанет очередь Петра. Они убьют и его, завладеют всем его состоянием, будут распоряжаться Таней... Что будет с ней? Какую участь приготовят они несчастной девушке... Нет, нет, я не хочу умереть! Я не должен, не смею умереть!"

Он старался одной ногой упираться в гнилое бревно колодезного сруба, чтобы ослабить тяжесть своего тела, висевшего на кирке, и дать хоть немного отдохнуть совершенно окостеневшим рукам. Гнилое дерево трещало, и каждую минуту кирка могла не вынести тяжести, и он полетит на дно. Там — верная смерть.

Он снова собрал последние силы и снова крикнул. Затем он в отчаянии застонал и заплакал.

"Все напрасно — в доме и в казармах все спят, да если бы и не спали, это слишком далеко отсюда, чтобы кто-нибудь мог услыхать!" — проносились в его уме тяжелые мысли.

— Боже милосердный, за что Ты призываешь меня к Себе, не дав исполнить моего обета! — прошептал несчастный.

В эту минуту к колодцу подошли нищий Иван и Борис Иванович Сабиров.

Гладких услыхал над собой разговор, но в ушах у него был страшный шум и ему показалось, что он ошибся.

— Надежды нет! — простонал несчастный и захрипел.

# IX

## СПАСЕНИЕ

Необходимо объяснить, каким образом нищий Иван и Борис Иванович Сабиров очутились близ высокого дома в тот самый момент, когда оба Семена Толстых осуществили задуманное ими почти год тому назад зверское преступление.

Жизнь порой играет такими совпадениями событий, что даже простая летописная их отметка кажется неправдоподобною.

В таком неправдоподобии, быть может, упрекает и нас читатель этого правдивого повествования, а, между тем, мы пишем почти не украшая действительности, пишем то, что до сих пор находится в свежей памяти сибиряков-старожилов.

Читатель не забыл, что нищий Иван, он же Егор Никифоров, обещал Сабирову принести в Завидово шкатулку, которую четверть века назад передал ему отец молодого инженера, передал при обстановке, тоже, конечно, не забытой читателями.

Мы видели Егора среди развалин его бывшей избы в то самое время, когда Татьяна Петровна приходила посмотреть на бывшее жилище ее несчастных родителей. Он был там именно для того, чтобы достать шкатулку Ильяшевича, но осевшая и разрушившаяся от времени печка, обрушившиеся балки и масса насыпавшегося мусора делали невозможным совершить эту работу одному, без инструментов, а потому он с пустыми руками отправился на следующий день в Завидово, объяснив Борису Ивановичу встреченное им препятствие в исполнении его обещания.

— Попросить кого-нибудь помочь — не рука, а одному мне не осилить, особливо без инструментов, — печально сетовал Иван, стоя перед сидевшим за своим письменным столом Сабировым.

— Я могу помочь тебе... я силен... и не белоручка! — заметил последний.

— Да уж придется нам с вами там повозиться, потому окромя вас не с кем.

— Но я могу только через несколько дней, а то теперь у меня спешная работа, — отвечал инженер.

— Как вам свободно... Она оттуда не убежит, страсть как завалена.

Они выбрали день и решили, что Иван встретит Бориса Ивановича вечером, на почтовом тракте, при повороте на проселочную дорогу, ведущую на заимку Толстых, и что оттуда, во избежание подозрений, они пройдут пешком, через тайгу в поселок. Сабиров должен был захватить с собой потайной фонарь, лопату и веревку с крючком, которым стаскиваются бревна.

Выбранный Иваном и Сабировым день был как раз днем совершившегося покушения на жизнь Гладких. Все произошло, как было решено между ними, и вот почему оба они очутились ночью в тайге близ высокого дома и, услыхав крики о помощи, поспешили на них и встретили полупомешанную нищую, голос которой так поразил Ивана.

Последний наклонился к колодцу и явственно расслышал стоны, не видя никого в черной глубине.

— Иннокентий Антипович, это вы? — крикнул он. — Это я, Иван, вы слышите меня?

— Да... — донеслось из глубины колодца.

— Мужайтесь... мы все сделаем, чтобы спасти вас.

— Веревку, веревку... — крикнул изо всей силы Гладких.

— Есть! — крикнул Иван.

Они сделали петлю из захваченной Борисом Ивановичем с собой веревки и спустили вниз.

— Веревка спущена! — крикнул нищий.

— Я слышу... — отвечал голос из глубины колодца. Сабиров светил фонарем. Иван почувствовал, что Гладких схватил веревку.

— Там сделана петля, попробуйте обернуть веревку вокруг вашего тела или подмышки...

Иннокентий Антипович не мог последовать этому совету, так как должен был держаться руками за кирку.

— Это невозможно! — с отчаянием в голосе крикнул он.

— Я это предугадывал! — задумчиво сказал Борис Иванович.

— Что же мы будем делать? — растерялся Иван.

— Подождите! — вдруг сказал Сабиров и, передав фонарь Ивану, укрепил железный крюк веревки за толстый, выступавший из земли, корень ближайшего дерева и стал спускаться по веревке в колодец.

Все это было делом одного мгновения, и Иван опомнился лишь тогда, когда Сабиров уже висел над бездной.

— Боже мой, что вы делаете? — мог только воскликнуть он.

— Не бойся, веревка крепка! Свети только мне как можно лучше.

— Но как же вы выберетесь назад? — воскликнул озадаченный нищий.

— Я хороший гимнаст! — отвечал Сабиров и скрылся уже в глубине колодца.

Он благополучно достиг Гладких и, упершись одной ногой в сруб колодца и держась одной рукой за веревку, другой закинул с ног петлю на талию Иннокентия Антиповича и затянул ее.

Гладких не шевелился и молчал, пораженный появлением нежданного и отважного спасителя. То, что сделал Сабиров, было страшно рискованным чудом гимнастики. Недаром с малолетства он с страстью предавался всевозможным телесным упражнениям и старался подражать всем виденным им в Петербурге акробатам. Это искусство сослужило ему теперь свою службу.

Иван лежал на животе у края колодца и светил, обливаясь холодным потом. Наконец, послышался голос Бориса Ивановича.

— Готово... Я поднимаюсь...

Старик вздохнул свободно. Сабиров снова по веревке, упираясь ногами в гнилой деревянный сруб, взобрался наверх.

Он был бледен, как полотно. Иван при его появлении вскрикнул от радости.

— Он привязан... — сказал молодой человек.

— Теперь надо его только вытащить... Сможем ли мы это?

— О, у меня крепкие руки! — воскликнул Иван.

— Так за дело.

Они схватили веревку обеими руками и потянули. Из колодца не доносилось ни одного звука. Гладких, казалось, был там недвижим. Он потерял сознание, что сделало его еще тяжелее.

— Я не в силах более, — прохрипел Иван.

— И я тоже!.. — заметил Борис Иванович.

Старик стал громко звать на помощь. Через несколько минут к колодцу стали собираться рабочие с прииска. Иные из них спали не в казармах, а на вольном воздухе.

— Что случилось?

— Иннокентий Антипович в колодце... Помогите, братцы, его вытащить!

Несколько дюжих парней схватились за веревку, и не прошло пяти минут, как Гладких уже лежал на земле около колодца. Он был недвижим.

— Он умер! — воскликнул Сабиров.

Иван встал на колени, наклонился к лежавшему и стал прислушиваться к биению его сердца.

— Нет, он только обмер! — сказал он.

— В высоком доме не должны знать о случившемся, — обернулся он к рабочим, встав с земли. — Несите его в казарму, облейте голову водой и, когда он очнется, проводите до дому.

Все это было сказано нищим почти повелительно.

— Слушаем, — отвечали рабочие, подчиняясь обаянию сильного духом нищего.

— Он скоро очнется, нам здесь нечего делать, — сказал Иван Сабирову. — Пойдемте.

Они оба удалились, захватив веревку и фонарь. Рабочие только что хотели исполнить приказание нищего, как Гладких действительно открыл глаза и пришел в себя. Он приподнялся на земле и сел.

Увидав вокруг себя несколько человек, он слабо заговорил:

— Иван... ты мне спас жизнь...

Он протянул руку.

— Нищий Иван ушел, Иннокентий Антипович, — проговорил один из рабочих.

— Кто же вы?

— Мы приисковые...

— А-а... — протянул Гладких.

"Боже! Какое чудесное спасение от ужасной смерти... И провидение избрало для этого нищего Ивана... Зачем он ушел? Наверное, для того, чтобы я не благодарил его... Но как это случилось, что я вдруг потерял сознание?" — неслись отрывочные мысли в голове Иннокентия Антиповича.

— Скажите мне, что здесь было? — обратился он к рабочим.

— Мы сами немного знаем... Мы пришли как раз вовремя, чтобы помочь им вас вытащить из колодца, — отвечал один из них.

— Кому им?

— С нищим Иваном был инженер, который спускался в колодец и обвязал вас веревкой...

— Я припоминаю! — вслух подумал Гладких. — Они ушли вместе?

— Да.

Иннокентий Антипович вспомнил, что Татьяна Петровна говорила ему, что нищий Иван передал ей о возвращении Сабирова в Сибирь, и тотчас же догадался, что никому иному, как Борису Ивановичу, он обязан жизнью.

"Человек, у которого я отнял лучшую надежду... которому разбил сердце... спас мне жизнь, — думал Гладких. — А если

Мария и ее сын умерли? Я выдам Таню за него. Но нет, они живы, живы... я их найду!" — продолжал он рассуждать мысленно.

— Но как это вас угораздило попасть в колодец, Иннокентий Антипович? — спросил один из рабочих, молодой парень.

Иннокентий Антипович вздрогнул, но отвечал после некоторой паузы:

— Темно... я шел, надеясь на свою память, оступился и полетел. Поделом! Сколько лет все собирался засыпать проклятый колодец и все откладывал за недосугом.

Он встал и, в сопровождении одного из рабочих, отправился в высокий дом.

# X

## ШКАТУЛКА

Нищий Иван и Сабиров направились, между тем, к поселку и достигли развалин избы Егора Никифорова.

— Мы пришли! — сказал первый.

Борис Иванович с удивлением смотрел то на развалившуюся избу, то на своего спутника. Иван зажег фонарь.

— Нам надо влезть в окно.

Он полез первый, а за ним Сабиров.

Поставив фонарь на безопасное место, они общими усилиями, по указанию Ивана, стали стаскивать балки и разгребать землю, мусор и кирпич вокруг разрушенной печи...

Наконец обнаружились половицы.

Иван, после некоторого раздумья, поднял одну из них и просунул в отверстие руку.

— Здесь! — с торжеством воскликнул он. Борис Иванович весь дрожал от нетерпения.

— Прежде нежели я передам вам эту шкатулку, выслушайте меня, — заговорил Иван. — Она была мне передана вашим отцом в минуту его смерти под клятвой, что я никому не отдам ее, кроме вашей матери, но когда я хотел это сделать, ваша мать уже бесследно исчезла отсюда... Вот почему эта шкатулка сохранилась здесь почти четверть века. Если бы я знал, что несчастная Мария Толстых еще жива, я бы и теперь не отдал ее вам, но я думаю, что не нарушу моей клятвы, если передам сыну то, что принадлежит его матери. О существовании этой шкатулки знаю только один я... Через минуту вы будете ее владельцем и просмотрите содержимое ее у себя в Завидове... Я сказал вам уже, что не знаю, что заключается в ней... Это, сознаюсь, меня беспокоит... Быть может, вы откроете в лежащих в ней бумагах страшную тайну... Обещайте мне только одно...

— Что же?

— Что бы ни было в ней, обещайте мне ничего не предпринимать, не посоветовавшись со мною, и послушаться моего совета.

— Обещаю и клянусь тебе в этом.

— Я приду к вам на днях в Завидово...

Затем Иван вынул шкатулку, обернутую в кожу, бережно снял последнюю и передал вместе с лежащим на шкатулке ключом Борису Ивановичу.

Сабиров взял ее дрожащими руками.

— Помните ваше обещание...

— Иван, ты всегда будешь моим руководителем и советником... — взволнованно отвечал Сабиров, бережно пряча ключ в карман.

Они вышли из развалин и пошли назад по той же дороге, по которой пришли сюда. Иван пожелал проводить молодого человека до почтового тракта, где ждал его ямщик.

— Неровен час, что случится! — сказал он.

Когда они проходили мимо высокого дома, одно из его окон было освещено.

— Это комната Иннокентия Антиповича, — сказал Иван. — Он уже дома и, конечно, никогда не забудет, что вы для него сделали... Теперь можно сказать уже наверное, что его крестница будет вашей женой.

Дойдя до почтового тракта, они расстались. Сабиров сел в тележку и быстро поехал домой.

Он приехал в Завидово ранним утром, но, несмотря на бессонную ночь, и не подумал о сне.

Он сел за свой письменный стол, бережно поставил на него шкатулку, дрожащею рукою отпер ее и поднял крышку.

Его глазам представились пачки бумаг. Он вынул их. Под ними оказалась пачка серий, десять полуимпериалов и несколько штук кредитных билетов разного достоинства, золотые часы с цепочкою и бриллиантовый перстень.

Не обратив внимания на деньги и вещи, Борис Иванович принялся за чтение бумаг.

Немного открыло ему содержание этих бумаг, четверть века пролежавших в земле.

Это были документы его деда, из которых он узнал, что его отец был сын родовитого поляка, сосланного за мятеж, громадные имения которого были конфискованы в пользу казны. Кроме того, тут же был университетский диплом Ильяшевича.

Какой интерес представляло все это для него — незаконного сына Марии Толстых? Одно только порадовало его, что он узнал наверное имя своего отца — Бориса Петровича Ильяшевича.

Остальные бумаги были: десять писем его матери к его отцу. Их содержание красноречиво говорило о горячей, беззаветной взаимной любви Марии Толстых к Борису Ильяшевичу, такой же любви, какую питал он, Борис Сабиров, к Татьяне Петровне.

Он не знал лишь, может ли он рассчитывать на подобную же взаимность.

Ему припомнился вечер на Рождество, проведенный с нею в гостиной к-ского общественного собрания.

Тогда ему показалось, что она любит его. Но теперь? Теперь не забыла ли она его?

Вопрос этот мучительно сжал его сердце.

Сложив бережно прочтенные им бумаги, он счел найденные деньги. Они были законным наследством от его незаконного отца. В пачке оказалось шестнадцать серий и кредитными билетами около девяноста рублей.

Он спрятал деньги и вещи в свою дорожную шкатулку и туда же положил шкатулку своего покойного отца, в которую запер бумаги. Только поздним утром он заснул.

Нищий Иван провел тоже бессонную ночь.

Его тревожил вопрос, что найдет Сабиров в переданной ему шкатулке. Он был уверен, что он откроет в них всю тайну убийства его отца и даже догадается, кто был убийца. Хотя он сам не открывал настоящего виновника смерти отца Бориса Ивановича, но он дал ему ключ к разгадке — так, по крайней мере, казалось ему, и это его мучило.

Ранним утром он уже ехал по дороге в Завидово на телеге проезжего крестьянина.

Когда он вошел в избу, которую занимал Сабиров, последний только что проснулся.

— Прочли? — с дрожью в голосе спросил Иван.

— Прочел, — отвечал молодой инженер, и в коротких словах рассказал ему содержание бумаг, не утаив, что нашел и деньги.

"Заседатель был прав, подозревая, что я его ограбил!" — пронеслось в голове Ивана.

— Эти бумаги, значит, не сказали вам ничего?

— Ничего, кроме того, что я сказал тебе. Причина, за что убили моего отца, остается для меня загадочной. Он был человек образованный и, видимо, состоятельный, имел в виду выхлопотать возвращение громадных наследственных поместий в Польше. Казалось бы, что такая партия для дочери золотопромышленника Толстых была далеко не неровная, значит, отец моей матери не мог быть против этого брака...

Нищий молчал.

— Теперь одна надежда на тебя... Я почти уверен, что ты знаешь эту причину, хотя она не та, которую ты привел в тот день, когда сообщил мне имя преступника. Ты говорил мне, что отца он хотел ограбить — найденные в шкатулке деньги и вещи противоречат этому? Тут, видимо, какая-то тайна, которую знаешь ты? Скажи, знаешь?

— Может быть, но еще не время... — отвечал Иван. — Еще не наступил час! С тех пор, как я знаю вас, эта тайна уже несколько раз чуть было не срывалась с моего языка, но каждый раз я сумел себя сдержать. Это мой долг. Не я, а другой откроет вам эту тайну...

— Кто же это? Быть может, я с ним никогда не встречусь...

— Встретитесь и... если он будет медлить, тогда, ну, тогда... я посмотрю.

— Тогда ты мне скажешь все?

— Может быть.

— Но когда же это будет?

— Терпение, мой молодой друг, терпение...

— Мне кажется, что я не могу пожаловаться на отсутствие во мне этой добродетели... — с горькой усмешкой произнес Борис Иванович.

— Прощенья просим... — отвечал Иван.

— Когда же мы увидимся?

— Скоро, скоро! Я принесу вам радостную весточку из высокого дома. Я явлюсь, быть может, сам к вам сватом от барышни Татьяны Петровны.

Нищий ушел. Борис Иванович остался снова наедине со своими тяжелыми сомнениями.

# XI

## НАДЕЖДЫ РАЗБИТЫ

Томительно потянулись дни для Бориса Ивановича Сабирова. К несчастью и дела было немного, так что и в труде он не мог забыться от беспокоящих его дум и сомнений. Иван, которого он ждал не только ежедневно, но ежечасно, не появлялся.

Прошла неделя.

Однажды утром прислуживавший Сабирову парень подал ему письмо. Борис Иванович только что проснулся. Он встал поздно, так как эти дни его мучила бессонница и лишь под утро он забывался тревожным сном.

— От кого? — спросил Борис Иванович.

— Не могу знать... подал мне какой-то крестьянин... — отвечал парень.

Почерк адреса на конверте был написан женской рукой. Вся кровь бросилась в голову молодого инженера.

"Ужели от Тани?" — мелькнуло в его голове.

Он заочно называл ее этим полуименем — это доставляло ему неизъяснимое наслаждение.

Он быстро разорвал конверт и начал читать, посмотрев сперва на подпись.

Там стояло имя: Татьяна.

— От нее, от нее, она пишет мне — радостно воскликнул он. Его сердце наполнилось счастьем и надеждой, но, увы, это было только на одно мгновение.

Он стал читать и краска постепенно спадала с его лица. К концу письма он уже сидел бледный, с беспомощно опущенными руками, одна из которых судорожно сжимала роковое письмо, с устремленным в пространство неподвижным бессмысленным взглядом.

Он прочел следующее:

"Милостивый государь!

Мы не видались с вами давно, с того вечера в к-ском общественном собрании, где я сказала больше, чем следовало, и это сказанное могло поселить в вашем сердце надежду, если это сердце, конечно, любило меня...

Сначала я думала, что вы, уехав в Россию, позабыли мимолетную встречу с приглянувшейся вам сибирячкой, но на днях я узнала от одного лица, что ваши чувства ко мне не

184

изменились, что вы говорите то же самое, что говорили мне тогда, в гостиной собрания...

Я имею полное доверие к человеку, который передал мне это, а потому и решилась написать к вам это письмо, так как за время вашего отсутствия из Сибири произошли в моей жизни важные обстоятельства, которые вырыли между нами глубокую пропасть, и с моей стороны было бы нехорошо оставлять в вашем сердце надежду, посеянную мною же, но которая теперь никогда не может осуществиться.

Поверьте, если бы я была счастлива и богата и имела бы право кого-нибудь любить, я первому вам отдала бы свое сердце... В доказательство этого, я открою вам страшную тайну, которую я тоже открыла лишь на днях, открою вам одному! Я не дочь Петра Иннокентьевича Толстых. Моего отца зовут или, быть может, звали Егор Никифоров, он был крестьянином и сослан в каторгу за убийство до моего рождения... Это имя разлучает нас с вами на всегда. Будьте счастливы! Да сохранит вас Бог.

Забудьте несчастную Татьяну".

Просидев несколько времени недвижимо, Борис Иванович вдруг задрожал. Из груди его вырвался стон, и слезы ручьями полились из его глаз.

"Таня, его Таня... дочь Егора Никифорова, дочь убийцы его несчастного отца... Какое страшное совпадение! Она — эта девушка, которую он любит всеми силами своего сердца... потеряна для него... навсегда... навсегда..." — мелькали в его голове тяжелые мысли.

Он вскочил, его глаза страшно засверкали.

— Что сделал я дурного на свете? — воскликнул он. — Чем я согрешил так перед Господом, что Он карает меня так жестоко... За что и кем я проклят! Ма...

Он не решился окончить этого слова и снова в изнеможении упал в кресло...

В высоком доме происходила не менее тяжелая внутренняя драма. Татьяна Петровна была грустна и, видимо, страдала. Ее всегда высоко и весело поднятая головка была опущена долу, как увядающая роза.

Румянец ее щек исчез бесследно и лицо приняло бледно-восковой оттенок. Деланная улыбка ее побелевших губ, которою она успокаивала своих домашних, вызывала в окружающих ее не успокоение, а большее страдание, чем горькие слезы, которые она ежедневно проливала наедине в своей комнате.

Ни ласки Петра Иннокентьевича, ни трогательная

нежность Гладких не могли излечить ее сердце от раны, нанесенной ему грубою откровенностью молодого Семена Толстых.

К этому прибавились еще страдания в разлуке с Борисом Ивановичем, любовь к которому, именно вследствие ее безнадежности, вдруг быстро выросла за последнее время и заполнила ее бедное сердце.

Препятствия служат лучшим удобрением для почвы сердца. Воспоминания о встречах с молодым инженером, почти уже изгладившиеся из памяти молодой девушки, восстали в ее уме и сердце с необычайными рельефностью и живостью.

Несчастье тем и тяжело, что всегда соединяется с воспоминаниями о счастливых минутах. Юность переносит все, только не безнадежную любовь.

Иннокентий Антипович был в отчаянии. Он обвинял во всем себя. Он находил, что он мало охранял ее от злых людей, мало заботился о ее счастьи и спокойствии.

Часто видя ее, бледную и печальную, ходящую по саду, он шел к ней навстречу, крепко обнимал ее и покрывал ее лоб горячими поцелуями.

— Ты меня слишком много любишь! — говорила она тогда.

— Нет, я тебя слишком мало люблю, так как не сумел сберечь твоего спокойствия...

— Разве ты не все для этого сделал и... наконец... разве я не счастлива?

— Ты страдаешь, бедное дитя! Ты плачешь, видишь, на твоих глазах и теперь слезы...

— Но ведь в этом ты не виноват, крестный, крестный!.. Разве можно быть веселой, когда знаешь то, что я знаю... Я не могу отрешиться от мысли о моем несчастном отце... о моей бедной матери...

— Только о них, Таня?.. — спросил Гладких, окидывая ее пытливым взглядом.

— Ты хочешь знать правду... Есть еще один, кого я не смею любить, но все же люблю, с кем бы я была так счастлива, который был бы моим защитником, когда я потеряю тебя.

Иннокентий Антипович вздрогнул.

— Успокойся, дитя мое! Я ведь еще здоров и сделаю все, чтобы видеть тебя счастливою... Но довольно об этом... Поговорил о чем-нибудь более веселом... Что случилось с Иваном? Он уже несколько дней как не был у нас...

— Я его видела вчера...

— Здесь?..

— Нет, в поселке... Я ходила на могилу моей матушки,

186

снесла туда венок... И вообрази, кто-то другой, кроме меня, кладет на ее могилу свежие цветы... Кто бы это мог быть? Не ты?

— Нет, дитя мое... Это удивляет меня не менее твоего... Я не могу положительно придумать, кто может заботиться так о памяти Арины, да еще через столько лет?

— Я очень хотела бы узнать, кто это, чтобы поблагодарить.

— Мы узнаем это в поселке, дитя мое! Но вернемся к Ивану. Не говорил ли он тебе, почему он так долго не был у нас?

— Он ходил в Завидово.

— Это глупо с его стороны, — недовольным тоном сказал Гладких. — К чему ему шататься в такую даль, когда он знает, что здесь он может получить все, что ему необходимо.

— Я говрила ему то же самое.

— Когда он обещал зайти?

— На этих днях...

— Как неопределенно! Если он не придет сегодня, то завтра я его разыщу сам... Мне надо с ним переговорить...

— О чем?

— Тебе я, пожалуй, скажу... Он на днях спас мне жизнь, и я хочу его отблагодарить...

— Он мне ничего не говорил об этом. Но что же случилось с тобой крестный?

— Ничего... Один случай... Я как-нибудь расскажу тебе... — нехотя отвечал Гладких. — И какой странный этот Иван, — продолжал он. — Он, наверное, не приходит, чтобы избегнуть моей благодарности... Но он ошибается, старый Гладких не так легко забывает сделанное ему добро... Я хочу его обеспечить и, кроме того, Таня, у меня есть одна мысль. Скоро будет готова твоя избушка в поселке... и я подумал об Иване...

Молодая девушка бросилась на шею старика.

— Только у тебя одного может явиться такая хорошая мысль! — воскликнула она.

— Так ты согласна?

— Конечно... И если Иван не согласится переехать, ты только скажи ему: "Таня этого хочет".

# XII

## У ЗЕМЛЯНКИ ИВАНА

Нищий Иван действительно избегал высокий дом, но не потому, чтобы избегнуть благодарности Гладких, а для того, чтобы не выдать себя. Он чувствовал, что теперь каждый взгляд, каждая слеза, каждое слово Тани может повести к объяснению между ним и его дочерью. О, если бы дело касалось только Тани и Бориса Ивановича, он знал бы как поступить. Но Петр Иннокентьевич Толстых стоял на дороге и был помехой всему.

— Что делать, что делать! — со страхом спрашивал себя Иван. Он возмущался своим вынужденным бездействием. Верный своему слову, Гладких, на другой день после разговора со своей крестницей, отправился в тайгу, к землянке Ивана. Он застал его, сидящим в глубокой задумчивости, на пне срубленного дерева и окликнул.

— Как, это вы, Иннокентий Антипович! — воскликнул Иван, вставая.

— Да, это я, старина, ты, видимо, не ждал меня... Ты эти дни забыл дорогу в высокий дом, и я пришел тебе о нем напомнить... Прежде всего благодарю тебя за то, что ты спас мне жизнь и вернул Тане ее лучшего друга и верного защитника... Я еще вчера ей сказал о твоей услуге мне, незабываемой услуге, умолчав, впрочем, о подробностях... Они бы только перепугали ее.

— Да, кто-нибудь, наверное, вам показал дорогу в колодец... — улыбнулся Иван.

— Ты кого-нибудь видел?..

— Видеть я никого не видел, но угадал... тут шляются двое каких-то родственников Петра Иннокентьевича.

— Верно, потому-то я и не хочу на них жаловаться... Они и без меня попадут когда-нибудь в петлю.

— Это хорошо с вашей стороны, но и оставлять безнаказанными негодяев не следует... Это делает их еще нахальнее... Они продолжают жить в Завидове, и я вам советую остерегаться.

— Благодарю, Иван, но оставим разговор обо мне, поговорим лучше о тебе.

— Обо мне?

— Да! Я хотел бы, чтобы ты окончил свои дни в покое и

более удобном жилище, нежели эта землянка, а потому вот что придумал... Эта мысль понравилась и Тане. Я отстраиваю вновь одну развалившуюся избу в поселке... Ты можешь поселиться в ней, а обо всем прочем позоботимся я и Таня... Пока же переезжай в высокий дом, около людской есть свободная комната.

Иван прослезился.

— Я, может быть, приму ваше и барышни милостивое приглашение, — отвечал он дрожащим голосом, — но после...

— Почему же не сейчас?

— Это зависит от обстоятельств.

— От каких?

— Я относительно вас не более как исполнил обязанности каждого христианина, и вы хотите меня за это вознаградить. Это очень хорошо с вашей стороны... Но вы, быть может, не знаете, что я при вашем спасении был только помощником, что я не мог бы сделать того, что сделал один молодой человек, который был со мной... Если вы так вознаграждаете меня, то я спрашиваю себя, что вы сделаете для того, кто с опасностью для жизни спускался в глубину колодца, чтобы обвязать веревку вокруг вашего тела?..

Гладких смутился.

— Как попал сюда этот инженер? Что он говорил тебе?

— Вы хотите это знать... Извольте... Здесь, на этом самом месте, он со слезами на глазах рассказывал мне, что он любит Татьяну Петровну, но что ее крестный отец Гладких отнял у него всякую надежду... Мне, признаться, жалко этого молодого человека и, кроме того, мне сдается, что барышня была бы с ним счастлива.

— Это Сабиров?

— Да.

— Нет... нет!.. Об этом нечего и думать.

— Почему же нет?.. Разве вы хотите, чтобы барышня осталась в старых девах... Третьего дня я видел ее... Как она переменилась, похудела, побледнела, просто жалко смотреть на нее... Неужели этого вы не замечаете, Иннокентий Антипович?.. А почему? Потому что она любит этого молодого инженера...

— Ты что-то уж очень хлопочешь за него, Иван... Он живет в Завидове... и ты часто ходишь туда... верно, к нему...

— Не скрою, да... мне, повторяю, жаль его...

— Кто его родители?

— Он не знает их... Он приемный сын большого чиновника в Петербурге. Но родом он из Сибири... Его мать, когда ему

189

было пять-шесть лет, в зимнюю ночь шла пешком по томскому тракту... Началась вьюга, и несчастная женщина упала на дороге вместе с ребенком... Из Иркутска в это время ехал переведенный в Петербург чиновник с женою... Они довезли несчастных до первой станции, а так как мать была очень слаба и, видимо, умирала, то сердобольные люди взяли с собой малютку и воспитали его... Он сделался инженером и выпросил себе командировку в Сибирь, надеясь напасть на след своей матери... Но, может быть, это вас не интересует, Иннокентий Антипович?..

— Дальше, дальше... — взволнованно произнес Гладких. "Удивительно, удивительно..." — повторял он про себя.

— Здесь, на месте, он припомнил многое... Он узнал гостиницу Разборова, где он останавливался со своей матерью и где его какой-то пожилой человек брал на руки и целовал...

Иван остановился.

— Дальше, дальше... — простонал Иннокентий Антипович.

— Разве это действительно вас так интересует? — с участием спросил Иван.

— О, очень... очень... — отвечал Гладких, прислонясь к дереву, чтобы не упасть. — Его зовут Борис?

— Да!..

— И он до сих пор не знает, как звали его мать?..

— Нет, знает... По моему совету он уехал в Петербург и спросил у своего приемного отца, не взял ли тот какие-нибудь бумаги о его рождении, когда увез его от его умирающей матери...

— И что же?..

— Приемный отец передал ему метрическое свидетельство, найденное им в дорожной сумке бедной женщины... Из него Борис Иванович узнал, что он — незаконный сын...

— Чей?

— Марьи Петровны Толстых... Не родственница ли она Петру Иннокентьевичу?

Иннокентий Антипович пошатнулся, но не отвечал. Слезы брызнули из его глаз.

— Что с вами? Вы плачете?

— Где он, где он... в Завидове?..

— Нет, теперь он в К. Я был вчера в Завидове и мне сказали, что он заболел и уехал оттуда... Но ведь для вас, чем он дальше отсюда, тем лучше...

— О, напротив, я в отчаянии...

— Значит, вы переменили ваше мнение?

— Да...

— После моего рассказа?

— Да, этот рассказ изменил все... Ты не поймешь этого...

— О, напротив, я все понимаю...

— Навряд, старик...

— Вы думаете!.. — воскликнул Иван дрожащим голосом, выпрямляясь. — Так я скажу вам, что вы в этом молодом человеке, спасшем вам жизнь, который любит вашу крестницу, но которого вы оттолкнули и от нее, и от себя, узнали того, кого около двадцати лет тому назад вы обручили с Таней... так как он — сын Марии Толстых, дочери Петра Иннокентьевича.

Ужас изобразился на лице Гладких. Он вперил почти безумный взгляд в стоявшего перед ним нищего и, схватив его за руку, спросил:

— Почему ты все это знаешь?

— О, я знаю еще гораздо больше! — серьезно продолжал Иван. — Три человека есть на земле, которые знают тайну высокого дома: Петр Иннокентьевич Толстых, вы и еще третий...

— Но кто же ты?

— Посмотрите-ка на меня попристальнее, Иннокентий Антипович, я, конечно, очень переменился... но...

Гладких хрипло вскрикнул и сначала попятился, а потом бросился к Ивану и судорожно сжал его в своих объятиях.

— Егор Никифоров! — воскликнул он прерывающимся от слез голосом. — Егор Никифоров, мой благородный друг, мой несчастный невинный страдалец... тебя ли я держу в своих объятиях, тебя ли прижимаю к своему сердцу... Как я мог тебя так долго не узнать, хотя ты страшно изменился... но в первый раз, когда я увидел тебя... мне показалось, что я узнал тебя, но потом я сам себя разуверил в этом...

— Да, это я, Егор Никифоров, — отвечал он, освободившись из объятий Гладких... — Я стосковался по родине и пришел узнать о моей жене и ребенке... Благодарю вас, Иннокентий Антипович, вы честно исполнили ваше слово, вы воспитали мою дочь, вы любили ее как родную! Спасибо вам, большое спасибо... Забудем о прошедшем...

Оба старика со слезами на глазах снова бросились в объятия друг другу. Затем они сели рядом около землянки и продолжали свою задушевную беседу.

— И ты так часто бывал около твоей дочери и ни разу не выдал себя... Ты великой души человек, Егор.

— Наградой за все было мне и то, что я ее видел, счастливую и прекрасную...

— Как хорошо ты играл роль нищего!

— А разве я не нищий?

— Поди ты... Ты знаешь очень хорошо, что можешь одним своим словом завладеть всеми богатствами Петра Толстых.

— Я хотел остаться неузнаваем.

— Понимаю, ты бежал с каторги... но будь покоен, мы не выдадим тебя.

— Нет, я отбыл свой срок и теперь свободен... Свободен... О, вы никогда не поймете необъяснимое значение этого слова, это может понять только тот, кто чувствовал на своих ногах кандалы... Я вернулся на родину и нашел свою жену в могиле.

— И теперь каждый день украшаешь эту могилу цветами?..

— Говорят, что покойники любят цветы! — отвечал, улыбаясь, Егор.


# XIII

## В ОБЪЯТИЯХ ОТЦА

— Я завтра же еду в К.! — сказал Гладких Егору Никифорову (так мы снова будем называть его), когда они приближались к высокому дому.

Проходя двором мимо сада, они увидали Петра Иннокентьевича Толстых, задумчиво шедшего по аллее.

— Вон и Петр вышел подышать воздухом — это с ним случается очень редко... — сказал Иннокентий Антипович.

— Как сильно он постарел и с каждым днем все более и более горбится... — заметил Егор.

— Он быстро приближается к могиле... — печально отвечал Гладких. — Несчастный был бесжалостен к своей дочери и раскаяние снедает его... Если через несколько дней я привезу к нему Бориса — он выздоровеет от радости... Счастье ведь лучший доктор... Но для окончательного его успокоения необходимо разыскать Марию...

Они вошли в дом через кухню...

— Где Таня? — спросил Иннокентий Антипович у встретившейся горничной.

— Она у себя наверху...

Они оба поднялись наверх. Гладких вошел в комнату

молодой девушки, попросив Егора подождать в смежной комнате.

— Подожди здесь и имей терпение... — сказал он ему. — Я буду краток.

— О, поберегите ее, Иннокентий Антипович, не говорите ей все сразу, она так слаба...

— Не беспокойся... Таня не из робких, да к тому же от радости не умирают...

— Это ты крестный?.. — спросила Татьяна Петровна, бывшая за драпировкой.

— Да.

Молодая девушка вышла с заплаканными глазами.

— Ты опять плакала... — ласково упрекнул ее Иннокентий Антипович.

— Не сердись, я буду умницей и не буду огорчать тебя...

— Сердиться на тебя?.. Разве я в силах.

— Добрый крестный... Я видела в окно — ты шел вместе с Иваном...

— Да, мы с ним долго говорили...

— Согласился он на твое предложение?

— Да...

— Как я рада, как я рада!

— Знаешь ли что, я, кажется, буду тебя ревновать...

— Ревновать?

— Ты уж что-то очень любишь этого старика?

— Это правда! Я сама не могу себе дать отчета в чувстве, которое меня влечет к Ивану...

Гладких улыбнулся.

— Не улыбайся... Я говорю правду... Я ведь никого на свете не люблю больше, чем тебя, но меня очень радует, что Иван не принужден будет сбирать милостыню...

— В этом ты можешь быть покойна...

— Он переедет в поселок?..

— Это еще не решено... Быть может, он совсем останется у нас...

Молодая девушка подняла голову, так как тон, каким сказал эту фразу Иннокентий Антипович, показался ей загадочным. На лице своего крестного отца она заметила тоже загадочно-счастливое выражение.

— С чего ты сегодня так весел?

— Я и весел, и счастлив.

— Счастлив?

— Поделиться с тобой моим счастьем или нет?

— Конечно, да!

— Ты уже не ребенок, и тебе можно поверить тайну.

— Тайну?

— Да, серьезную и страшную тайну...

— Боже мой, ты пугаешь меня... — побледнела Татьяна Петровна.

— Успокойся, это касается твоей будущности и твоего счастья... Когда ты узнаешь эту тайну, радость вернется в твое сердечко... Мое сегодняшнее счастье вместе и твое. Выслушай меня. Ты знаешь, что у Петра Иннокентьевича была дочь?

— Да, Марья Петровна.

— Верно... Эта-то Марья Петровна была любимицей, скажу больше, кумиром своего отца.

Иннокентий Антипович начал свой рассказ не торопясь, ровным голосом. Молодая девушка слушала его чуть дыша, со страхом, сменявшимся удивлением, со слезами на глазах, с радостной улыбкой на миниатюрных губках.

Он рассказал ей, что с пятилетнего возраста он обручил ее с сыном Марии — Борисом, и что этот сын оказался никто иной, как инженер Борис Иванович Сабиров.

В то время, когда Иннокентий Антипович, в конце-концов, сказал ей о том, что отец ее из чувства признательности, из-за великодушной благодарности, невинный, позволил осудить себя на каторгу, чтобы спасти имя Толстых от позора, он отворил дверь, и в комнату вошел Егор Никифоров.

— Вот он, твой отец, честнейший человек в мире! — сказал Гладких.

С криком восторга Татьяна Петровна бросилась в объятия своего рыдающего отца. Гладких вышел.

— Эти двое совсем счастливы! — думал он. — Теперь очередь за другим...

Он обошел весь сад и не нашел старика Толстых. Иннокентий Антипович вышел в поле и пришел в лес. Петр Иннокентьевич, оказалось, был у того самого колодца, который чуть было не сделался могилой Гладких.

— Наконец-то ты приказал засыпать этот старый колодец, — сказал Толстых, глядя на привезенный рабочими воз мусора. — Но откуда ты возишь мусор?

— Из поселка. Это мусор от перестройки избы Егора Никифорова.

Петр Иннокентьевич удивленно вскинул на него глаза.

— Ты перестраиваешь заново эту избу?..

— На днях она будет готова...

— Что это значит, Иннокентий? Не собирается ли Таня уехать от нас?

— И не думает.

— К чему же тогда ты строишь избу?

— Таня этого хочет...

— Зачем?

— Она надеется, что Егор Никифоров вернется...

— Бедная! — вздохнул Толстых, качая головой. — И я когда-то на это надеялся, но уже давно перестал об этом думать, как не надеюсь уже более увидеть свою бедную дочь... Справедливый Господь осуждает меня пить до дна чашу горечи... Я заслужил это, но это тяжело, Иннокентий, очень! Почему невинные должны страдать вместе с виновными? Сейчас, когда я шел сюда, коршун пролетел над моею головою и зловеще каркнул... Не предзнаменование ли это?

— Суеверие... — заметил Гладких.

— Нет, нет, у меня предчувствие, что скоро умру, не поцеловав своей дочери, не благословив ее ребенка. Как прекрасен Божий мир, и как мрачно на душе моей! У меня несметное богатство, а я найду один покой в могиле... В чьи руки попадет, Иннокентий, после нашей смерти это богатство, добытое, большей частью, твоим трудом?

— Надеюсь, в настоящие...

— Ты все еще надеешься?

— Теперь более, чем когда-либо...

— Что ты сказал? Ты так странно глядишь! Ты что-то знаешь?

Голос Толстых прерывался.

— Я завтра еду в К... — продолжая улыбаться, сказал Гладких.

— Моя дочь в К.?

— Она? Нет! Но там ее сын, Борис!

— А Мария?

— Для начала я нашел только ее сына. Довольствуйся и этим и благодари за это Бога!

— Ты прав! Боже, благодарю Тебя! Как хороши радость, надежда... Как сильно бьется мое сердце! Я как бы сразу помолодел на двадцать лет.

Гладких глядел на него и улыбался. Он не сказал ему всего — он умолчал об Егоре Никифорове и о том, что Татьяна Петровна знает все.

Вечером в тот же день Иннокентий Антипович, Егор Никифоров и Татьяна Петровна решили, что Егор Никифоров будет некоторое время продолжать играть роль нищего и поселится в старой сторожке за садом, в которой с тех пор, как прииск отошел в глубь тайги, не жил никто.

В этой сторожке он будет все же ближе к своей дочери во время отъезда Гладких в К.

На другой день утром Иннокентий Антипович сел в тарантас, который должен был отвезти его в К.

— Приезжай скорее, — крикнул ему из окна Петр Иннокентьевич, — и привези мне моего сына...

Этот внезапный отъезд Гладких и эти странные слова Петра Иннокентьевича не миновали ушей и языков прислуги, горячо обсуждавших это обстоятельство. Особенно волновалась прачка Софья. Она была из поселянок и слыла между прислугой за ученую. На самом деле она была грамотна и даже начитанна. Наружностью, впрочем, она похвастать не могла, хотя, как все дурнушки, считала себя красавицей и прихорашивалась по целым часам перед зеркалом.

Красно-рыжая, с приплюснутым носом и тонкими губами, с бельмом на глазу и с множеством веснушек и глубоких рябинок на лице, толстая и неуклюжая, — она имела прямо отталкивающий вид.

Это не помешало, однако, Семену Семеновичу уверять ее в своей любви и сделать преданной шпионкой в доме своего двоюродного дяди.

Он в ней приобрел любовницу-рабу, готовую на все для своего властелина.

# XIV

## ПРИВИДЕНИЕ

Наступила ночь. Миллиарды звезд зажглись на темно-синем небосклоне. Воздух был пропитан ароматом сосны и свежестью, несшейся с быстроводного Енисея.

Луна освещала чудный ландшафт.

В высоком доме все спало. Один Егор Никифоров ходил дозором около сада.

Ему не спалось от счастья. Он нашел свое сокровище — свою дочь, которая сегодня ласкала его как отца. Он охранял ее покой. Он боялся за нее. Близость родственников Толстых тревожила его.

196

Бессонная ночь приводит с собой воспоминания. Он вспомнил — ему даже показалось странным, что первый год он забыл это — что сегодняшняя ночь, годовщина убийства, совершенного почти четверть века тому назад.

Он недавно слышал от прислуги высокого дома, что на месте, где совершено убийство, нечисто, что там ходит привидение, в образе высокой черной женщины с распущенными волосами... Многие из слуг и рабочих высокого дома клялись и божились, что видели его собственными глазами.

Егор Никифоров вспомнил о высокой женщине, которая предупредила его и Сабирова о несчастьи с Гладких, и тоже, как рассказывали и другие, исчезла без следа, как бы провалилась сквозь землю.

Не эту ли женщину принимают за привидение?

Было уже за полночь. Движимый какой-то неведомой силой, Егор Никифоров пошел к дороге, к тому месту, где четверть века тому назад, вел беседу с умирающим Ильяшевичем. Здесь он лег на траву и задумался. Все прошедшее мелькало в его уме, как в калейдоскопе. Его глаза были опущены вниз. Вдруг длинная тень легла на зеленой траве, ярко освещенной луной. Он быстро поднял голову и в двух шагах от себя увидал высокую, темную фигуру женщины.

"Это она, эта та самая, которая звала нас на помощь Гладких!" — мелькнуло в его уме.

Сердце его сильно билось. На лбу его выступил пот.

Женщина прошла мимо него. Ее растрепанные черные волосы развевались по ветру. Она то и дело поднимала руки кверху и глухо стонала.

Егор Никифоров дал ей пройти и пошел следом за ней. Она шла быстро, по направлению к поселку.

Миновав поворот в него, она пошла по дороге, ведущей мимо кладбища, на котором высился большой крест над могилой покойного Ильяшевича.

Егора Никифорова осенила внезапная мысль: "Боже, неужели это она? О, если бы это была она..."

Как бы в подтверждение этих слов, привидение остановилось у креста и опустилось на колени. Глухие стоны и рыдания раздались в ночной тишине. Несчастная женщина упала на могилу и ломала себе руки.

Он более не сомневался. Эта женщина, голос которой так поразил его тогда, при встрече в лесу, знакомыми нотами, которая каждую ночь странствует около высокого дома и которую люди принимают за привидение, была... Мария Толстых.

Он подошел к ней совсем близко. Она лежала ничком у подножия креста, обняв его руками.

— О, когда же я засну таким же, как и ты, сном непробудным! Здесь, здесь хотела бы я умереть, на твоей могиле... Милосердный Господь исполнит мое моление... О, умереть, умереть... Ад, ад!.. Я испытала его здесь, на земле, я его больше не боюсь... Я хочу умереть... скорей... скорей... Сейчас... сегодня... Чего мне ждать... на что надеяться... Я проклята... проклята... Река близка... в реку... в родной Енисей... — бессвязно бормотала она.

Егор Никифоров не проронил ни одного слова. С последними словами она вскочила и бросилась в сторону, к реке. Егор Никифоров поспешил за ней, задыхаясь на бегу. Он успел ухватить ее сзади почти у самой воды.

— Что вы хотите делать? — воскликнул он. Она дико вскрикнула и оглянулась.

— Кто ты такой? Оставь меня!.. Она вся дрожала.

— Остановитесь и выслушайте меня... Все ваши печали окончились... Поверьте мне, что Бог сжалился над вами и вы еще можете быть счастливы... — сказал ей Егор Никифоров.

— Ложь, ложь! — дико захохотала она.

— Я клянусь вам, что говорю правду...

— Но кто же ты такой?

— Я один из лучших старых друзей Марьи Петровны Толстых.

Она отшатнулась от него.

— Замолчи, замолчи... Марии Толстых более не существует... Она проклята, слышишь ли, проклята...

— Марья Петровна, если вы захотите, то ваш отец завтра же откроет вам свои горячие объятия. Несчастный! Только надежда вас увидеть, одна эта надежда привязывает его к жизни...

Она посмотрела на него безумными глазами, видимо, не понимая его, и затем сказала:

— Ты не назвал мне себя по имени.

— Марья Петровна, вы когда-то были милостивы ко мне... Конечно, вам трудно узнать меня, когда ни ваш батюшка, ни Иннокентий Антипович не узнали меня... Я страдал, боролся, но не отчаивался. Тот, на могиле которого вы были сейчас, умер на моих руках, произнося с любовью ваше имя. Пятнадцать лет я ради вашего отца пробыл на каторге...

В ее глаза вернулось сознание.

— Егор Никифоров, это ты... муж Арины?.. — сказала она дрожащим голосом.

— Да, это я, но я изменил теперь мое имя, меня зовут Иван-нищий...

— Иван! — пробормотала она, опустив голову.

Они шли снова по направлению к большому кресту и достигли его.

Она вдруг остановилась.

— Три жертвы теперь на этом месте, три жертвы Петра Толстых — одна мертвая и две живых...

— Мы должны, барышня, позабыть все прошлое и думать только о будущем.

Она покачала головой.

— У тебя дочь, Егор Никифоров, прелестная девушка, я два раза видела ее... Ты можешь говорить о будущем, а я...

— У вас есть сын...

— Я не знаю, где он... — простонала она.

— Вас нашли с сыном на томском тракте проезжие, вы были близки к смерти, когда вас привезли на почтовую станцию, и проезжие взяли с собой вашего сына...

— Почему это ты знаешь? — удивленно воскликнула она.

— Но ведь это так!

— Да, да, проклятые "навозники" увезли моего сына...

— Не браните их, они воспитали вашего сына и любили его, как родного...

— Егор, мой сын жив еще?.. — схватила она его за руку.

— Да.

— Ты не лжешь?

— К чему мне было бы вас обманывать?

— Я не знаю... Меня так часто обманывали, так часто...

— Кто же?

— Люди... — захохотала она.

— Успокойтесь, барышня, Егор вас слишком любит и уважает, чтобы осмелиться вас обманывать... Ваш сын жив... Я клянусь вам в этом памятью моей бедной Арины... счастьем моей дочери...

— Я верю тебе... о, я верю тебе, Егор! — воскликнула она и упала на колени перед крестом, тихо заплакав.

Она молилась, распростершись у креста, тихо всхлипывая.

"Как много она должна была выстрадать!" — мелькнуло в голове Егора Никифорова.

Он дал ей выплакаться вволю, затем поднял ее с земли и снова поставил на ноги.

— Пойдемте, барышня, мы с вами поговорим о нем.

Она беспрекословно последовала за ним по дороге к высокому дому. Некоторое время они шли молча. Марья Петровна заговорила первая:

— Голова моя горит, сердце бьется, но все-таки я совершенно спокойна... С той ужасной минуты, когда я очнулась на станции, я себя никогда так хорошо не чувствовала... Мой сын жив!.. Мой сын жив... Эти слова, как целительный бальзам, проникли в мою душу! Боже, мне кажется, что в эту минуту с меня снято проклятие отца... Я не была сумасшедшая, Егор, но много, много лет я жила в какой-то лихорадке... Мне кажется, что густой мрак, который скрывал от меня все, рассеялся... и я опять прежняя Мария Толстых...

Она вдруг остановилась...

— Но почему ты знаешь, что мой сын жив?

— Потому что я его видел.

— Ты видел моего сына...

— Да вы сами, Марья Петровна, видели его недавно...

— Что ты говоришь!..

— Вспомните, когда Гладких упал в старый колодец...

— Куда его столкнули два Семена Толстых...

— Вы видели совершение этого преступления?

— Я прибежала минутой позже, но я знала, что Гладких спасен.

— На ваш крик о помощи прибежали два человека...

— Да, я помню...

— Один из них был я...

— А другой?

— Борис... ваш сын...

— Мой сын... мой сын... И я его не узнала... — зарыдала она...

# XV

# НА ВОЗВРАТНОМ ПУТИ

Егор Никифоров снова дал выплакаться несчастной матери, и некоторое время они шли молча.

— Иннокентий Антипович — единственный человек,

оставшийся мне верным, спасен от смерти тобой и моим сыном, — сказала Марья Петровна, несколько успокоившись. — Я благодарю за это Бога! Сын заплатил долг своей матери... Но где он теперь? Где он?

— Он в К. Иннокентий Антипович сегодня отправился туда, чтобы рассказать ему правду и привезти в объятия горячо любящего его и с нетерпением ожидающего деда, который сделает его единственным наследником...

— Мой отец хочет это сделать, Егор? Это справедливо, это более чем справедливо! — воскликнула Марья Петровна.

— Но теперь, конечно, Петр Иннокентьевич передаст все вам, и оба Семена Толстых побесятся-таки, что состояние Толстых ускользнуло от их загребистых лап... Их бы следовало сильно проучить, а то они могут быть опасны...

— Конечно, они шляются, к тому же, каждую ночь около высокого дома, замышляя, наверное, какую-нибудь подлость... Егор, ты знаешь, что молодой Семен влюблен в твою дочь... Чтобы удовлетворить свою страсть, он способен на все... Егор, стереги свою дочь, пока Гладких в отсутствии...

Егор Никифоров сжал кулаки.

— Пусть только этот негодяй попробует дотронуться до Тани... Я задушу его как собаку... Но не будем говорить об этих негодяях... Хотите, Марья Петровна, чтобы я сейчас же проводил вас в высокий дом, к вашему отцу?

— К нему? Нет, нет! — воскликнула она, делая жест рукой, как бы что-то отстраняя от себя.

— Он раскаялся во всем... Не вас он теперь проклинает, а свою горячность, которая разбила всю и его, и вашу жизнь... Он довольно наказан за свое преступление... Мучимый день и ночь угрызениями совести, он уже десятки лет не знает покоя... Видели ли вы его когда-нибудь с тех пор, как ушли из дому?

— Один раз... издали...

— Как он переменился? Не правда ли?

— Да, он неузнаваем...

— От него осталась одна тень прежнего Петра Иннокентьевича.

— И ты думаешь, что он меня примет?

— Повторяю вам, что он с восторгом откроет вам свои объятия и благословит вас... и день, когда вы вернетесь... Он выгнал вас под влиянием вспышки своего необузданного характера... и столько лет страдает из-за этого... Простите ему. Он ведь молился на вас, он думал, что любовь к вам умерла, а она никогда не покидала его сердце. Разве может в сердце отца погаснуть любовь к его детищу? Никогда!

Марья Петровна тихо заплакала.

— Егор, я — это было давно — поклялась никогда не возвращаться под кровлю дома моего отца, убийцы отца моего ребенка, но несчастье сломило мою гордость, у меня теперь нет ни силы, ни воли... Мой сын жив, я увижу моего сына!.. Ты не можешь себе представить, что я чувствую при этой мысли... Из глаз льются слезы, но слезы радости... Душа моя тоже просветлела, я дышу свободно, я надеюсь, я живу... О, Боже, как хороша ночь... Я вижу опять над головой звезды неба моей родины. Мне кажется, что они мне улыбаются... Господи, чудны дела Твои, пути Твои неисповедимы...

— Аминь! — торжественно сказал старик.

— Но сегодня я еще не хочу войти в дом моего отца... Только в тот день, когда там меня встретит мой сын, я войду в этот дом: Борис и Иннокентий Антипович должны встретить меня на пороге дома моего отца... До тех же пор никто не должен знать, что я еще жива... Днем я буду по-прежнему скрываться в лесу, а ночью мы будем встречаться с тобой, Егор, и говорить о наших любимцах... Дня через три-четыре, Гладких уже может быть здесь с моим сыном!.. Время промчится незаметно...

— Нет, нет! — сказал он настойчиво. — Вы не можете, вы не должны долее оставаться без крова... Я это не могу допустить... Пойдемте, по крайней мере, со мной в сторожку, в ней две комнаты, вы можете устроиться в одной из них...

— Хорошо, я послушаюсь тебя, хотя в эти последние два года я привыкла летом скитаться по лесу.

— Несчастная!.. Чем же вы питались в лесу?

— Тем же, чем и ты... Я собирала милостыню по зимам и делала запасы... у меня и теперь есть много корок хлеба...

— Ужасно, ужасно! — бормотал Егор. — И это в двух шагах от родительского дома, который всегда — полная чаша! — громко воскликнул он.

Она глубоко вздохнула.

"Бедная, бедная!" — проговорил он про себя.

— Вернемся снова к моему сыну... — начала она. — Что из него вышло?.. Он служит?

— Он инженер, приехал сюда вместе с другими строить железную дорогу... Судьба привела его на родину его матери.

Он рассказал ей в подробности все, что слышал от Бориса Ивановича.

Один, рассказывая, а другая, внимательно слушая, не проронив слова, они не заметили, как дошли до сторожки. Егор Никифоров отворил дверь и они вошли.

Он высек огонь, зажег сальную свечу и провел Марью Петровну в следующую комнату, если этим именем можно назвать разделенную на две каморки ветхую избушку.

— Здесь вы в безопасности, — сказал он.

— Мне бы хотелось еще сегодня узнать, как и где провели вы эти долгие годы?.. Но вы утомлены, лучше завтра...

— Завтра ты все узнаешь, — сказала Марья Петровна.

Она вышла в переднюю комнату и, опустившись на колени, начала молиться от всей глубины исцелившегося сердца.

Сколько времени она молилась — она не могла дать себе отчета.

Когда она встала с колен, в соседней комнате было темно и оттуда слышался храп крепко спавшего Егора. Видимо, перенесенные им волнения утомили его, и он заснул богатырским сном.

На дворе стояла уже глубокая ночь.

Марья Петровна, однако, было не до сна. Ей захотелось подышать воздухом, к которому она так привыкла; она подняла подъемное окно сторожки и, высунувшись в него, отдалась сладостным мечтам о недалекой встрече с сыном, которого она считала потерянным для себя навсегда.

Кругом стояла невозмутимая тишина.

Вдруг вдали послышался какой-то шорох. Марье Петровне стала прислушиваться привычным чутким ухом. Послышался шум шагов.

"Кто мог идти теперь? В такой час? Уж не мой ли это дядюшка с братцем?" — мелькнуло в ее голове.

Две темные фигуры, действительно, зашли за угол сторожки и стали о чем-то шептаться, не подозревая, что в заброшенной нежилой сторожке кто-нибудь есть. Марья Петровна стала вслушиваться в их беседу.

"Наверное, они замышляют какое-нибудь преступление!" — решила она.

Ей послышался женский голос. Она недоумевала.

Стоявшие говорили так тихо, что она не могла разобрать слов. Осторожно опустив окно, она так же тихо отворила дверь, выскользнула из сторожки и ничком в густой траве, между росшими кустарниками, поползла к стоявшим за углом.

Она подползла к ним совсем близко. Она ошиблась только на половину. Один из говоривших был действительно Семен Семенович Толстых, другая же его наперсница, прачка Софья.

— Нечего болтать вздор, расскажи лучше, нет ли чего нового? — говорил Семен Семенович.

— Вчера Иннокентий Антипович был вместе с нищим

203

Иваном в комнате барышни Татьяны Петровны, сидели там очень долго, и барышня к вечеру точно переродилась, веселая такая... — отвечала Софья.

— Черт возьми! Что бы это значило? Надо наблюдать за этим старым бродягою.

— А сегодня утром Иннокентий Антипович уехал в К. Петр Иннокентьевич провожали их, тоже такие веселые, и из окна им закричали: "Возвращайся скорей и привези ко мне моего сына!"

— Сына?.. — воскликнул Семен Семенович.

— Да... так и сказал... сына...

— А, теперь я все понимаю... — злобно прохрипел Семен Семенович... — Татьяна в счастьи... Гладких уехал в К. Это за этим инженеришкой... Для меня все ясно...

— Что?!! — спросила Софья, испуганная злобным тоном его голоса.

— Хорошо же, хорошо... — хрипел Семен Семенович, даже не слыхав ее вопроса. — Я поздравлю сам красавицу-невесту...

Софья глядела на него во все глаза, ничего не понимая.


# XVI

# НОВЫЙ ЗАМЫСЕЛ


— Завтра ночью я должен попасть в дом... — тихо, но резко шепнул, наклонившись к Софье, после некоторого раздумья, Семен Семенович.

— Зачем? — испуганно спросила она.

Он схватил ее за руку так, что она вскрикнула:

— Мне больно!

— Ты чересчур любопытна... Ты не смеешь вмешиваться в мои дела... ты должна повиноваться... Если я говорю: надо, значит надо... Поняла!

— Да... — упавшим голосом произнесла она.

— Так завтра в полночь... Я приду в сад.

— Хорошо, я открою тебе дверь из кухни... Но только будь осторожен... мне все кажется, что нам угрожает опасность...

— Дура... — проворчал Семен Семенович.

Софья, видимо, привыкшая к такому обращению с ней ее возлюбленного, не обратила внимания на эту брань и продолжала:

— Видишь, я только боюсь за тебя... Ты так странно смотришь, как будто замышляешь что-то страшное.

— Глупости... Теперь иди домой и не забудь... завтра в полночь.

— Не забуду... Но ты меня даже и не поцеловал ни разу...

— Покойной ночи! — наклонился он к ней...

Она обвила его шею руками и страстно поцеловала. Он довольно грубо освободился из ее объятий и пошел по направлению к лесу.

Она побежала за ним.

— Сеня, Сеня! — робко окликнула она его.

Он остановился. Она снова ухватилась за его руку.

— Не сердись, но я так боюсь... Скажи мне только, что ты хочешь делать ночью в доме?

— Экая любопытнейшая тварь! — выдернул он руку. — Впрочем, если тебе уж так хочется знать, я тебе скажу... Я хочу узнать, за каким сыном Толстых уехал в К. Иннокентий? И это мне скажет Татьяна...

— Но она уже будет спать...

— Так я ее разбужу.

— А если она сама этого не знает или не захочет сказать?

— У меня есть средство заставить ее говорить...

— Сеня, ты на что-то решился...

— Отстанешь ли ты от меня?.. Покойной ночи...

— Еще одно слово!

— Говори скорей.

— Ты меня действительно любишь? Не обманываешь?

— Ты с ума сошла!

— Ты исполнишь свое обещание?.. Ты женишься на мне?..

— Как только мы с отцом получим богатство Петра Толстых... Сколько раз мне тебе повторять это... А теперь прощай... До завтра.

Он поспешно удалился. Софья сперва несколько минут постояла на одном месте, глядя ему вслед, а затем быстро побежала через сад в дом.

Марья Петровна как тень последовала за Семеном Семеновичем.

На опушке леса его поджидал Семен Порфирьевич.

— Ну, что, как дела? — встретил он сына вопросом. Сын рассказал все слышанное от Софьи и свои догадки.

— Ты говоришь, что Петр хочет выдать Татьяну за Сабирова?

— Это так же верно, как то, что я стою перед тобой... Она в него втюрилась... а у навозника, конечно, кроме инженерского мундира, нет за душой ни гроша, и он рассчитывает на хорошее приданое... Иначе быть не может, так как Татьяна вчера вдруг повеселела, а то все ходила, повеся нос и распустив нюни, а ее крестный папенька поехал сегодня за женихом... Это ясно, как день.

— У тебя дьявольская башка, Семен! — воскликнул довольный отец. — Но...

— Что но?..

— Если у навозника нет ни гроша, то как же старик решается за него отдать Татьяну?

— Я же говорю тебе, что она в него с год как втюрилась... И кроме того, есть еще причина... Гладких до сих пор отказывал всем женихам, потому что они считали ее дочерью золотопромышленника Толстых... Если принять чье-нибудь предложение, надо было рассказать ему всю правду, а ведь не всякий возьмет себе в жены дочь каторжника... Навозник же не будет так взыскателен... Знаем мы их достаточно... Им были бы денежки, с ними они готовы жениться даже на самих каторжниках... Вот Гладких и поехал в К., и в высоком доме скоро будет свадьба...

— Ах, ты, хитрая голова!

— Уж поверь, что это так...

Разговаривая, они шли вдоль опушки леса. Марья Петровна ползла за ними. Наконец, они уселись на свалившееся дерево.

— Однако, надо действовать... Так, пожалуй, и впрямь все состояние Петра перейдет к этой девчонке... Но этого допустить нельзя... Я раньше задушу ее, чем это состоится... Когда я подумаю, что в железном сундуке Петра, который стоит в кабинете, лежит бумаг и золота тысяч на двести... я дрожу от злобы... Семен, я говорю тебе, если бы я добыл только этот капитал, то плюнул бы на все остальное...

— Капиталец не дурен... — усмехнулся Семен Семенович. — К несчастью и он попадает в руки навозника...

— Ну, это-то му еще посмотрим... Ты знаешь, когда вернется Гладких?..

— Дня через два, не ранее...

— Значит, Петр теперь один и спит как убитый...

— Да, с тех пор, как принимает опиум...

— Можно войти в его комнату так, что он и не проснется...

— Конечно...

— Ключи у него всегда под подушкой?..

— Да.

— Можно тихо вынуть их, открыть сундук и...

— Ты бы решился?

— Отчего же?

— А если он проснется?

Старик хрипло захихикал.

— Если он проснется... тем хуже для него...

— Ты прав, овчинка стоит выделки... двести или триста тысяч — хороший капитал... с ним нигде не пропадешь...

— Еще бы!

— Но мы поделимся? — спросил сын.

— Конечно! Но ты должен сказать рыжей Соньке, чтобы она нас ночью впустила в дом...

— Это уже сказано. Завтра в полночь дом будет для меня открыт...

Семен Порфирьевич удивленно посмотрел на сына. Последний засмеялся гадким смехом.

— Так ты уже раньше меня об этом думал? — спросил отец.

— Нет... Я думал совсем о другом...

— О чем же?

— Слушай! Мы войдем вместе.

— Конечно... Пока я буду отпирать сундук, ты останешься у кровати, и если старик пошевелится, ты легонько прикроешь его голову подушкой.

— Нет! — коротко отвечал сын.

Семен Порфирьевич удивленно вскинул на него глаза.

— Ты должен один оборудовать это дело, — продолжал Семен Семенович, — а я в это время буду делать свое...

— Что ты хочешь этим сказать... какое... свое?

— Я... я сделаю визит невесте... Она будет меня помнить... Я поклялся, что она будет моя, и завтра ночью...

— Семен, Семен! — перебил его отец... Твоя безумная страсть к этой девчонке уже раз нам помешала в нашем деле, берегись, ты опять все испортишь...

— А что мне до этого?!. Во мне вся кровь кипит... кружится голова при одной мысли... Я любил ее безумно, страстно, теперь я ее ненавижу так же страстно, как любил... но я хочу, чтобы она была моей...

— Она поднимет крик...

— Тогда я задушу ее! — злобно прохрипел он. — Мне все равно... Я жажду мщения... Если она не досталась мне, то пусть никому не достанется, никому... Я отомщу, хотя бы на другой день меня повесили.

Даже достойный отец содрогнулся при этих словах своего достойного сына.

— Уж и сделаю ей я свадебный подарок, — злобно захихикал Семен Семенович. — Пойдем! — обратился он к отцу.

Тот молча последовал за сыном.

Когда шум их шагов утих в отдалении, Марья Петровна приподнялась с земли и встала вся бледная и дрожащая.

— И они называются людьми? — с отвращением пробормотала она. — Люди? Нет, они хуже диких зверей!.. Бедная Таня могла сделаться жертвой палачей, этих выродков человеческого рода... Господь милосердный не дал мне сна, чтобы я могла спасти дочь Егора... И я спасу ее... Этот негодяй встретит меня на своей позорной дороге...

Задумчивая, она вернулась в сторожку. Она решила не говорить ничего Егору Никифорову, чтобы не испугать его. Она сама надеялась на свои силы, чтобы уберечь молодую девушку от гнусных поползновений негодяя.

Позорный замысел против ни в чем неповинной девушки до того взволновал ее, что она совершенно забыла о второй части заговора этих двух негодяев, замысливших ограбить ее отца.

Спасти во что бы то ни стало Таню — вот единственная мысль, которая была в голове Марьи Петровны.

Она прилегла на скамью, но сон бежал от ее глаз. Всю ночь напролет она продумала, каким образом помешать совершиться гнусному преступлению.

Она не знала еще, что она этим спасет честь невесты своего сына.

"Что делать? Что делать?" — спрашивала она себя мысленно.

К утру в ее голове созрел план.

# XVII

## ПЕРЕОДЕВАНИЕ

Наступило утро.

Солнце радостно играло на небе. В тайге слышалось щебетание птиц и отдаленные голоса рабочих.

Марья Петровна сидела на скамье в заброшенной сторожке и думала о своем прошлом, о светлых днях своей давно минувшей молодости.

Воспоминания расстроили ее, она заплакала. Крупные слезы текли по исхудалым щекам.

Скоро увидит она своего сына, скоро упадет она к ногам своего отца! Чего ей желать более?

Взгляд ее случайно скользнул по ее разорванному платью, грубым, исцарапанным рукам и рваной обуви. Она смутилась и покраснела.

Как может она в таком виде показаться своему сыну — петербургскому инженеру.

Она удивилась сама, как могла она прожить так долго в таких лохмотьях? Как низко опустилась она — гордая девушка!

Но теперь... теперь нашла она своего сына... Проклятие снято с нее... теперь опять все будет хорошо.

Егор Никифоров, между тем, думая, что Марья Петровна спит, вылез в окно из своей каморки и пошел к саду, полукругом окаймлявшему высокий дом.

Таня из своего окна увидела его и выбежала к нему навстречу...

— Отец, милый отец, с добрым утром...

С непривычки Егор отшатнулся и осторожно произнес:

— Тсss...

— Здесь нас никто не услышит, поцелуй свою дочь... — продолжала молодая девушка, бросаясь к нему на шею.

Он покрыл ее лицо горячими поцелуями.

— Я тебя так люблю, так люблю... — шептала она. Егор Никифоров утопал в счастьи.

— Сегодня ночью я не сомкнула глаз и все думала, как благородно, как великодушно поступил ты... Как я горжусь таким отцом... О, ты увидишь, как я заставлю тебя забыть все твои страдания одною своею любовью...

— Дорогое дитя, уже в тот день, когда я узнал, что ты моя

дочь, я забыл все прошлое, уже с того дня я живу дивным настоящим...

Она не дала ему договорить, снова повиснув на его шее. Он взял ее за талию, как малого ребенка, два раза приподнял на воздух и снова поставил на место.

— У меня есть до тебя дело, стрекоза! — сказал он серьезным тоном. — Я хочу попросить у тебя...

— Все, что хочешь...

— Нет ли у тебя каких-либо вещей, оставшихся от Марьи Петровны?

— Конечно, есть; все, что принадлежало ей, уложено в отдельных сундуках...

— И эти сундуки?

— В комнате крестного...

— В них есть платья и белье?..

— Все, что принадлежало бедной Марии... Там такие чудные кружева, но их и мне крестный не позволил взять, а купил новые...

— Они заперты?

— Да, но ключи у меня...

— Мне надо было бы иметь одно из платьев Марьи Петровны, самое простое, а также и остальное, чтобы одеться с головы до ног... чулки, башмаки...

Татьяна Петровна удивленно-вопросительно смотрела на своего отца.

— Я вчера встретил одну очень бедную женщину и хотел бы дать ей возможность переменить ее рубище на более приличное платье.

Молодая девушка смутилась.

— Я... я бы лучше ей дала денег из своих... — нерешительно сказала она.

— Нет, нет, денег ей не надо...

— Но, может быть, это не понравится крестному... Он так дорожит всем, что принадлежало Марии...

— Успокойся, Таня! Иннокентий Антипович не рассердится, а, напротив, будет очень доволен... Положись на меня...

— В таком случае, я отберу все необходимое и вынесу тебе сейчас же сюда в узле...

— Да, поторопись, дитя мое, я подожду тебя здесь.

— Знаю я эту бедную женщину?

— Нет, ты ее не знаешь.

— Откуда же она, не из поселка и не из половинки, из Завидова?

— Я не могу этого сказать тебе...

— Это тайна?

— Да, тайна...

— Тогда я не буду больше спрашивать... — засмеялась она.

— Не лишнее будет, если ты положишь в узел гребенку, шпильки и булавки... — сказал Егор.

— Ты возбуждаешь во мне любопытство... но если это тайна... Жди меня, я сейчас все сделаю...

Она убежала с легкостью горной козочки и через полчаса прибежала обратно с вещами, завернутыми в скатерть.

— Ты доволен? — спросила она.

— Да...

— Ты придешь полдничать?

— Нет, пока Иннокентий Антипович в отъезде, я буду есть в сторожке... Прикажи на кухне мне дать чего-нибудь...

— Я прикажу и при себе отложу тебе самых вкусных приедок...

— Ты меня избалуешь...

— Это мое право... — сказала она, смеясь, и, поцеловав его последний раз, отправилась через сад в кухню.

Егор Никифоров вернулся в сторожку и, увидев Марью Петровну, стоявшую у окна, вошел в нее.

— Вы уже встали? С добрым утром...

— С добрым утром..

— Я тут кое-что принес для вас, Марья Петровна...

— Что это такое?

— Посмотрите...

Она развязала скатерть и узнала свои вещи.. Глаза ее наполнились слезами, она опустилась на скамью рядом с узлом и зарыдала.

— И об этом ты даже подумал... — воскликнула она, удерживая рыдания. — Но как ты добыл эти вещи?

— Через Таню... Я сказал ей, что они нужны для одной бедной женщины.

Она протянула ему руку и сказала сквозь слезы:

— Спасибо, большое спасибо!

— Теперь вы можете переодеться...

— О, да, да, я так рада... Это платье купил мне отец в К., незадолго до моего бегства. Я один раз только и одевала его... но мне оно так нравилось... Я была в нем на свидании с Борисом.

Она перебирала вещь за вещью и радовалась, как дитя. Егор Никифоров смотрел не нее и блаженно улыбался.

211

— О, теперь я могу прихорошиться для свидания с моим сыном! — воскликнула она.

— А я тем временем пойду хлопотать о нашем полднике, — сказал Егор и вышел из сторожки.

Через час Марья Петровна причесалась и оделась.

Егор Никифоров вернулся из высокого дома с полной корзиной провизии.

Когда он увидел Марью Петровну, которая выглядела моложе лет на пятнадцать, он не мог подавить крика удивления.

— Теперь я тебе более нравлюсь? — сказала она, смеясь.

— О, еще бы...

Он постелил скатерть, в которую были завернуты вещи, на стол и начал вынимать из корзины данные ему Таней "лучшие приедки".

Марья Петровна усадила его полдничать вместе с собой. Он согласился, после нескольких отказов, на ее упорные настояния.

После полдника она рассказала ему в общих чертах свою жизнь с тех пор, как она очнулась на почтовой станции и узнала, что ее ребенок увезен "навозниками" в Россию.

Почтосодержатель и его жена не могли даже толком сказать, куда именно...

— Оставил тут господин билетик со своей фамилией, да Николка озорник подхватил его и сжевал, чуть не подавился, насилу заставила выплюнуть, — сказала ей жена почтосодержателя.

Николка-озорник был ее младший сынишка четырех лет.

След ее сына Бориса был потерян навсегда.

Далее она рассказала, как в течении двух десятков лет она бродила по Сибири, живя в услужении в городах и селах... Многое она пропускала, но Егор Никифоров понимал, на что она подчас решалась от безысходной нужды... Два последних года она по летам приходила на заимку Толстых и жила в тайге, посещая могилу отца своего ребенка.

— Среди горя и нужды, среди этой страшной жизни, Господь дал мне силы дожить до желанного дня, до свидания с потерянным сыном, до возвращения в родительский дом, — закончила она свой рассказ.

Слезы неудержимо текли из ее глаз. Егор Никифоров тоже плакал. Целый день провели они вместе и не могли наговориться о своих детях.

Марья Петровна, однако, не забывала об ужасной опасности, которая предстоит сегодня ночью Татьяне Петровне.

"Не рассказать ли все Егору? — мелькнула у нее в голове мысль. — Но он убьет этого негодяя! Это будет большим несчастьем для Егора и для Тани..."

Марья Петровна остановилась на своем первоначальном плане.

# XVIII

## ПОКУШЕНИЕ

Был двенадцатый час ночи.

В высоком доме все спали. Не спала только Софья. Она отперла дверь и дрожала, как осиновый лист, сидя на постели в комнате, отделенной от кухни недостигавшей до потолка перегородкой.

Она ждала своего возлюбленного Семена Семеновича.

"Что ему здесь надо?" — гвоздем сидел у нее в голове вопрос, остававшийся неразрешенным.

Ее охватывал панический страх. Он еще более усугубился, когда в отворенную дверь своей комнаты она увидала, что дверь в кухню, только что отпертая ею, бесшумно отворилась и в нее вошла белая женская фигура, которая как тень проскользнула в комнаты.

Напуганная рассказом о привидении, которое бродит около высокого дома, Софья от страха как бы приросла к месту, хотела крикнуть, но у ней недостало голоса.

Ее стало бить, как в лихорадке.

Татьяна Петровна тоже уже была в своей комнате, пожелав Петру Иннокентьевичу покойной ночи. В открытое окно ее комнаты проникала ночная прохлада.

Она закрыла его и стала молиться Богу. Помолившись, она разделась и легла в постель, но заснуть не могла.

Месяц ярко глядел в окно и освещал все комнаты. Его лучи проникали и за драпировку, где стояла постель молодой девушки.

Она начала уже дремать, когда услыхала тихие шаги в коридоре.

— Кто бы это мог быть? Петр Иннокентьевич?..

В этот вечер он ей показался беспокойнее, взволнованней, чем когда-нибудь... быть может, он захворал.

Она вскочила с постели и отворила дверь в коридор, из которого вела лестница вниз.

Луна ярко освещала его. В коридоре было пусто и тихо.

— Петр Иннокентьевич, это вы? — окликнула она. Ответа не было.

"Мне, должно быть, просто показалось!" — подумала Татьяна Петровна.

Она закрыла двери и снова легла. Через четверть часа она спала крепким сном.

Ровно в полночь перепуганная Софья увидела двух людей, тихо вошедших в дом через кухню. Она узнала в них Семена Семеновича и его отца.

Она успокоилась и выскользнула к ним навстречу.

— Со мной пришел и мой отец, — сказал ей Семен Семенович. — Раз мы в доме, твоей дальнейшей услуги нам не нужно. Иди в свою комнату; закройся одеялом с головой и не беспокойся ни о чем. Поняла!..

Она повиновалась.

"Боже, Боже, что теперь будет?" — мысленно вопрошала она. Оба негодяя прошли кухню, коридор и остановились у кабинета Петра Иннокентьевича. Оба почти не дышали.

— Иди! — указал сын отцу на дверь кабинета. — Ты решился...

— Да! А ты?

— Я... я хочу отомстить.

— Обдумай, пока не поздно... Откажись от твоего плана, Семен, — говорил Семен Порфирьевич.

— А ты от своего откажешься?

— Я... я хочу разбогатеть...

— Ну, а я хочу отомстить... Петр спит как убитый... Ты можешь быть покоен... Танька только может закричать... ну, да у меня не очень-то крикнет.

Оба негодяя были бледны, как мертвецы, только глаза у них блестели.

Старик наклонился к замочной скважине двери.

— Там все тихо... — шепнул он.

— Тем лучше, ты кажись, трусишь? — заметил с усмешкой сын и повернул ручку двери.

Дверь отворилась. Они вошли оба. Семен Семенович знал, что из кабинета есть другая дверь, которая выходит в коридор, ведущий к лестнице наверх, где была комната Татьяны Петровны. Петр Иннокентьевич крепко спал.

214

— Ишь как дрыхнет! — шепнул отцу Семен Семенович.

Семен Порфирьевич, тихо скользя по полу, добрел до кровати, сунул руку под подушку и вынул ключи.

— Желаю успеха! — шепнул ему сын и вышел в маленькую дверь.

Семен Порфирьевич опустился на колени и на четвереньках пополз к денежному сундуку. Он видит себя уже обладателем всех капиталов Петра Толстых.

Вдруг Петр Иннокентьевич зашевелился и простонал.

Семен Порфирьевич остолбенел и растянулся на полу, затаив дыхание. Его охватила внутренняя дрожь. Но скоро он убедился, что хозяин не проснулся. Он, как змея, пополз дальше.

У сундука он приподнялся и стал выбирать ключи. Он пробовал один, другой, наконец, третий подошел. Его руки дрожали, сердце билось. Он боязливо оглянулся на кровать.

Петр Иннокентьевич спал.

Семен Порфирьевич поднял крышку сундука. Глаза негодяя чуть не выскочили из орбит при виде открывшегося зрелища. Он увидал пачки билетов внутреннего займа, банковых билетов, облигаций, серий, стопочки золотых и мешки с серебряною монетою...

Семен Порфирьевич был ослеплен. Его била лихорадка, губы улыбались. В эту минуту он ничего не видел, кроме лежавшего перед ним колоссального богатства. Он совсем позабыл о спящем хозяине, а, между тем, этот спящий уже не спал.

Петр Иннокентьевич проснулся. Он услыхал звук отпираемого замка и тихо приподнялся на постели.

У несгораемого сундука, спиной к нему, стоял освещенный луною вор. Он его не узнал, но и не испугался, несмотря на неожиданность.

Он встал с постели.

— Как я все это унесу, — шептал, между тем, Семен Порфирьевич. — Спрячем раньше золото и бумаги...

Он уже захватил полные горсти золота... В эту минуту Петр Иннокентьевич, подкравшись сзади, схватил его за шиворот и оттащил от сундука с криком:

— Караул, грабят!

В то время, когда внизу высокого дома происходило описанное нами, Семен Семенович уже поднялся наверх.

В его подлом сердце кипела жажда мести и животная страсть.

215

Которое из этих чувств было сильнее, он сам не мог дать себе отчета.

Перед его глазами то мелькал соблазнительный образ Татьяны Петровны, то восставал полный гадливости и отвращения взгляд, брошенный на него любимой им девушкой в садовой беседке.

"Отомстив Татьяне, я отомщу и Петру Иннокентьевичу и Гладких, которые выгнали меня как собаку из дому!" — дамал он.

Первое преступление ему не удалось — он жаждал другого.

Он вошел в комнату молодой девушки с горящими глазами. Злобная улыбка искривила его губы и красноречиво говорила, что этот человек был готов в эту минуту на все, даже на убийство, если иначе нельзя.

Он проскользнул к кровати и раздвинул занавеску.

Татьяна Петровна сладко спала, раскинувшись на постели. Мягкое одеяло прикрывало ее только до пояса. Тонкая ткань белоснежной сорочки поднималась ровными движениями на не менее белрснежной груди. Одна миниатюрная ручка спустилась с кровати, а другая была закинута под голову. Раскрытые розовые губки как бы искали поцелуя. Видимо, сладкие грезы, грезы будущего счастья с Борисом, витали над ее хорошенькой головкой.

Он несколько секунд любовался этой картиной и прислушивался к ровному дыханию молодой девушки.

Вдруг вся кровь бросилась ему в голову, в виски застучало, он наклонился к ней и...

В эту минуту чья-то сильная рука схватила его за шиворот и отбросила в сторону. Между ним и его жертвой встала высокая женщина. Все это произошло так скоро, что Семен Семенович не успел опомниться и помутившимся взглядом смотрел на бледную женщину. Он вспомнил описания привидения и трусливый и суеверный, как все негодяи, задрожал.

Привидение говорило глухим, угрожающим голосом:

— Чего ты ищешь тут, негодяй!.. Ты хочешь смерти Гладких, но ты ошибся комнатами... Ты тут у Татьяны Петровны Толстых... Она, слава Богу, не одна и небеззащитна... Я здесь, чтобы защитить ее от такого дикого животного, как ты... Если поступить справедливо, то тебя следует предать суду, но в память твоей матери, которая была добрая и честная женщина, я прощаю тебя и даю тебе время исправиться... Но чтобы нога твоя не приближалась более к высокому дому... А теперь... вон...

Она показала ему рукою на дверь. Семен Семенович

продолжал стоять как вкопанный, не говоря ни слова и не двигаясь с места. Он весь дрожал.

Марья Петровна — это была она, проскользнувшая, покрытая скатертью, в дверь, отворенную Софьей, ранее подлых заговорщиков, подошла к нему со сверкающими глазами и высоко поднятою головою и, снова показывая на дверь, сказала:

— Вон!

Он отступил назад перед ее грозным взглядом и вдруг выскочил из комнаты, сбежал с лестницы и через кухню с криком: "привидение, привидение" выбежал, как сумасшедший, из дома.


# XIX

## В ДОМЕ ОТЦА


Марья Петровна подошла к отворенной двери, из которой убежал Семен Семенович, и несколько минут стояла на ее пороге.

Шум поспешного бегства молодого негодяя мешал ей услыхать шум борьбы ее отца со старым негодяем — Семеном Порфирьевичем, происходившей в это время в кабинете.

Когда Марья Петровна оглянулась, то увидала Таню, стоявшую посреди комнаты в одной рубашке, дрожащую и бледную, как полотно.

Молодая девушка была страшно перепугана.

"Кто была эта незнакомая женщина, которая появилась так неожиданно и спасла ее от страшной опасности?" — мысленно спрашивала себя Татьяна Петровна.

"Как она хороша!" — думала, между тем, Мария Толстых, любуясь Таней.

"Она хорошая, добрая", — мелькало в голове последней.

Обе женщитны стояли несколько минут друг перед другом, молча любуясь одна другой.

— Один негодяй забрался к вам сюда... — прервала молчание Мария.

— Я узнала его... Он меня ненавидит и, наверное, убил бы

меня, если бы вы не спасли меня... Я не знаю, как мне благодарить вас... Но кто вы?

— Я ваш друг и друг Ивана...

— Вы знаете его? Давно ли?

— Очень давно! — улыбнулась Марья Петровна.

— Как же вы попали в дом?

— Я прошла в дверь, открытую для негодяев, ранее их...

— Почему же вы знали, что он будет здесь?

— Я подслушала разговор этого негодяя с вашей прислугой Софьей и решилась спасти вас во что бы то ни стало.

— Так вы любили меня, не зная?

— Кто может не любить вас?

— Но чтобы пройти сюда, вы должны были хорошо знать расположение комнат в этом доме?

— Я их отлично знаю....

— Кто же вы?

— Вы это скоро узнаете...

— Когда?

— Когда приедет Гладких с Борисом...

— Как! — воскликнула Таня. — Иван вам это сказал... Но если вы его так давно знаете, то вы должны знать, что старый нищий Иван...

— Никто иной, как Егор Никифоров... ваш отец... Я знаю это.

— Удивительно! — бормотала Таня. — Удивительно!

Вдруг ее осенила светлая мысль.

— Эти платья, все это вы получили сегодня от моего отца. Они принадлежали когда-то Марье Петровне Толстых.

Татьяна Петровна схватила за руку свою спасительницу, подвела к окну, в которое ярко светил месяц, и впилась в нее глазами, Через минуту она бросилась на шею этой женщине.

— О, я знаю вас теперь, я знаю вас, вы Марья Петровна Толстых.

— Тише, тише! — прошептала Марья Петровна и вдруг вздрогнула.

Она вспомнила, что там, внизу, в кабинете отца, быть может, уже совершено второе задуманное преступление. Вся охваченная мыслью о спасении молодой девушки, бедная женщина, еще слабая головой, совершенно забыла о второй части подслушанного ею гнусного заговора отца и сына. Она быстро зажгла стоявшую на столе свечу и бросилась из комнаты вниз.

Дверь в кабинет ее отца была отворена настежь. Задыхаясь от волнения, она вбежала туда.

Петр Иннокентьевич лежал недвижимо на полу, возле открытого денежного сундука. Марья Петровна стала перед ним на колени и наклонила голову к его груди. Сердце старика слабо билось.

Кое-как одевшаяся Татьяна Петровна, предчувствуя недоброе в быстром бегстве Марьи Петровны, тоже сбежала вниз и поспешно вошла в кабинет Петра Иннокентьевича.

Увидав представившуюся ей картину: недвижимо лежавшего на полу старика и наклоненной над ним, стоявшую на коленях, Марью Петровну, молодая девушка вскрикнула и пошатнулась.

— Он жив, жив! — успокоила ее Марья Петровна.

От шума в доме, между тем, проснулась вся прислуга и скоро кабинет наполнился людьми.

— Не зовите меня при людях по имени, — шепнула Марья Петровна Тане. — Они не должны пока еще знать, кто я... До тех пор, пока не очнется мой отец и не приедет Гладких — вы здесь хозяйка.

Татьяна Петровна молча наклонила голову в знак согласия.

Петра Иннокентьевича, между тем, подняли с полу и уложили на постель... Прислуга удалилась, с удивлением оглядывая незнакомую высокую женщину.

Таня горько плакала.

— Не плачь... слезами ничему не поможешь, — сказала Марья Петровна. — Надо послать в Завидово за фельдшером... а, может быть, там застанут и доктора...

Татьяна Петровна пошла отдать приказание.

Марья Петровна, между тем, закрыла железный сундук и сунула ключи под подушку постели своего отца. Когда Таня вернулась в кабинет, она застала Марью Петровну стоящею на коленях у постели, на которой лежал Петр Иннокентьевич.

— Ну, что? — спросила она.

— Все то же... — с плачем проговорила Мария. — О, Боже мой, я не хотела плакать, но не могу удержаться... После двадцатилетней разлуки я вижу его в таком положении... Но нет, он не умрет! Господь не допустит, чтобы он умер раньше, чем я услышу его голос... раньше, чем он меня увидит и благословит... Господи, смилуйся надо мной!.. Таня, Таня, смотри... он дышит... сильнее... открывает глаза...

Петр Иннокентьевич приподнялся на постели.

Сначала он бессмысленно обвел глазами комнату, как бы стараясь собраться с мыслями.

Марья Петровна отошла в глубь комнаты, а Таня поддерживала старика и говорила:

— Петр Иннокентьевич... придите в себя... разве вы не узнаете меня?.. Ведь это я... ваша маленькая Таня...

— Да, да... Я припоминаю... Там... Там... открытый сундук... Вор!..

— Успокойтесь, никакого вора нет... около вас Таня...

— Да, да... это хорошо... но где же Иннокентий?

— Он еще не вернулся...

— Ах, да... он уехал в К., чтобы привести сына моей бедной Марии, твоего жениха... Но мне не спалось... в мою комнату вошел вор и украл все деньги, все деньги моих детей... Помоги, помоги мне встать, Таня... Я должен видеть... Я должен видеть... Дай мне халат...

Татьяна Петровна накинула ему на плечи лежавший на стуле халат. Он надел его в рукава.

— Ключи... где они?

— Тут, под подушкой.

— Как они сюда попали? А?..

Молодая девушка не отвечала.

Он пошатнулся, когда встал, но поддерживаемый Татьяной Петровной, все-таки дотащился до железного сундука, опустился на колени, отпер замок и отворил крышку.

— Свету, Таня, свету... — хриплым голосом проговорил он. Молодая девушка взяла свечу и светила ему.

С первого беглого взгляда можно было заметить, что все было цело, что вору не удалось украсть ни одного золотого.

Петр Иннокентьевич обеими руками схватился за голову и задумался.

# XX

## БЛАГОСЛОВЕНИЕ

— Нет, нет, все-таки это не был сон... Он был здесь... Он отпер сундук, он уже опустил туда свои руки... Я его отшвырнул назад... я хотел яснее увидеть его лицо... свет луны сквозь занавеси давал мало свету, с ним был фонарь... но он не дал мне опомниться и потушил его... — говорил сам с собою Петр Иннокентьевич Толстых.

Его взгляд упал на потухший потайной фонарь, который валялся на полу около сундука. Он с трудом поднял его и показал Татьяне Петровне.

— Вот, вот, видишь, что я не ошибался, что тут был вор... Я не мог его узнать, но он был силен, сильнее меня... Когда я его повалил, он дернул меня так сильно, что я упал... Он хотел вырваться от меня и убежать, но я его не пускал... Произошла страшная борьба... Он схватил меня за горло и стал душить... Посмотри, Таня, посмотри сюда...

Он показал на свою шею.

— Да, я вижу здесь синие пятна... — сказала молодая девушка, наклонившись над все продолжавшим стоять на коленях Петром Иннокентьевичем.

— Его пальцы впились в мое горло... Я ударил его в лицо, но он душил меня все сильнее, так что я стал задыхаться... Я помню, я вскрикнул, что было силы и потерял сознание... Тогда он, наверно, убежал, не успев ничего украсть... Благодарю Тебя, Господи!.. Я боялся, что сундук пуст, а ведь это твое приданое, Таня, слышишь, твое приданое...

Он закрыл сундук, запер его и, поднявшись с пола, снова шатаясь, поддерживаемый Татьяной Петровной, пошел к кровати... Он весь горел, как в огне, а, между тем, дрожал...

— У вас лихорадка... — сказала Таня. — Ложитесь в постель...

— Нет... — хрипло отвечал он. — Помоги мне лучше дойти до окна, там, может быть, мне будет лучше... Подвинь мне это кресло. Вот так...

Татьяна Петровна усадила его в кресло и стала рядом, раздвинув, по его приказание, занавеси на окне.

— Посмотри, уже светает... Как у меня шумит в голове... все тело горит, как в огне, а внутри я чувствую холод... Открой окно, открой окно...

Молодая девушка исполнила его желание. Он стал усиленно вдыхать в себя свежий воздух.

— Я... я хотел бы увидать нынче восход солнца...

Глаза его заблестели.

— Если бы только сегодня приехал Иннокентий... Мне бы хотелось поскорей увидать своего внука... Мне кажется, что скоро придет мой конец... Надо скорей сыграть твою свадьбу, Таня... и моего внука сделать моим единственным наследником...

При этих словах Марья Петровна не выдержала и, плача, громко всхлипнула.

221

Старик вздрогнул и оглянулся. Он увидал Марию, которая стояла, закрыв лицо руками.

Он схватил Таню за руку и спросил в сильном волнении:

— Кто там... Таня? Кто эта женщина?..

— Это... это... — бормотала, смутившись, Татьяна Петровна.

Марья Петровна подняла голову. Все лицо ее было смочено слезами. Одно мгновение она, видимо, колебалась, но потом бросилась к ногам Петра Иннокентьевича.

— Отец, отец... — начала она дрожащим голосом. — Мария, твоя кающаяся дочь... у твоих ног...

Петр Иннокентьевич не верил своим ушам. На минуту он точно онемел, вытаращив глаза.

Вдруг лицо его просияло.

Дрожащими руками схватил он голову своей дочери и, подняв ее, молча созерцал дорогие черты.

— Моя дочь, моя дочь! О, дай мне еще раз насмотреться на тебя... Как долго я ждал этой минуты... Это ты, это действительно ты, это твои дорогие черты, это твои прекрасные глаза. Я нашел опять свою Марию... Таня, слышишь, это твоя старшая сестра, которая скоро сделается твоей матерью... Маня, Маня, мы тебя искали так долго, так долго... Где же ты скрывалась, почему ты не вернулась...

— Отец, ведь ты проклял меня...

— Молчи, молчи... Теперь я прошу у тебя прощенья...

— Если ты находишь, что я довольно выстрадала, то сними с меня это проклятие...

Петр Иннокентьевич заплакал.

— Приди ко мне в объятия, дочь моя, чтобы я мог чувствовать тебя у моего сердца...

Он стал лихорадочно целовать ее.

После минутного молчания он снова заговорил:

— Твой поступок был, конечно, нехорош, но судьба достаточно тебя покарала... Если кто из нас виноват, то, конечно, я... Мария, дорогая моя доченька, твой отец был безжалостен к тебе, имей теперь жалость ко мне. Маня, на краю могилы, прошу тебя простить твоего преступного отца...

— Отец, дорогой отец! — воскликнула она, обнимая его в безумном восторге.

— Я когда-то проклял тебя, теперь я тебя благословлю от всей глубины моего сердца...

Его взгляд с благодарностью обращался к висевшему в углу образу Спасителя в золотой кованной ризе.

— О, лишь бы мне не умереть, не видав моего внука, — прошептал он.

Только усилиями своей железной воли он поддерживал себя. Но силы его быстро ослабевали, холодный пот выступил на лбу, голова откинулась назад.

— Отец, отец!.. Что с тобой? — воскликнула Марья Петровна.

— Ничего! — прошептал он. — Я только слаб... Эта неожиданность, это счастье...

Он протянул свои руки обеим женщинам и улыбнулся.

— Вот восходит солнышко...

Он вздохнул...

— Это будет хороший день. Боже, Боже мой, как хорош и величествен управляемый Тобою мир...

Вдруг он вздрогнул.

— Маня, Маня! Поскорей бы приехал Иннокентий с твоим сыном...

Послышался стук подъезжающего экипажа.

Петр Иннокентьевич привстал в страшном волнении.

Татьяна Петровна выглянула в окно.

— Это доктор!

Через несколько минут вошел знакомый нам Вацлав Лаврентьевич Вандаловский, которого застали в Завидове на вскрытии. Марья Петровна быстро отошла в глубину комнаты.

Доктор долго осматривал и выслушивал старика. На его лице было такое серьезное беспокойство, что Татьяна Петровна спросила:

— Разве это так серьезно, доктор?

— Я ничего не могу определить положительного, надо подождать, — ответил он.

— Вы, наверное, испытали сильное нравственное потрясение?.. — спросил он Петра Иннокентьевича.

Тот только кивнул головой.

— У вас почему-то было, видимо, задержано дыхание, и вследствие этого сделался сильный прилив крови к голове.

Он заметил следы на шее старика.

— Это что такое?

Петр Иннокентьевич подробно рассказал ему событие минувшей ночи.

— Теперь мне все понятно... Он вас душил... Но это очень серьезно... Кто бы мог это быть? Он должен был знать расположение комнат... Вы уверены в своей прислуге?

— Как в самом себе...

Доктор недоверчиво покачал головой и, усевшись за письменный стол, стал писать рецепт, по которому надо было послать в К., пока же приказал делать холодные компрессы на

223

голову, позволив больному, по его желанию, оставаться в кресле.


# XXI

## ПОСЛЕДНИЕ МИНУТЫ

Петр Иннокентьевич остался снова наедине со своими дочерьми, родной и приемной.

Марья Петровна подошла к отцу и снова стала на колени у его ног. Татьяна Петровна стояла у окна по другую сторону.

— Я не хотел огорчать нашего доброго доктора, — сказал Толстых, тяжело дыша, — но я чувствую, что доживаю последние минуты.

Обе женщины заплакали.

— Не плачьте, дети мои, ведь надо же когда-нибудь умереть... Вы обе мои дочери, да! Мои любимые дочери... Я чувствую, что смерть здесь, близко, но ваше присутствие отнимает у меня страх перед ней... Напротив, мне так легко, так хорошо... Только бы Иннокентий поскорей приехал с моим внуком... Но послушайте, мне надо исполнить еще один долг, я не смею умереть, не исполнив этого долга... Позови всех наших старых слуг, Таня... а придя назад, достань там, на письменном столе, бумагу и пиши, что я буду диктовать тебе.

Таня вышла исполнить приказание старика. Марья Петровна встала с колен.

— Я угадываю, отец, что ты хочешь делать...

— И ты согласна, что я должен это сделать?

— Да, отец, тебе будет легче, если ты снимешь незаслуженную вину с Егора Никифорова, но позволь мне уйти.

— Иди, дочь не должна слышать исповеди своего отца... Иди в комнату Иннокентия...

Марья Петровна вышла.

Вошла Таня и, сев за письменный стол, приготовилась писать.

Старые слуги дома, в числе пяти человек, вошли вслед за ней в кабинет Толстых. Среди них был и Егор Никифоров, которого Таня встретила в кухне и позвала к Петру Иннокентьевичу.

— Он умирает, он умирает... — в ужасе шепнула ему молодая девушка.

Толстых начал говорить хриплым, слабым голосом.

— Здравствуйте, друзья мои, я рад вас видеть... Часы мои сочтены...

— Господь с вами, Петр Иннокентьевич, зачем помирать, еще поживите на доброе здоровье... — заговорили они почти все разом.

— Выслушайте меня! — продолжал больной. — Мне дорога каждая минута... Я желал бы, чтобы весь мир присутствовал теперь здесь и слышал бы мою исповедь. Вас шестеро, и я прошу каждого из вас, чтобы вы рассказывали всем, что услышите от меня.

Егор Никифоров вздрогнул. Остальные все переглянулись. Татьяна Петровна сделала было движение, как бы желая помешать говорить старику, но сдержалась и осталась сидеть с пером в руке у письменного стола. Толстых продолжал:

— Вы все помните мою дочь...

— Да, да, Марью Петровну... еще бы!.. — воскликнули слуги.

— Я был относительно нее дурной, жестокий отец... За один ее поступок я выгнал ее из дому и проклял ее.

Слуги опустили головы.

— Теперь вы знаете, почему Марья Толстых так внезапно исчезла... Но это не все... Слушайте дальше, — продолжал старик. — Около двадцати пяти лет тому назад, летом, на проселочной дороге близ высокого дома был убит из ружья молодой человек... Пиши, Таня...

— Мы припоминаем это...

— Этот молодой человек пришел на свидание с моей дочерью Марией Толстых — он был ее любовником.

Все присутствующие были поражены и затаили дыхание.

— Полиция стала искать убийцу... Арестовали одного честного, доброго малого... Вы все знали его... Это был Егор Никифоров — муж Арины... Он был осужден в каторжные работы... Где он теперь находится, я не знаю... Быть может, уже умер... Но слушайте... Он был невинен...

Среди слушателей пронесся шепот удивления.

— Все улики были против него, но все же он легко мог оправдать себя одним словом, но он этого не сделал, он не произнес этого слова... Он позволил себя осудить, потому что знал настоящего преступника и хотел его спасти...

Он остановился перевел дух, а затем продолжал твердым голосом:

— Виновником же смерти молодого человека, виновником смерти Бориса Ильяшевича, его убийцей был я — Петр Толстых...

Наступило гробовое молчание.

— Написала, Таня? — спросил старик после некоторой паузы.

— Да! — сквозь слезы отвечала молодая девушка, растроганная всей этой сценою.

Он встал, с помощью слуг подошел к письменному столу и, сев на уступленное ему Татьяной Петровной место, твердым, ровным почерком подписал написанную молодой девушкой его исповедь.

Затем силы его вдруг оставили.

— На постель... — чуть слышно прошептал он.

Его довели до кровати. Он лег, и вдруг с ним сделались судороги. Лицо его почернело, глаза закатились.

Слуги один за другим удалились, оставив в кабинете одного Егора Никифорова.

Умирающий собрал, видимо, последние силы и приподнялся на кровати. Он весь дрожал.

— Я ничего не вижу, не вижу! — закричал он не своим голосом. — А тут... в груди... лед... Я умираю, умираю... Иннокентий... И... нокентий... Они не едут... Борис... Я не могу собрать свои силы... Таня, Таня! Позови дочь мою... Марию...

Татьяна Петровна быстро выбежала из кабинета и через несколько минут возвратилась в сопровождении Марьи Петровны.

При виде своего отца в таком положении, она дико вскрикнула и, судорожно обвив его голову обеими руками, прижала к своей груди.

— Мария... ты... прощаешь... меня... И ты... также, Таня?.. Вы обе плачете, значит — да!.. Любите друг друга, не расставайтесь и будьте... счастливы... Я сделал много зла... но Господь видит мое раскаяние... Он, милосердный, простит меня... Я много выстрадал... Если бы мне только дождаться Иннокентия и Бориса... Если бы мне знать наверное, что Егор Никифоров жив...

— Если это облегчит ваши страдания, Петр Иннокентьевич, то я могу вам сказать, что он жив... — сказал Егор Никифоров.

Умирающий, упавший было в подушки, снова привстал.

— Кто это говорит?

— Старый ваш слуга, Петр Иннокентьевич...

— Это голос Егора...

— Он самый... Он здесь, перед вами... Он отбыл свой срок и вернулся на родину... Спасибо вам, большое спасибо за все то, что вы сделали для моей дочери... Я счастлив и давно уже забыл, что был на каторге...

Лицо умирающего просветлело.

— Егор... Егор... — бормотал он. — Я вижу тебя... О, я хотел бы еще жить... Дети, дети... смотрите, какой чудный свет... какое солнце... большое... яркое... все сплошь... одно солнце...

Он захрипел и вдруг вытянулся.

Егор Никифоров наклонился над ним и после некоторой паузы произнес:

— Представился... Царство ему небесное.

Обе женщины неудержимо зарыдали...

Весть о смерти Петра Иннокентьевича с быстротою молнии разлетелась по приискам и поселку, прикрашенная эпизодом ночного нападения неизвестных разбойников.

Все жалели бедного старика и его приемную дочь. О возвращении Марьи Петровны не знали даже в самом доме. В попыхах не обращали на нее внимания, да она и сама старалась не попадаться на глаза слугам.

Внутренно торжествовала одна прачка. Она считала свою судьбу обеспеченной:

"Так вот что хотел мой Семен у старика — его деньги... Значит, теперь все благополучно... Старику давно пора было умереть... Наследниками всего его богатства теперь являются Сеня и его отец, а я буду женой золотопромышленника... Вот будет веселая жизнь... Я — госпожа Толстых..."

Так мечтала она, ходя по двору, гордо подняв кверху свою тщательно напомаженную и причесанную голову.

Суждено ли сбыться ее мечтам — покажет будущее.

# XXII

## ВОЗВРАЩЕНИЕ ГЛАДКИХ

Было около восьми часов вечера, когда на двор высокого дома въехал тарантас и из него вышел Иннокентий Антипович Гладких.

Он ничего еще не знал о смерти Петра Иннокентьевича, но лицо его было печально — он не привез того, кого хотел.

По смущенным лицам слуг он догадался, что в доме что-то не ладно.

— Что случилось? — спросил он одного из слуг.

— Большое несчастье, Иннокентий Антипович... Петр Иннокентьевич.

— Заболел?..

— Хуже... умер...

Гладких вскрикнул, бросился в дом и в кабинет Толстых. Два женских испуганных голоса встретили его.

У тела покойного, лежавшего на кровати, он увидел Таню и какую-то неизвестную женщину.

Молодая девушка, громко рыдая, упала к нему на грудь.

Иннокентий Антипович освободился от ее объятий и бросился на труп.

— Умер! — шептал он. — Умер без меня... Я не успел проститься с ним, не успел услыхать его последнюю волю... Боже, за что ты прогневался на него до конца... Он умер — непримиренный...

Он закрыл лицо руками и горько заплакал. Это продолжалось несколько минут. Он поборол себя, отнял руки от своего лица и обернулся к Тане, чтобы обнять ее.

Вдруг взгляд его упал на Марью Петровну. Он несколько минут смотрел на нее, а затем отшатнулся.

— Марья Петровна! Марья Петровна! — вскричал он.

— Да, Иннокентий Антипович, это я, — сказала она, протягивая ему обе руки. — Мой отец видел меня, он снял с меня свое проклятие и благословил меня... О вас он вспоминал все время... Если бы вы слышали его последние слова... Он исповедался перед людьми и умер спокойно на наших руках. А теперь скажите мне, — продолжала она дрожащим голосом, — где мой сын?

Гладких низко опустил голову и молчал.

— Вы молчите. Боже мой, что же это? — вскричала она.

— Успокойтесь... он в К., но он болен. У него нервная горячка... Из рассказа его товарища я узнал, что он еще в Завидове получил какое-то страшно поразившее его письмо, и больной уехал оттуда в К. Теперь он лежит без сознания... Бог даст, он поправится, но пока с ним нельзя говорить и, быть может, очень долго следует избегать всякого потрясения... пока он совсем не оправится и не окрепнет...

Татьяна Петровна при словах Гладких о письме машинально опустилась в кресло, вскрикнула и лишилась сознания...

Когда ее привели в чувство, она с рыданиями прошептала:

— Это все я наделала, несчастная, все я... Но я не знала!

— Что такое? — в один голос спросили Гладких и Марья Петровна.

Прерывая свои слова рыданиями, она рассказала им о посланном ею Борису Ивановичу письме, в котором она прощалась с ним навсегда и открыла ему, что она дочь Егора Никифорова.

— Теперь я понимаю... — сказал Иннокентий Антипович. — Он считает его убийцей своего отца, значит, дочь этого убийцы потеряна для него навсегда... Но успокойся, он выздоровеет, а после года траура мы вас повенчаем и вы заживете весело и счастливо...

Когда Гладких рассказали события этой ночи, то он заметил:

— Этот вор и убийца Петра никто иной, как Семен Порфирьевич... Но не будем думать об этом негодяе, надо позаботиться о нашем дорогом покойнике.

Он стал делать нужные распоряжения. В Завидово послали за простым гробом, чтобы в нем перевезти тело в К., где должны были быть похороны. Перевоз тела назначили на другой день, а до тех пор тело обмыли и положили на стол в зале, куда допускали всех проститься с покойником.

Марья Петровна не показывалась, она скрывалась в комнате Иннокентия Антиповича.

Как только совсем смерклось, прачка Софья незаметно убежала из дома к старой сторожке, где обыкновенно ждал ее Семен Семенович.

Его не было. Будущая госпожа Толстых стала его дожидаться. Ждать ей пришлось недолго, вскоре показалась крадущаяся фигура мужчины.

Она бросилась к нему навстречу. Это был Семен Порфирьевич.

— Где же Семен Семенович? — спросила она.

— Почем я знаю, где он... — проворчал старик, вздрогнув, — я его не видал с ночи... Что делается у вас?

— Петр Иннокентьевич приказал вам долго жить...

— Умер? — прохрипел Семен Порфирьевич.

— Да, сегодня под утро... Пока Семен Семенович хотел взять из сундука деньги, барин, верно, проснулся, а тот его начал душить...

"Она думает, что это Семен..." — пронеслось в голове Семена Порфирьевича.

— Приехал доктор, которого перехватили по дороге в Завидово, и сказал, что его очень сильно душили... Оттого он и умер.

Семен Порфирьевич молчал.

— Но подумайте, какое счастье... Барин не узнал Семена Семеновича... Никто не знает, что это был он... и никто не узнает...

— Ты говоришь, никто не подозревает? — как бы очнувшись от тяжелых дум, спросил Толстых.

— Нет... Семен Семенович может быть совершенно спокоен, никто и не думает о нем... Я чуть свет уже снова заперла дверь, так что никогда не смогут догадаться, как он мог попасть в дом... Перед смертью барин рассказал как было дело, но кто был вор — назвать не мог...

— А Татьяна?

— Она проснулась только на крик Петра Иннокентьевича и пока сошла вниз со свечей... Семена Семеновича и след простыл...

"Удивительно... удивительно... Он обманул меня... Он не пошел к ней... а стал поджидать меня, чтобы отнять деньги... загрести жар чужими руками... по делом, значит, вору и мука..." — думал старик.

— Никто не знает ничего, кроме меня, — продолжала, между тем, тараторить Софья. — Но не я же пойду доносить на Семена Семеновича...

— Конечно, конечно... Ты хорошая девушка... — сказал рассеянно Семен Порфирьевич, видимо, лишь для того, чтобы что-нибудь сказать.

— Барин умер без завещания, значит, вы с сыном теперь единственные наследники всех его богатств.

У старика от радости закружилась голова. Он прислонился к дереву и глубоко вздохнул...

"Петр умер... Мне принадлежит все, и то, что там, в этом сундуке..." — думал он.

Его глазам представлялись пачки бумаг, груды золота и мешки с серебром, которые он видел ночью — только видел.

"Мне нечего бояться... — работала далее его мысль. — Татьяна ничего не знает... Славная девчонка — пригодится и мне... Петр не назвал... Затем все обстоит благополучно".

— А Гладких приехал? — спросил он вслух Софью.

— Да.

"Он, конечно, догадался, — промелькнуло в его голове, — но должен будет молчать. Что он может сделать без доказательств? Я богат!"

— Вы, конечно, все это передадите Семену Семеновичу? — сказала Софья.

— Непременно, непременно... Ты молодец, Софья, я тебя не забуду...

Она скромно опустила глаза и стала теребить свое платье.

— Вы знаете, Семен Порфирьевич, что обещал мне ваш сын?

— Нет! Что же он обещал?

— Жениться на мне...

Семен Порфирьевич усмехнулся.

— Это дело его, а не мое... Он сам себе хозяин...

— Но вы ничего не будете иметь против этого?

— И не думаю даже... Мне все равно... Ему жить с женой, а не мне...

— Милый, добрый, хороший Семен Порфирьевич! — захлопала в ладоши Софья, утопая в счастьи.

— Теперь возвращайся домой, — прервал старик поток ее нежности. — Наблюдай за всеми и не выдай себя... Слышишь!..

— О, будьте покойны, Семен Порфирьевич, я не так глупа, как выгляжу.

— Это хорошо... Иди скорей... Хоронить будут в К.?

— Да.

— Мне надо сегодня же уехать туда, чтобы присутствовать на похоронах своего троюродного брата...

Они расстались, когда уже совсем стемнело. Софья отправилась назад, а Семен Порфирьевич пошел по направлению к поселку, где надеялся достать лошадь, чтобы уехать в Завидово, а оттуда в К.

Мечты обоих только что расставшихся лиц были одинаковы — это были мечты о богатстве. Они не задавались даже на мгновение мыслью, какою ценою приобретали они это богатство.

Да, на самом деле, не все ли равно это было для таких, как они, людей? Много ли мы знаем богатств, читатель, приобретенных иною ценою?

231

# XXIII

# НАСЛЕДНИК

Через несколько дней весь город К. собрался на похороны Петра Иннокентьевича Толстых.

Вынос из дома был назначен в 9 часов утра в собор, где и происходило отпевание, которое совершал местный архиерей в сослужении почти со всем городских духовенством. Могила была приготовлена на принадлежащем семейству Толстых месте внутри соборной ограды.

Толпа народа запрудила соборную площадь, на которой высился каменный дом Толстых.

Гроб вынесли из дому на руках и на руках же перенесли через площадь к собору.

За гробом шел, то и дело прикладывая к глазам носовой платок, Семен Порфирьевич.

Марьи Петровны не было, хотя она, вместе с Гладких, Таней и Егором Никифоровым, прибыла с телом отца в К., но потрясения последних дней не прошли даром для ее и без того разбитого десятками лет страшной жизни организма — она расхворалась и принуждена была остаться дома.

Семен Порфирьевич прибыл к дому, когда гроб уже выносили, и с плачем и рыданием протолкался к самому гробу.

Толпа расступилась, и в ней слышался говор:

— Это самый близкий родственник покойного... Бедняга, как он плачет! Он единственный наследник... Утешится, тоже одно дело барахлом торговать, а другое — вдруг миллионером сделаться... Старик умер внезапно, без завещания... А где же его сын?

Семена Семеновича на самом деле не было.

— Ужели старик не позаботился о своей крестнице и оставил ее на произвол этим наследникам?..

— За нее есть заступа — Гладких.

— Что Гладких?.. Теперь, когда умер Петр Иннокентьевич, Гладких — ничто. Что он может сделать?

— У него у самого, чай, мошна толстая... — слышались возражения.

Так говорили в толпе.

Похороны совершились своим порядком. Когда бросили последнюю горсть песку на гроб и ушли с кладбища, Иннокентий Антипович стал искать глазами Семена

232

Порфирьевича, нахальство появления которого у гроба почти задушенного его руками брата его поразило.

Но Семена Порфирьевича не было.

— Он ушел, — сказал Егор Никифоров, подошедший к Гладких, угадывая по взгляду, кого он ищет.

— Он еще придет...

— Он не осмелится...

— Семен Порфирьевич на все осмелится.

Приглашенные прямо с могилы отправились в дом, где был приготовлен роскошный поминальный обед, после которого дом, наконец, опустел.

Был шестой час вечера.

Иннокентию Антиповичу, сидевшему в комнате Марьи Петровны, которая встала с постели и сидела в капоте на диване рядом с Таней, доложили, что его желает видеть Семен Порфирьевич Толстых.

— Проси в кабинет, — сказал он слуге, изменяясь в лице от чувства невольной брезгливости, охватившей его перед свиданием с этим, считающим себя "наследником", негодяем.

Кабинет был комнатой, смежной с комнатой Марьи Петровны.

Через несколько минут Гладких вошел и увидел Семена Порфирьевича, небрежно развалившегося в кресле. Нахальная улыбка играла на его губах.

— Вы хотели меня видеть? Что вам угодно? — холодно спросил он гостя, не подавая ему руки.

— Мне странен ваш вопрос... — деланно важным тоном отвечал Семен Порфирьевич. — Вам не безызвестно, что я единственный наследник после моего покойного брата, и потому мне поневоле надо видеть его "доверенного" и угодно получить от него отчет и указания для определения состава и ценности наследственного имущества...

— А мне так странно это ваше желание, и вам я не намерен давать никаких отчетов...

— Но я требую!

— По какому праву?

— По праву единственного наследника... Оглохли вы, что ли, господин Гладких?

— Я-то не оглох, но вы, извините, поглупели, так как являетесь с требованиями, не зная еще наверное, наследник ли вы после Петра Иннокентьевича...

Семен Порфирьевич смутился и уставился на Иннокентия Антиповича вопросительно-удивленным взглядом.

— Когда я видел последний раз Петра, — начал он осторожно, — это было так недавно...

— Ночью накануне его смерти... — тихо сказал Гладких.

— Что вы сказали?

— Ничего, господин Толстых, продолжайте...

— Тогда он уверял меня, что не сделает никакого завещания...

— Покойный действительно не оставил завещания, хотя в последние дни и имел эту мысль, но смерть ему помешала...

По лицу Семена Порфирьевича разлилась довольная улыбка.

— Я скажу вам более, если уж это так вам угодно, что я всегда отговаривал Петра Иннокентьевича сделать завещание в пользу Татьяны Егоровны Никифоровой — моей крестницы.

— Как, вы... отговаривали?..

— Да, я.

— Иннокентий Антипович, вы, действительно, благородный человек.

Семен Порфирьевич даже протянул свои руки, чтобы заключить Гладких в свои объятия, но тот брезгливо отступил назад и Толстых осталась с минуту с поднятыми руками.

— Я и сам, — продолжал Семен Порфирьевич, опустив руки, — был всегда того мнения, что брату Петру совершенно излишне писать завещание...

— Вы полагали? — насмешливо спросил Гладких.

— Да, я полагал и вот почему... Вас я попрошу остаться при вашей должности, следовательно, вы не покинете ни этого, ни высокого дома.

— Я надеюсь.

— Танюшу я сам люблю... она мне очень нравится... следовательно, если она захочет, то и ей будет хорошо...

Скверная плотоядная улыбка зазмеилась на его губах. Гладких чуть не бросился, чтобы ударить его, но сдержался.

— Все останется по-прежнему... устроится как нельзя лучше... Не скрою от вас, я очень благодарен Петру... я теперь богат и высокий дом принадлежит мне.

В этот самый момент отворилась дверь и вошла Марья Петровна. Ее лицо было строго и серьезно. Она не пропустила ни слова из разговора мужчин.

Она медленно подошла к Семену Порфирьевичу и сказала резким голосом:

— Я бы хотела знать, каким способом, дядя Семен, вы, при моей жизни, доберетесь до высокого дома?

Увидав подошедшую к нему женщину и услыхав ее голос,

Семен Порфирьевич отскочил и, обратившись к Иннокентию Антиповичу, глухим голосом спросил его:

— Кто же это?

— Спросите ее лично, кто она? — ответил тот.

— Вы спрашиваете, кто я, дядя Семен? Так посмотрите на меня хорошенько. Меня зовут Марья Петровна Толстых.

Действие, произведенное этим именем на Семена Порфирьевича, не поддается описанию. Он отскочил к стене, видимо, задыхаясь, и не мог говорить.

— Мария! Мария! — хрипел он.

Вдруг на него нашло последнее отчаянное нахальство, и он вскрикнул не своим голосом:

— Это неправда! Мария Толстых умерла.

— Вы думаете? Хорошо... мне это все равно, так как бумаги мои в порядке и всякий суд признает меня за дочь моего отца...

Семен Порфирьевич сознавал правоту ее слов и опустил голову.

— Вы не хотите меня узнать... И не надо... Я вам сказала, кто я... Теперь я вам скажу, кто вы... — продолжала Марья Петровна. — Вы, дядя Семен, вор и убийца...

Толстых поднял голову и дико уставился на свою племянницу.

— Вы забрались несколько дней тому назад в высокий дом вместе со своим достойным сыном, отперли украденным ключом несгораемый сундук, и когда покойный отец проснулся и застал вас на месте преступления, стали душить его и не задушили, так как услыхали бегство вашего сына, не успевшего в комнате приемной дочери моего отца совершить еще более гнусное преступление...

— Ложь! Ложь! — простонал Семен Порфирьевич.

— Потрясение этой ночи ускорило смерть моего отца; повторяю вам: вы — вор и убийца!

— Ложь! Ложь!..

— Еще ранее, тоже ночью, с тем же вашим достойным сыном, вы столкнули Гладких в старый колодец... и он спасся от смерти только чудом...

— Ложь, ложь! — повторил Семен Порфирьевич.

— Это я видела сама и даже крикнула вам: "Убийцы, убийцы!"

— О, я знаю в чем дело, — с пеной у рта заговорил он. — Гладких ненавидит меня... и сплел на меня все эти небылицы... но я утверждаю, что это — ложь, ложь...

— Вы не хотите сознаться, не хотите раскаяться... Бог с вами, ни я, ни Иннокентий Антипович не хотим быть вашими судьями... Идите отсюда вон, и чтобы ни ваша нога, ни нога вашего сына не переступали порог дома Марии Толстых... Подите вон...

Она указала ему рукою на дверь.

Семен Порфирьевич понял, что дело его проиграно и, не дожидаясь решительных мер, которые мог принять Иннокентий Антипович, что было заметно по выражению его лица, вышел из комнаты с гордо поднятой головою.

— Еще увидим, кто кого! — проворчал он, выходя из дома.

Весть о возвратившейся дочери богача Петра Иннокентьевича Толстых, Марии, находившейся в безвестном отсутствии почти четверть века, облетела вскоре весь город, и не было дома, где бы на разные лады не рассказывалось об этой таинственной истории.

Вскоре, впрочем, это известие перестало быть интересным, его сменило другое, не менее загадочное.

Исчез бесследно сын барахольщика Семена Порфирьевича Толстых Семен Семенович, исчез со дня смерти его дяди, Петра Иннокентьевича.

Все вспомнили, что его не было видно на похоронах. Отец казался в отчаянии и был неутешен. Известие об этом было получено от него самого, подавшего о розысках сына прошение в местное полицейское управление.

Бумажные розыски начались.

# XXIV

## НЕВОЛЬНАЯ РАЗЛУКА

Прошло несколько месяцев.

Марья Петровна Толстых была утверждена в правах наследства после своего отца, и Гладких по прежнему продолжал приисковое дело.

Он хотел сдать новой владелице отчеты по управлению им этим делом в прежние годы, во время ее отсутствия, но она заставила его замолчать, сказав:

— Я наследница по закону, но по нравственному праву все состояние моего покойного отца принадлежит Тане, вашей крестнице. Она принесет его в приданое своему жениху — Борису Ивановичу Сабирову. Я сделаю завещание в ее пользу.

Борис Иванович, между тем, поправился, что было, конечно, утешительно для его матери, его невесты и его друзей, но для первых двух этот радостный период омрачился невозможностью его видеть.

Когда он лежал без сознания, когда он метался в бреду с несходившим с его уст именем Тани, обе женщины, в сопровождении или Гладких, или Егора Никифорова, проводили у изголовья больного по несколько часов: мать наслаждалась созерцанием своего сына, невеста — жениха.

Когда больной перенес счастливо кризис и пришел в сознание, они должны были, быть может, на долгое время прервать свои визиты в гостиницу Разборова, где в лучшей комнате лежал больной.

Доктора, лечившие Сабирова, в один голос заявили, что малейшее потрясение может гибельно подействовать на расслабленный тяжкою болезнью организм, независимо от того, будет ли это потрясение радостного или печального свойства.

— Больной свыкся с причиной, вызвавшей его болезнь, надо оставить его под этим уже притупившимся впечатлением... Оно уже не может второй раз потрясти его, но если теперь он даже узнает, что поразившее его обстоятельство не существовало, что гнет его с него сброшен — это послужит ему не в пользу, а во вред, так как это открытие будет уже новым сильным впечатлением.

Так заявили доктора Иннокентию Антиповичу, когда он объяснил им, конечно, в общих чертах, что Сабиров заболел от полученного им совершенно ложного известия.

Все действующие лица описанной нами жизненной драмы должны были согласиться с докторами и с болью в сердце обречь себя на, быть может, продолжительную разлуку с дорогим больным.

Их утешало то, что доктора тоже в один голос заявили, что их пациент спасен.

Гладких, Марья Петровна, Таня с Егором Никифоровым уехали из К. в высокий дом, откуда, впрочем, первый еженедельно ездил узнавать о положении больного, оставленного на попечении его товарищей, посвященных, тоже, конечно, в общих чертах, в грустный романический эпизод, приключившийся с их любимым товарищем.

Жизнь в высоком доме пошла тихо и однообразно, как шла и в тот четвертьвековой промежуток между двумя роковыми в жизни покойного владельца событиями: бегством и возвращением его дочери.

Иннокентий Антипович ехал на заимку с намерением примерно наказать прачку Софью, о роли которой в гнусной истории, случившейся накануне дня смерти Петра Иннокентьевича, ему было передано Марьей Петровной.

"Я с ней расправлюсь своим судом..." — решил он в своем уме.

Но он опоздал — она уже сама наказала себя.

Узнав от возвратившихся с похорон старых слуг высокого дома об исчезновении своего жениха Семена Семеновича, она поняла, что все надежды ее разрушились и, как передавала остальная прислуга, несколько дней ходила как безумная, громко обвиняя Семена Порфирьевича в убийстве своего сына.

— Это он, неприменно он укокошил моего Сенечку, чтобы не делиться с ним наследством, от этого изверга все станется... неприменно это он...

— Ишь, у тебя, девка, язык-то какой долгий, болтает зря несуразное... Тебя за эти речи и в каталажку запереть не вредно... — заметил ей степенно кучер Антон.

— Хоть на дыбу поднимай... одно говорить буду... — стояла на своем Софья.

Несколько дней она провела в таком почти лихорадочном состоянии, нигде не находя себе места и вскакивая по ночам с криками: "идут, идут", затем вдруг стала тиха и задумчива.

— Сошла, кажись, дурь с девки-то... — решили служащие на заимке.

Но "дурь", оказалось, не сошла.

За несколько дней до приезда господ Софью нашли повесившеюся на чердаке людской.

Приехал заседатель, и труп увезли в "анатомию" поселка. Вскрытие и погребение самоубийцы произошло уже тогда, когда в высокий дом возвратились его новые владельцы. Ее зарыли без церковного обряда за кладбищем поселка.

Когда прислуга рассказала возвратившимся господам и Егору Никифорову шальные речи покойной Софьи относительно убийства Семена Семеновича его отцом, Марья Петровна и Таня почти в один голос сказали:

— Она сумасшедшая!

Егор Никифоров совершенно согласился с обеими женщинами. Только Иннокентий Антипович остался при особом мнении.

— От Семена Порфирьевича все станется... — заметил он.

По обязанности беспристрастного бытописателя мы

238

должны заявить, что покойница Софья и Иннокентий Антипович были правы.

Исчезновение Семена Семеновича было на самом деле делом рук его отца, рук в буквальном смысле.

Читатель, конечно, не забыл, что Семен Семенович, приняв Марью Петровну за привидение, выбежал как безумный из высокого дома. Пробежав сад, он выскочил в поле и только тогда остановился, чтобы перевести дух.

Собравшись с мыслями, он вспомнил, что его отец остался в кабинете Петра Иннокентьевича и, конечно, уже давно добыл хранившиеся в несгораемом сундуке богача сокровища.

Не успев удовлетворить свою жажду мести и чувственности, он решил получить хотя половину добычи своего отца, а при удаче — даже всю.

"Он там, он еще не успел уйти... — пронеслось в его голове. — Надо подождать его... Если он успеет положить деньги к себе в сундук, тогда пропало... От него зимой льду не выпросишь".

Ждать ему пришлось недолго, так как Семен Порфирьевич, услыхав шум бегства Семена Семеновича, вообразил, что весь дом проснулся, бросил полузадушенного Петра Иннокентьевича и, не воспользовавшись ни одним золотым, убежал из дома почти следом за своим сыном и по той же дороге.

— Давай!.. — загородил ему дорогу Семен Семенович, когда старик выбежал в поле прямо на своего сына.

— Что давай?.. — озлился Семен Порфирьевич. — Все пропало! Ни копейки не добыл... Там весь дом на ногах, верно, твоя Танька кричала благим матом и переполошила всю прислугу.

— Врешь... не надуешь... давай, говорю тебе...

— Уйди... не то убью! — закричал отец.

— А, так ты вот как! — крикнул совершенно обезумевший сын на отца.

Произошла отвратительная борьба. Явная опасность придала Семену Порфирьевичу, и без того отличавшемуся недюжинной силой, еще большую, и в то время, когда сын обхватил его поперек тела, чтобы повалить на землю, отец схватил его обеими руками за горло и сдавил из всей силы.

Семен Семенович захрипел и разнял свои руки, но рассвирепевший Семен Порфирьевич не отнял своих рук от горла сына и, повалив его на землю, стал ему коленом на грудь и продолжал душить.

— Я тебе покажу "давай", я тебе покажу "давай!" — шептал он.

Сын перестал хрипеть, сделав последнее конвульсивное движение.

Отец опомнился и отпустил горло сына, но последний не шевелился.

Перед отцом-убийцей лежал труп.

Первое мгновение Семен Порфирьевич был поражен, но чувство самосохранения взяло верх.

Он взвалил на свои плечи страшную ношу и быстрыми шагами направился к Енисею.

Раскачав труп сына, он бросил его в реку.

Великая сибирская река редко возвращает свои жертвы и выдает тайны.

Быстротой течения труп унесло как щепку по направлению к полюсу, в полярные страны, где нет ни богатых наследников, ни земских заседателей.

# XXV

## УДАР ЗА УДАРОМ

Наконец наступил давно желанный и долгожданный день, когда Иннокентий Антипович Гладких возвратился из К. в высокий дом не один. Он привез с собой Бориса Ивановича Сабирова.

Исподволь, при посредстве товарищей, совершенно поправившийся молодой инженер был подготовлен к разговору с Гладких, который без утайки посвятил его в тайну высокого дома, мрак которой теперь, по его словам, заменился светом.

Не поддается описанию радостное чувство, которое наполнило сердце Бориса Ивановича, когда он узнал из плавно лившейся речи Иннокентия Антиповича, что через какие-нибудь сутки он может обнять свою мать и свою невесту, как не поддается описанию и встреча молодого инженера с матерью и невестою.

Если есть на земле полное счастье, то Борис Иванович испытал его в этот день.

Он переходил из объятий в объятия, и в этом семейном

празднике видную роль играл и Егор Никифоров, по настойчивому требованию Марьи Петровны живший в высоком доме и сменивший свое рубище на длиннополый сюртук и сапоги бураками, обыкновенный костюм старых сибиряков — купцов и золотопромышленников.

После радостного и продолжительного первого свидания с живыми, не были забыты и мертвые.

На другой же день по приезде, все отправились на дорогие могилы Арины и Бориса Ильяшевича.

Борис Иванович поселился в высоком доме и ездил в Завидово только по делам службы.

Свадьба назначена была по истечении срока годичного траура.

Все, несомненно, сулило в будущем счастливые, беспечальные дни отживающим свой век старикам и радужное продолжительное будущее жениху и невесте. Мрак, тяготевший над высоким домом в течение четверти века, рассеялся, и все кругом залито было ярким солнечным светом.

Борис Иванович написал длинное письмо в Петербург Звегинцевым, описывая им свое счастье и прося у них, как у своих приемных родителей, благословения на брак с Татьяной Егоровной Никифоровой.

"При первой возможности я приеду в Петербург и привезу к вам мое сокровище", — так закончил он свое послание, в котором рассказал откровенно все, что узнал от Гладких и от своей матери.

Марья Петровна и Таня не чувствовали под собою ног от радости и полноты счастья. Они обе усердно занимались приготовлением приданого.

Иннокентий Антипович был тоже совершенно счастлив и доволен.

У одного Егора Никифорова порой в глазах светилась грусть, когда он смотрел на счастливые лица обитателей высокого дома. Он старался скрыть эту грусть, это томящее его предчувствие стерегущего высокий дом несчастья от окружающих, и это было для него тем легче, что эти окружающие, счастливые и довольные, не замечали странного выражения его глаз, а, быть может, приписывали его перенесенным им страданиям на каторге и в силу этого не решались спросить его.

Год траура по Петру Иннокентьевичу уже приближался к концу, когда новое горе, поразившее обитателей высокого дома, вызвало новое препятствие для Бориса Ивановича и Тани в осуществлении соединения их любящих сердец перед церковным алтарем.

Умер Егор Никифоров.

Он угасал тихо в течении нескольких месяцев. Видимо, какая-то гнетущая мысль иссушивала ему мозг, расслабляла тело и вела его к открытой могиле.

Эта мысль была о будущности Марьи Петровны, ее сына и Тани, его дорогой, боготворимой им дочери.

Он не огорчал окружающих его ни одним намеком на мучившее его в последнее время тяжелое предчувствие и умер на руках Татьяны Петровны, благословив ее и простившись с Иннокентием Антиповичем, Борисом Ивановичем и Марьей Петровной...

— Похороните рядом... с Ариной... Господи, да будет святая воля Твоя! — были последние слова умирающего.

Его желание было исполнено, и он нашел себе вечное упокоение рядом со своей любимой женой. Искренние слезы всех обитателей высокого дома проводили до могилы этого самоотверженного, благородного человека.

Татьяна Петровна, сделавшись круглой сиротой, была безутешна.

Первый месяц окружающие молодую девушку примирились с ее отчаянием, хотя и старались по возможности утешить, но затем стали беспокоиться. Постоянные слезы, нередко истерические рыдания, оканчивающиеся припадками, конечно, разрушительно действовали на здоровье Татьяны Петровны. Она исхудала, побледнела, стала нервной и раздражительной.

— Надо спешить со свадьбой! — говорила Марья Петровна, угадывая, что кроме горя есть и другие причины нервного расстройства молодой девушки.

Против этого восстал Иннокентий Антипович. Смерть Егора Никифорова поразила его не менее Тани. Только после смерти этого самоотверженного человека он понял, как он любил его и какого благодетеля лишился высокий дом.

— Не успели зарыть отца в землю, как уже и свадьбу играть... — мрачно заметил он.

— Но кто знает, что это ее отец?.. — попробовала было возразить Марья Петровна.

— Как кто?.. Мы... Этого, кажется, более чем достаточно... Неужели вы думаете, что мнение других важнее мнения человека о самом себе... Я не ожидал этого от вас...

Марья Петровна объяснила причины, которые привели ее к мысли об ускорении свадьбы.

242

— Пустяки! Нашли тоже утешение в горе... У ней, чай, обо всем этом и в мыслях-то нет... а вы...

Он укоризненно покачал головой. Марья Петровна молчала.

— Потерять такого человека, как Егор... тяжело и не для дочери... да еще такой, которая и узнала-то его менее года перед смертью...

Иннокентий Антипович вздохнул. Он оказался почти правым. Время взяло свое, Таня успокоилась и на ее лице даже появилась, хотя и как редкая гостья, улыбка.

Борис Иванович, под влиянием Гладких, на которого он смотрел как на второго отца любимой девушки, согласился и не подымал вопроса о свадьбе, пока впечатления горькой утраты окончательно не смягчатся временем в сердце его невесты.

Он был доволен тем, что жил под одною с ней кровлею, дышал одним воздухом и не уезжал из высокого дома, где он безусловно был счастлив под живительными лучами ласки матери и горячо любимой девушки, его будущей жены.

В чуткое сердце одной Марьи Петровны закралось сомнение в радужной будущности молодых людей: такое долгое откладывание свадьбы не предвещало, по ее мнению, ничего хорошего.

Эту мысль она хранила, впрочем, в самой себе.

Особенно утвердило ее в том то обстоятельство, что это роковое предчувствие начало сбываться.

Нравственное постепенное исцеление Татьяны Петровны не шло далеко рука об руку с исцелением физическим. Напротив, глубокое горе и отчаяние, которым она предавалась в течение полутора месяца, оставили неизгладимый след на ее здоровье, что заставило даже обитателей высокого дома переселиться в К., где ослабевшая физически молодая девушка была отдана в распоряжение врачей.

Последние уложили ее в постель, с которой она не вставала тоже около месяца, а затем, хотя и была признана поправившеюся, но, по совету докторов, ранее укрепления организма моционом и усиленным питанием о выходе в замужество не могло быть и речи. Свадьбу снова пришлось отложить на год.

Сабиров был в деятельной переписке со своими петербурскими приемными родителями и подробно сообщал им о состоянии духа, о болезни своей невесты, но тон этих писем не был жалобным, в них сквозило лишь безграничное, но далеко не плотское чувство молодого инженера к избранной им будущей подруге своей жизни.

Время шло своим обычным чередом.

Снова наступил май, и снова высокий дом оживился — его обитатели вернулись из К. Кругом началась обычная приисковая сутолока.

Татьяна Петровна поправлялась — это вносило радость в сердце не только Бориса Ивановича, но и всех окружающих молодую девушку, начиная с Марьи Петровны и Гладких и кончая последним работником высокого дома. Все домашние буквально обожали ее.

Снова, казалось, взошло солнышко, после наступившего мрака, но, увы, ненадолго.

Роковую весть принес из "России" телеграф. Борис Иванович получил уведомление о смерти Ивана Афанасиевича Звегинцева и тяжкой болезни убитой горем его жены, Надежды Андреевны.

Телеграмма призывала его в Петербург.

Марья Петровна решила ехать с сыном, Таня осталась в высоком доме, под охраной и заботами Иннокентия Антиповича Гладких.

Борис Иванович заикнулся было о том, чтобы ехала и Татьяна Петровна, но встретил протест со стороны Гладких.

Старик даже рассердился.

— Будет твоей женой, — он уже давно говорил "ты" Сабирову, — вези куда хочешь, а пока еще я, ее крестный отец, над ней власти не потерял, не пущу в такую даль... Только что успела девушка поправиться, так хотят ее в конец уморить дорогою... Пусть себе здесь отдохнет на вольном воздухе... Уж не беспокойтесь... сохраню до дня вашего приезда в целости.

Аргумент был основательный.

Марья Петровна и Борис Иванович поспешили с отъездом, чтобы скорее вернуться.

Вместо отпуска Сабирову дали командировку. Его отправили с обстоятельным докладом в комитет сибирской железной дороги.

Разлука жениха с невестой была тяжелая. Оба несколько времени рыдали в объятиях друг друга, пока Марья Петровна и Иннокентий Антипович силою не развели их в разные стороны.

Путешественники сели в тарантас и выехали из ворот высокого дома. Татьяну Петровну без чувств унесли в ее комнату.

# XXVI

## ВМЕСТО ЭПИЛОГА

"Что же это? Уже конец?" — слышатся мне восклицания моих благосклонных читателей, и в особенности, моих дорогих читательниц.

Да, конец, и конец совершенно неожиданный. Я бы, несомненно, мог повенчать моих героя и героиню и соединить таким образом два любящих сердца на долгую и счастливую жизнь. На них радовались бы отдохнувшие от многолетних треволнений Марья Петровна и Гладких. Я мог бы заставить умереть, испытав все мучения нечистой совести, Семена Порфирьевича Толстых.

Добродетель, таким образом, торжествовала бы, а порок был бы наказан. Я рисую жизнь, как она есть, а не пишу нравоучительных повестей.

Вернемся же к нити нашего рассказа.

Марье Петровне Толстых и Борису Ивановичу Сабирову не суждено было вернуться обратно в высокий дом.

Доехав благополучно до невской столицы, они не застали в живых Надежду Андреевну Звегинцеву — старушка пережила своего мужа только на три недели.

На свежих могилах своих приемных родителей, на кладбище Александро-Невской лавры помолились горячо за упокой душ усопших их приемный сын Сабиров вместе с его родной матерью Марией Толстых.

После покойного Звегинцева осталось завещание, по которому капитал в шестьдесят тысяч рублей он завещал Борису Ивановичу с тем, чтобы два с половиною процента в год он выдавал бы на прожиток Надежде Андреевне.

Служебные дела по докладам в комитете, в связи с делом об утверждении в правах наследства и получения денег, задержали Марью Петровну и Сабирова до конца октября.

Они аккуратно переписывались с Гладких и Танею и знали, что в высоком доме все обстоит благополучно и что здоровье молодой девушки совершенно поправилось.

"Она полнеет не по дням, а по часам, и хотя, конечно, скучает в разлуке с женихом, но спокойна, потому что каждый день приближает ее к желанному свиданию, — это она сама сказала мне на днях, показав бумажку, на которой она написала, и каждый день зачеркивает числа до 1 декабря, и на это она надеется — надеюсь и я...", — писал между прочим Иннокентий Антипович.

Во время хлопот о наследстве после Звегинцевых Марья Петровна вспомнила, что хотела совершить на имя Тани завещание и исполнила это у одного из петербургских нотариусов. Копию с него она послала письмом Иннокентию Антиповичу Гладких.

В начале ноября они выехали из Петербурга зимним путем на Оренбург.

Недели через две во всех, как столичных, так и провинциальных газетах появилось сенсанционное известие о зверском убийстве ямщика и двух пассажиров на почтовом тракте, в двенадцати верстах от Оренбурга.

Убитые пассажиры, как выяснилось из найденных при них документов, оказались инженер путей сообщения Борис Иванович Сабиров и дочь к-ского 1-й гильдии купца Марья Петровна Толстых.

При первом была солидная сумма денег в государственных бумагах, от которых покойный имел неосторожность отрезать купоны в одной из оренбургских гостиниц.

Об этом, видимо, прознали убийцы и этим объясняется совершенный разбой в сравнительно тихой и населенной местности. У убитых были взяты только деньги и ценные вещи. Лежавшие в тарантасе сибирские мягкие чемоданы оказались нетронутыми.

Весть об этом кровавом событии достигла до К. и до Иннокентия Антиповича, давно с беспокойством и с смутным предчувствием беды ожидавшего Марью Петровну и Сабирова, от которых последнее известие он получил из Оренбурга, в форме телеграммы о выезде из этого города, то есть за несколько часов до их трагической кончины.

Он давно нетерпеливо ожидал их в высоком доме, и по расчету времени они давно бы должны были быть на месте, а, между тем, о них не было ни слуху, точно они канули в воду. Вдруг он получил из К. письмо с приложением номера "Сибирского Вестника", из которого он узнал о роковом событии.

— За что, о Господи? — вырвалось у него восклицание, и он низко-низко опустил свою седую голову.

Слезы брызнули из его глаз и потекли по побледневшему, как полотно, лицу.

Он не заметил, как в его комнату вошла Татьяна Петровна.

— Что с тобой, крестный... Что случилось? — подбежала она к нему.

Он поднял на нее помутившийся взгляд и вдруг зарыдал, упав головою на письменный стол, за которым сидел.

Молодая девушка в недоумении остановилась и смотрела на плачущего старика.

Вдруг взгляд ее упал на валявшуюся у ног Гладких, выпавшую из рук, газету. Она, подчиняясь какому-то инстинктивному импульсу, подняла ее и начала просматривать. Корреспонденция из Оренбурга была отмечена чернилами. Она прочла ее, но... не упала в обморок.

Газета выпала из ее опустившихся рук.

Она несколько минут простояла, как вкопанная, и смотрела бессмысленным взглядом в видимую только ей одной точку, затем медленно вышла из комнаты Иннокентия Антиповича и прошла к себе наверх.

Когда Гладких пришел в себя, он вспомнил о Тане, о ее визите к нему, и бросился в ее комнату.

Он застал ее стоявшею на коленях и горячо, со слезами молившуюся образу Богоматери, кроткий лик которой, полуосвещенный едва мерцавшею лампадою, казалось, с сожалением глядел на коленопреклоненную, горько плакавшую девушку.

В комнате царил полумрак от наступивших ранних зимних сумерек. Был седьмой час вечера.

Иннокентий Антипович понял, что Таня прочитала присланную ему газету.

"Пусть выплачется да молитвой себя успокоит... — подумал он и тихо затворил отворенную им дверь в комнату молодой девушки. — Завтра я поговорю с ней..."

Он не спал всю ночь и прислушивался к бушевавшей в эту ночь на дворе вьюге.

Наутро он поднялся наверх, в комнату Татьяны Петровны. Ее в ней не было. Он бросился искать ее по всему дому, в поселке, но безуспешно.

Она исчезла бесследно. Никакие поиски почти в течение полугода не привели ни к каким результатам. Все считали ее умершей, кроме одного Иннокентия Антиповича...

На этом прерываются мои собственные сведения об оставшихся в живых действующих лицах этого правдивого повествования. Интересуясь их судьбой, я навел справки в К. и только недавно получил письмо от одного из к-ских старожилов. Вот что он между прочим пишет мне:

"Вы интересуетесь судьбой выведенных вами в романе "Тайна высокого дома" под именем Иннокентия Антиповича

Гладких, Семена Порфирьевича Толстых и приемной дочери покойного Петра Иннокентьевича — Тани, лиц.

Я могу вам сообщить об этом немного. Несчастная девушка пропала без вести. Семен Порфирьевич был утвержден в правах наследства после Марьи Петровны и получил все состояние ее отца. Он бросил торговлю "барахлом" и сделался одним из видных золотопромышленников восточной Сибири. Он живет в К. и, как говорят, женится на дочери одного чиновника. Несмотря на свои шестьдесят с лишком лет, он — бодрый старик.

Что касается Иннокентия Антиповича Гладких, то вы, конечно, помните мужской монастырь, лежащий в шести верстах от К., дорога к которому ведет по высокому и крутому берегу Енисея, и часто тройка лошадей, прижимаясь друг к другу, едет буквально на краю глубокой пропасти.

В этом монастыре есть старец-монах, схимник, отец Агафангель. Он не кто иной, как Гладких. Семен Порфирьевич не может слышать имени отца Агафангеля без смущения. Он знает, что в келье этого монаха хранится завещание Марьи Петровны Толстых на имя Татьяны Егоровны Никифоровой. Отец Агафангель молится ежедневно за упокой душ рабов Божьих: Петра, Марии, Егора, Бориса, Бориса и Арины и о здравии рабы Божией Татьяны. Он до сих пор, несмотря на то, что со времени ее исчезновения прошло три года, считает ее в живых".

www.ingramcontent.com/pod-product-compliance
Lightning Source LLC
Chambersburg PA
CBHW022012010726
47494CB00003B/1006